古典文獻研究輯刊

二六編
曾永義 主編

第 23 冊

清代越南使節在廣東的文學活動研究

莊秋君 著

國家圖書館出版品預行編目資料

清代越南使節在廣東的文學活動研究／莊秋君 著 -- 初版 --
新北市：花木蘭文化事業有限公司，2022〔民 111〕
目 2+192 面；19×26 公分
（古典文學研究輯刊 二六編；第 23 冊）
ISBN 978-626-344-013-5（精裝）
1.CST：文學史 2.CST：學術交流 3.CST：清代 4.CST：中國
5.CST：越南
820.8   111009926

ISBN-978-626-344-013-5

古典文學研究輯刊
二六編 第二三冊   ISBN：978-626-344-013-5

清代越南使節在廣東的文學活動研究

作　　者　莊秋君
主　　編　曾永義
總 編 輯　杜潔祥
副總編輯　楊嘉樂
編輯主任　許郁翎
編　　輯　張雅淋、潘玟靜、劉子瑄　美術編輯　陳逸婷
出　　版　花木蘭文化事業有限公司
發 行 人　高小娟
聯絡地址　235 新北市中和區中安街七二號十三樓
　　　　　電話：02-2923-1455／傳真：02-2923-1452
網　　址　http://www.huamulan.tw 信箱 service@huamulans.com
印　　刷　普羅文化出版廣告事業
初　　版　2022 年 9 月
定　　價　二六編 23 冊（精裝）新台幣 62,000 元

清代越南使節在廣東的文學活動研究

莊秋君　著

作者簡介

莊秋君，成功大學中文系博士，現為成功大學中國文學系博士後研究。關心越南漢文學、使節文獻學和民間文化。期盼有朝一日能跟隨越南使節的步伐，行走在使節之路上。

提　　要

　　越南與廣東來往密切，自十七世紀起便有廣東人鄭天賜前往越南河僊地區墾殖；越南使節前往廣東的「非正式」出使，或途經廣東的正式使程，皆為使節們帶來不同的體驗，見聞亦不盡相同。

　　綜觀越南使節研究，目前研究者多半聚焦在使節的外交關係及個別的詩文研究，較少針對越南使節與某地的文學研究，根據《越南漢文燕行文獻》則可發現越南使節出使廣東達十二次之多，停留的時間從一個月到兩年不等，在停留廣東的這段時間裡，越南使節與當地文人交遊、購買中國書籍、刻印自己的創作並在廣東佛山出版等，從事多樣的文學活動。

　　清代越南使節在廣東的文學活動橫跨整個十九世紀，廣州地區也因為西力東漸而有很大的轉變，從越南使節對廣東的紀錄，可觀察出廣州在十九世紀的變化，並且透過使節的異國書寫，理解外來者對廣東地區變化的理解與感受。

　　本論文從越南使節出使廣東的詩文集出發，探究越南使節在廣東的文學活動，除了了解越南使節的出使目的與活動之外，與當地文人的交流更可以補充廣東文學史不足之處，豐富東亞漢文學研究的視野。

　　本論文共分成七章，第一章整理並回顧中文及越南文有關越南使節的研究論著，並且闡述研究目的與方法；第二章討論十八世紀末至十九世紀初四個越南使節團途經或直接前往廣東的所見所聞；第三章以明命時期四度前往廣東的李文馥為主體，討論李文馥及其同行使節在廣東所留下的詩文作品，紀錄 1830 年代的廣東風貌及當地文人的交遊情形；第四章以嗣德前期前往廣東公幹的范富庶和受太平天國事件影響而改道廣東回國的潘輝泳及范芝香歲貢使團對於廣東的紀錄及與當地文人的互動為主要討論對象；第五章則以嗣德中期兩度前往廣東公幹的鄧輝㷨為主體，討論他在廣東期間所結識的廣東文人及其在廣東的所見所聞，並觀察在西方勢力影響下的廣東風貌。第六章討論 1883 年途經廣東前往天津的阮述與范慎遹使團在廣東的日記，從中發掘中越雙方對於法國入侵的意見及與當地文人的交流。

致　謝

　　這本論文是博士班的研究成果，現在看來還有很多不成熟的觀點和論述，但這也是一個人生的里程碑，就讓這樣的青澀留在過去，之後再繼續前進。

　　一部論文的完成，除了自己的努力與自我鞭策之外，還需要許多前輩的引領及幫助。

　　首先要感謝我的指導教授陳益源先生，是陳先生帶領我進入越南漢文學的領域，也是我一直仰之彌堅的學術巨人，沒有老師的不斷鼓勵和鞭策，我無法堅持到今日；看見老師對於學術研究的熱情與執著，也讓我能在黝黑的學術之路上，擁有一盞明燈。

　　感謝這本論文的口試委員王三慶先生、朱鳳玉先生、林登順先生和龔顯宗先生，對於論文的打磨與鼓勵，讓這本論文從發育不良逐漸成為一個四肢健全但長相仍有待加強的孩子。

　　感謝研究室的學長姊和學弟妹們，凱蘋、景文、小三和淑如各位學長姐們在我痛苦地想要放棄論文時的溫情鼓勵，福安、小新和清風，隨時接受我的騷擾，為我翻譯越南文章的字句；親愛的同學小燕和彩韻，為我找尋資料，翻譯文章，並且互相打氣；還有淑惠、盈翔、想容、文俊和青簪，感謝有你們的砥礪，讓我能夠順利的完成論文。

　　還有系辦公室的欣儀學姊跟邱助教，沒有你們時時為我注意流程，時不時地心靈開導，我無法戰勝論文大魔王。

　　最後還要感謝我的家人們和培哲，是你們在背後的支持，才讓我能毫無

顧慮的在學術之路上前進，無須擔憂。

　　一本論文的完成，看似為學術之路劃下一個段落的句點，但也是下一段開頭的起點，在這條路上雖然看似孤獨地踽踽前行，但實際上總有人相伴，一點也不孤單。

2022.5 於台南

目

次

第一章 緒 論

第一節 研究背景與目的

　　「東亞文化圈」的定義，歷史學家高明士曾言，東亞世界在地理上是指以中國本土為中心，包括今日韓國、日本、越南等地區；這個地區，皆以中國文化為主要成分，與其他歷史世界顯然不同，稱為「中國文化圈」並不為過。〔註1〕東亞文化傳播，從中國對外的輸出一直是以儒家文化為主體，而漢詩更是東亞文化區交流溝通的重要媒介，〔註2〕朝鮮、日本、越南等國在出使中國時以詩作紀錄旅程，寫下當時中國的樣貌，之前出版的《朝天錄》、《燕行錄》〔註3〕

〔註1〕高明士：《唐代東亞教育圈的形成——東亞世界形成史的一側面》（臺北市：國立編譯館，1984 年），頁 1。

〔註2〕廖肇亨：〈東亞使行文學的再省思——從黎貴惇與朝鮮使節的唱和談起〉，「越南儒學與東亞文化國際研討會」會議論文，河內：越南社會科學院哲學研究所，2009 年 6 月 23～24 日。

〔註3〕《朝天錄》與《燕行錄》都是朝鮮時代派往中國的貢使所留下外交紀錄，日前已由東國大學林基中教授整理出版成一百冊的《燕行錄全集》，共收錄五百多種燕行文獻，時間自十三世紀到十九世紀，橫跨中國明清兩代，其中的內容除了行程的紀錄之外，還有當時東亞的政治、經濟、社會、學術、文化等各種紀錄，是研究東亞交流史的重要文獻材料。之後林教授又與日本京都大學夫馬進教授編纂了《燕行錄全集（日本所藏編）》，收錄現藏於日本的韓國燕行錄 30 餘種，和五十冊的《燕行錄全集續集》，補全《燕行錄》的不足。林基中編：《燕行錄全集》（首爾：東國大學校出版部，2001 年 10 月）；林基中、夫馬進主編：《燕行錄全集（日本所藏編）》（首爾：東國大學校出版部，2001 年）；林基中編：《燕行錄全集續集》（首爾：東國大學校出版部，2008 年）

以及《越南漢文燕行文獻集成（越南所藏編）》〔註4〕都是朝鮮、越南使節出使中國時所留下的外交史料，除了行程的紀錄之外，還可見到使節們對於中國當時的政治、經濟、社會、文化等不同層面的觀察，〔註5〕除此之外，當時由於各使節之間語言不通，只能以漢詩互相唱和，或以漢字「筆談」，進行國際間的交流。〔註6〕

　　除了國際間的交流之外，各國派往中國的使節同時也是當地著名的文人，對於中國文學都有深厚的涵養，與中國文人來往，不僅是文人之間的交流，也是另一種公務的執行。以越南為例，越南使節阮述就曾奉命為越南明命皇帝之女梅菴公主所著《妙蓮集》一書，邀請清人王應孚、唐景崧、梅璐、黃耀奎、邱伯馨等人題詞。〔註7〕或是將自己或母國王子的作品當作禮物饋贈給中國文人，進而造成越南書籍在中國的流傳等等，〔註8〕使節除了肩負國際政治交流的任務之外，也是東亞各國文化交流的樞紐之一。

　　而越南使節出使中國的目的可分為兩種，一種是正式的朝貢，主要是到北京進行歲貢、瞻覲、賀壽、告哀、謝恩、請封或乞師，其所行進的路線通常

〔註4〕《越南漢文燕行文獻集成（漢喃院所藏編）》是越南出使中國的使節文獻，共收現存完整的79種燕行文獻，系統性地展現自1314年到1884年的中越外交文獻，參見中國復旦大學文史研究院、越南漢喃研究院合編：《越南漢文燕行文獻集成（漢喃院所藏編）》，共25冊。（上海：復旦大學出版社，2010初版）。

〔註5〕關於使節文獻的研究，中研院廖肇亨先生所執行的「漢詩與外交：十四到十九世紀東亞使節及其文化書寫」研究計畫，整理了日本、韓國、越南、琉球等東亞各國使節出使中國的使節文獻及相關研究成果，針對東亞各國的外交史料及文獻研究，試圖呈現十四到十九世紀整個東亞文化圈的交流與樣貌。計畫網站：http://proj3.sinica.edu.tw/~eaenvoys/index.php（上網時間2015年7月15日）。

〔註6〕關於韓國、越南使節在中國的交流，學界已有許多討論，臺灣學界如前文所引的廖肇亨：〈東亞使行文學的再省思——從黎貴惇與朝鮮使節的唱和談起〉，「越南儒學與東亞文化國際研討會」會議論文，河內：越南社會科學院哲學研究所，2009年6月23～24日。劉玉珺：《越南漢喃古籍的文獻學研究》（（北京：中華書局，2007年）、沈玉慧：〈乾隆二十五～二十六年朝鮮使節與安南、南掌、琉球三國人員於北京之交流〉（《臺大歷史學報》第50期，2012年12月，頁109～153）等都已注意相關的問題。

〔註7〕劉玉珺：《越南漢喃古籍的文獻學研究》，北京：中華書局，2007年，頁356。

〔註8〕越南使節枚德常、阮述、王有光都曾將阮綿審的詞集作為禮物饋贈給中國官員。語見劉玉珺：《越南漢喃古籍的文獻學研究》（北京：中華書局，2007年），頁353。

由越南諒山入關進入中國廣西，一路往北經湖南、湖北漢陽，在後黎朝結束（1788）以前「使舟過此，順流東下，歷江西、江南至揚州始起旱，經山東、直隸入京」，自阮朝開始則改為「自漢口起旱，過武勝關，入河南，經直隸」入京。〔註9〕這樣的正式朝貢路線是不會經過廣東的。

　　清代規定正式的朝貢為四年兩貢，但這並非定例，清朝開國之初，越南當時還是安南後黎朝時期，安南國王沿襲明朝的舊例，三年朝貢一次。直到康熙七年，安南國內受權臣把持，內部動盪，要求改以六年兩貢並進。〔註10〕這樣的貢期一直持續到乾隆五十四年，後黎朝被西山政權推翻，與黎朝曾經要求延長貢期相反，西山政權卻主動要求縮短貢期，將原來三年一貢改為兩年一貢，六年遣使來朝一次改為四年一次。〔註11〕據初步統計，從乾隆五十四年（1789）四月阮光顯（Nguyễn Quang Hiển，？～？）赴北京朝貢請封開始，到嘉慶七年（1802）七月，西山政權被阮福映（Nguyễn Phúc Ánh，1762～1820）〔註13〕推翻為止的13年時間內，安南派往中國的各類友好使團共11次之多，幾乎平均每年一次，較之規定的貢期還要密集。〔註12〕

　　1802年，阮福映推翻西山政權，正式建國，越南史稱「阮朝」，阮朝的貢期，開始時是按照「二年一貢、四年遣使來朝一次」〔註14〕的西山時期的成例進行的，道光十九年（1839）起，改為「四年遣使朝貢一次」。貢期稍為延長。〔註15〕由於阮朝定都順化，與中國海上交通相對比較便捷，故多次向清朝提出要求改變「貢道」，由海路航行達廣東省城，再由陸路北上入京，但清朝為了便於管理，仍要求阮朝照舊走陸路朝貢。道光九年（1829），清宣宗指出：「外夷

〔註9〕潘輝注：《輶軒叢筆》，收入中國復旦大學文史研究院、越南漢喃研究院合編：《越南漢文燕行文獻集成（漢喃院所藏編）》，第十一冊，頁95。詳細的清代越南燕行使使程路線變化，可參考鄭幸：〈清代越南使臣入京路線述略〉，《燕行使者進紫禁城學術研討會會議論文集》，北京：故宮學研究所主辦，2014年6月28～29日，頁444～453。

〔註10〕余定邦、喻常森等著：《近代中國與東南亞關係史》，廣州：世界圖書出版有限公司，2015年3月第一版，頁5。

〔註11〕清官修：《大清會典事例》，商務印書館，1909年版，卷502，頁5。

〔註13〕案：阮福映，越南阮朝開國君主，年號嘉隆，1802～1820在位。

〔註12〕余定邦、喻常森等著：《近代中國與東南亞關係史》，廣州：世界圖書出版有限公司，2015年3月第一版，頁29。

〔註14〕清官修：《大清會典事例》，商務印書館，1909年版，卷502，頁5。

〔註15〕余定邦、喻常森等著：《近代中國與東南亞關係史》，廣州：世界圖書出版有限公司，2015年3月第一版，頁41。

各國進貢，或由水路，或由陸路，定例遵行，未可輕易改變。越南國遣使來京進貢，自康熙年間議定由陸路行走。今該國陪臣，於進表後，在禮部呈遞稟啟，欲改由廣東水路。該部以事涉更張，實不可行，議駁甚是。」〔註16〕直至光緒九年（1883），出於援越抗法的需要，清朝才答應「變通成例，允許越使由海道至廣東省城，再附拓招商，商局輪船，赴洋入都」〔註17〕。但到了這個時候，由於法國加緊進行對越南的殖民侵略，中越關係已接近尾聲。〔註18〕

　　除了正式的朝貢之外，越南政府若要派員前往中國，則有採買、護送中國官員、解送俘虜等非正式的遣使方式，許文堂的〈十九世紀清越外交關係之演變〉一文中的「越南遣使大清一覽」表中就記錄了六次越南的非正式遣使，〔註19〕但事實上越南遣使廣東和福建的次數遠比六次更多，綜觀《大南實錄》裡以「如東公務」、「赴廣東採買」或「解送廣東盜匪回粵」為由的出使任務就有十九次，加上歲貢路程因中國當地戰亂而有變更的使程，如乾隆六十年（1795）的阮偍使團因苗亂改道廣東、咸豐三年（1853）潘輝注使團因太平天國之亂反覆改道，最後由廣東搭船回國；以及光緒九年（1883）范慎遹、阮述使團因越南國內遇法人興兵，不得已改從海路由廣東登陸前往天津求援等等，雖是正式使程，但由於人為因素，必須改道廣東，加上前述的非正式使程，越南使節前往廣東或途經廣東的使程便達二十二次之多。

　　這些越南使節為何選擇途經或前往廣東地區？因為廣州自唐代以來就是一大商港，資料流通便利，貨物豐盛；乾隆二十二年（1757）乾隆更是規定外國人只能在廣東經商，使得廣東地區成為官方正式承認的對外貿易窗口；〔註20〕

〔註16〕《清宣宗實錄》，北京：中華書局，1986 年，卷 158，頁 36。

〔註17〕王彥威、王亮編：《清季外交史料》卷 35，「桂撫倪文蔚奏越南王遣使賚表由海道進京摺」，故宮博物院影印本。

〔註18〕余定邦、喻常森等著：《近代中國與東南亞關係史》，廣州：世界圖書出版有限公司，2015 年 3 月第一版，頁 42。

〔註19〕許文堂：〈十九世紀清越外交關係之演變〉及「越南遣使大清一覽表」，收入許文堂編：《越南、中國與臺灣關係的轉變》，臺北：中央研究院東南亞區域研究計畫，2001 年 12 月，頁 120～127。

〔註20〕乾隆諭令：「本年來船雖已照上年則例辦理，而明歲赴浙之船，必當嚴行禁絕。……此地向非洋船聚集之所，將來只許在廣東收泊交易，不得再赴寧波。如或再來，必令原船返棹至廣，不准入浙江海口。豫令粵關，傳諭該商等知悉。……今行文該國番商，遍諭番商。嗣後口岸定於廣東，不得再赴浙省。」語見《清高宗實錄》第 550 卷，乾隆二十二年十一月戊戌，北京：中華書局，1986 年，頁 986。

因此無論是要收集外國情報或是購買「異物」，都能在廣州港完成，廣州港長期以來與越南堤岸及峴港的貿易繁盛，因此越南使節能夠容易地搭船返國，也是原因之一。

　　加上早在十七世紀初期，就有廣東人鄭天賜（Mạc Thiên Tú，1700～1780）父子前往越南南部的河仙地區開墾，之後又有明朝高廉雷三州總兵陳上川（1626～1720）率領副將陳安平（？～？）等三千部將前往越南沱㶞（今峴港）地區投靠阮主阮福瀕（Nguyễn Phúc Tần，1620～1687），阮福瀕將越南南方的邊和、定祥一帶讓給他們開墾。〔註21〕此後，福建、廣東的移民大量移居越南，加上堤岸港（今胡志明市）及沱㶞港的開發，廣東與越南的商業往來日益繁盛，兩國之間的關係越來越密切。

　　而仔細檢視越南使節經過或以廣東為落腳地的使程，留下詩文紀錄的大約有十二次之多，現列表如下：

時　　間	主要使節	任　　務	目的地	相關著作
西山阮文惠光中三年（乾隆 55年，1790）	潘輝益、武輝瑨、段浚	阮文惠帶領使節團來華賀壽	經梧州東下廣東，經廣州、南雄入湖南、北京	潘輝益《星槎紀行》（B6）〔註22〕、《柴山進士潘公詩集》（A.2822）武輝瑨《華程後集》（B6）段浚《海煙詩集》（B7）、《段先生詩集》（A.2822）、《海派詩集》（A.310）武輝瑨、吳時任、潘輝益《燕臺秋詠》（B7）
後黎景盛三年（乾隆 60 年，1795）	阮偍	歲貢		阮偍《華程消遣集》（B8）
景盛六年（嘉慶三年，1798）	吳仁靜、陳俊、何平	探訪黎主消息	廣東	吳仁靜《拾英堂詩集》（B9）前半
嘉隆元年（嘉慶 7 年，1802）	鄭懷德、吳仁靜、	械送廣東盜匪回粵，後與黎	自越南由海路往廣	吳仁靜《拾英堂詩集》後半鄭懷德《艮齋觀光集》（B8）

〔註21〕徐善福、林明華：《越南華僑史》，廣州：廣東高等教育出版社，2011 年 1 月，頁 114。

〔註22〕書名後以 B 開頭數字為《越南漢文燕行文獻集成（漢喃院所藏編）》所錄冊數，A 字編號則為漢喃研究院圖書館館藏編號，以下同，不另註解。

	黃玉蘊	光定、黎正路、阮嘉吉等請封使團於廣西會合，前往北京請封。	東，後改陸路自廣西北上前往北京	
明命十四年（道光十三年，1833）夏～冬	李文馥、阮文章、黎文謙、黃炯、汝伯仕	分乘平字一、平字七兩大船，護送廣東水師梁國棟、樊耀陞失風戰船回廣東。	廣東（含澳門）	李文馥《粵行吟草》（B13）、《澳門誌行詩抄》（已佚）、黃炯《粵行吟草》（已佚）繆艮《中外群英會錄》（A.138、A.3039）、汝伯仕《粵行雜草》（B13）、（VHv.1797/1-2
明命十五年（道光十四年，1834）夏～冬	李文馥	管駕平字五號船，護送風飄廣東水師外委陳子龍歸國。	廣東	《粵行續吟》（A2685/2）、（A.300）
明命十六年（道光十五年，1835）夏～冬	李文馥、陳秀穎、杜俊大	捕獲解送搶掠於廣南洋分的三名水匪回廣東。	廣東	《三之粵集草》（B13）、《仙城侶話集》（B13）、《二十四孝演歌》（VHv.1259）
明命十七年（道光十六年，1836）秋～冬	李文馥	奉駕平洋號船到澳門，察訪師船音訊。	澳門	《鏡海續吟》（B14）
嗣德四年（咸豐元年，1851）	范富庶、黎直軒、阮玉汝、阮有光、武黃中	奉駕瑞鷥號護送清國飄風把總吳會麟回廣東。	廣東	《蔗園全集・東行詩錄》（A.2692）
嗣德六年至八年（咸豐三年至五年，1853～1855）	潘輝泳、武文俊、劉亮翰	謝貢，但遇清太平天國之亂，滯留中國三年之久，後經海路自廣東返回越南	廣東、澳門	潘輝泳《駰程隨筆》（B17）
嗣德八年（咸豐五年，1855）	范芝香、阮有絢、阮惟充	歲貢，與前部答謝部使團同經海路自廣東返回越南	廣東、澳門	范芝香第二次使程詩集（B17）

嗣德十八年至廿一年（同治四年至七年，1865～1868）	鄧輝燦	欽派如東公幹、鴻臚寺卿、辦理戶部事務。	廣東、香港	鄧輝燦《東南盡美錄》（B18）、《柏悅集》（A.2459、VHv.2395）、《鄧黃中詩抄》（VHv.249、VHv.833）、《辭受要規》（A.491、VHv.252）、《鄧惕齋言行錄》、《鄧黃中文抄》（VHv.834）
嗣德二十年至廿一年（六年至七年，1867～1868）	鄧輝燦	欽派如東公幹	廣東	《柏悅集》（A.2459、VHv.2395）《鄧黃中詩抄》（VHv.249、VHv.833）、《辭受要規》（A.491、VHv.252）、《鄧惕齋言行錄》、《鄧黃中文抄》（VHv.834）
嗣德卅六年至建福元年（光緒九年至十年，1883～1884）	范慎遹、阮述	告哀，阮述先行前往廣東公幹，再與使節團會合	廣東、香港、澳門	《建福元年如清日程》（B23）、阮述《往津日記》（陳荊和校註本）〔註23〕

在這十二次的旅程中，在歷史上的記錄，除了嗣德十八年與嗣德二十年的鄧輝燦的廣東任務在史書上未載之外，其餘多是護送海難漂流的中國官員或是正式出使路線的改變，但其潛在的目的其實是通商與收集情報。〔註24〕

〔註23〕阮述著，陳荊和編註：《往津日記》，香港：香港中文大學新亞研究所東南亞研究室，1980年。

〔註24〕參考湯熙勇：〈船難與海外歷險經驗——以蔡廷蘭漂流越南為中心〉，《人文及社會研究集刊》第21卷第3期（臺北：中央研究院人文社會科學研究中心，2009年9月），頁486。關於東亞漂流事件的外交關係，劉序楓、陳益源師都有相關研究。見劉序楓：〈清代檔案與環東亞海域的海難事件研究——兼論海難民遣返網絡的形成〉，《故宮學術季刊》（臺北：國立故宮博物院，2006年）第23卷第2期，頁91～126；劉序楓：〈近世東亞海域的偽裝漂流事件：以道光年間朝鮮高閑祿的漂流中國事例為中心〉，《韓國學論集》第45輯（首爾：漢陽大學校韓國學研究所，2009年5月），頁103～154；劉序楓：〈清代中國의外國人漂流民의救助와送還에대하여 — 朝鮮人과日本人의사례를중심으로—〉（The Rescue and Repatriation of Foreign Drifters by Qing China: Focusing on Cases Involving Koreans and Japanese），《東北亞歷史論叢》第28號（首爾：東北亞歷史財團，2010年6月），頁131～168；〈18～19世紀朝鮮人的意外之旅：以漂流到臺灣的見聞記錄為中心〉，《石堂論叢》55輯（韓國：東亞大學校石堂學術研究院，2013年3月）頁65～102；劉序楓：〈漂泊異域—清代中國船的海難紀錄〉，《故宮文物月刊》365期（臺北：國立故宮博物院，2013年8月），頁16～23。陳益源先生則對中越之間的漂流研究頗深，見陳益源：《蔡廷蘭及其海南雜著》（臺北：里仁書局，2006年12月）

因此越南使節多與當地文人交流，除了純粹的詩歌唱和之外，依照阮朝年代的不同，還有從中獲取各種情報的作用。而在使節結交的中國友人之中不乏著名文人，如李文馥在 1833 年的廣東任務中，結識了繆艮，並且相互以詩作唱和，繆艮也將此次聚會編寫成《中外群英會錄》，記錄當時盛況。〔註25〕此後兩人來往不輟，從李文馥的《三之粵吟艸》中還記下了繆艮的忌日，中國學界曾為繆艮的逝世年代作出許多爭論，但李文馥這個外國使節卻直接作出最正確的解答；〔註26〕另外還有范富庶在 1851 年前往廣東時也曾與理學家陳澧相識，阮述在 1883 年的出使行程中除了見到近代改革家王韜之外，還見到英人麥士尼（William Mesny，1842～1919）。從這些例子我們可以得出，廣東由於港口貿易興盛，使得各地文人與商人匯集於此，因而越南使節所結識的對象也與在北京的不同。

　　而廣東與越南使節的關係不僅止於文人的交遊，書籍的流通同樣佔了很大的位置，越南使節在中國除了肩負政治交流的任務之外，購買中國書籍也是使節的一大任務，如汝伯仕在 1833 年與李文馥共同出使廣東時，便在《粵行雜草》中詳細記載了他在廣東購買書籍的情形；鄧輝𤏸分別在 1865 年和 1867 年兩次赴廣東公幹，他除了從中國友人手上獲贈《康熙耕織圖》，購買《辭受要規》等書籍，並且在回到越南之後翻刻之外，他還整理了父親的著作《鄧惕齋言行錄》和自己的著作《鄧黃中詩抄》《二味集》等作品，委託廣東友人在廣東印刷出版。這些書籍的傳播，以及所謂的「廣東代刻本」所造成的中越文化交流，一直是學界所關注的議題。法國漢學家陳慶浩先生首先

以及近幾年對於越南的相關研究總結：《越南漢籍文獻述論》（北京：中華書局，2011）；陳益源：〈在金門與越南之間〉，林正珍主編：《2008 金門學學術研討會論文集——烽火僑鄉敘事記憶：戰地、島嶼、移民與文化》（金門：金門縣文化局，2008 年 11 月），頁 251～262。關於東亞海洋史的研究也注意到相關的議題，可參考中研院專題計畫：「共相與殊相：十八世紀前東亞文化意象的匯聚、流傳與變異」，計劃網站：http://eastasia.litphil.sinica.edu.tw/project_member.php（上網時間：2015 年 7 月 20 日）

〔註25〕關於《中外群英會錄》的研究，可參考王偉勇：〈中越文人「意外」交流之成果——《中外群英會錄》述評〉，《成大中文學報》第十七期，臺南：國立成功大學中文系，2007 年 12 月，頁 117～152。

〔註26〕關於繆艮的逝世時間，中文學界爭論不休，如葉春生《嶺南俗文學簡史》說他「卒年不可考」（廣州：廣東高等教育出版社，1996 年 6 月，頁 53），或如陳邦炎主編《曲苑觀止‧清代卷》誤斷其卒於 1830 年（臺北：臺灣古籍出版公司，2001 年 8 月，頁 824）。

關注到越南漢籍與廣東佛山刻印廠的關係，〔註27〕之後劉玉珺也曾專文研究相關議題。〔註28〕

　　綜上所述，廣東跟越南使節有著相當多元的關係，透過研究越南使節在廣東的文學活動，不僅可以豐富廣東文學史的內涵，還能夠了解中越書籍的交流與傳播的過程。再者，廣東境內的廣州為商業港口，越南使節在廣州以及鄰近的香港、澳門等地區的所見所聞，和與當地的外國人接觸，都可以視作一種「透過中國看世界」的角度，筆者認為，亦可藉此觀察東亞海洋文化的交流，擴大東亞漢文研究的視野。為了有效開展研究議題及問題意識，以下首先對研究相關文獻做一回顧，並且說明本文之問題意識。

第二節　研究現況與問題意識

　　東亞使節的相關研究近年來研究者眾，隨著各國燕行錄的陸續出版，〔註29〕研究熱潮逐漸升高，其中以日本、韓國的燕行研究最多，研究方向也較為多元。根據裴英姬的研究，中日韓三國對於朝鮮《燕行錄》的研究主要集中在（一）朝貢關係；（二）朝貢貿易；（三）華夷觀念；（四）文化交流及傳播等議題。〔註30〕中央研究院廖肇亨先生所執行的「漢詩與外交：十四到十九世紀東亞使節及其文化書寫」研究計畫也整理了中韓、中日交流的相關研究論著，研究題材多元，語言更是涵蓋中文、日文與韓文三種，顯示中日韓各國皆相當關心相關議題。〔註31〕

〔註27〕陳慶浩：〈越南漢喃籍之出版與目錄〉，收入磯部彰編：《東アジア出版文化研究こはく》，東京：知泉書館株式會社，2004 年 12 月，頁 335。
〔註28〕劉玉珺在《越南漢喃古籍的文獻學研究》曾將漢喃書籍從刊刻方式到傳播做了一個有系統的分析與研究，並且關注所謂「南書北印」的問題。詳見劉玉珺：《越南漢喃古籍的文獻學研究》，北京：中華書局，2007 年 7 月。
〔註29〕韓國的燕行錄出版較早，林基中所編的《燕行錄全集》於 2001 年出版，收錄朝鮮使中文獻 500 多種；而越南的燕行錄則到 2010 年才出版了其中的 79 種漢文燕行文獻。林基中編：《燕行錄全集》（首爾：東國大學校出版部，2001 年 10 月）；中國復旦大學文史研究院、越南漢喃研究院合編：《越南漢文燕行文獻集成（漢喃院所藏編）》（上海：復旦大學出版社，2010 初版）。
〔註30〕裴英姬：〈《燕行錄》的研究史回顧（1933～2008）〉，臺大歷史學報第 43 期，2009 年 6 月，頁 222。
〔註31〕廖肇亨：「漢詩與外交：十四到十九世紀東亞使節及其文化書寫」研究計畫，計畫執行期間：2009 年 1 月至 2013 年 12 月，計畫網站：http：//proj3.sinica.edu.tw/~eaenvoys/index.php（上網時間 2015 年 7 月 15 日）

　　在越南使節研究部分，由於越南社會開放較晚，關於越南使節的文獻資料多半集中收藏在漢喃研究院、國家圖書館及各大公立圖書館中，取得不易；中文學界在 1980 年代陳荊和編注的《往津日記》〔註32〕提到阮述出使中國的相關情形之後，才逐漸有人關心此一議題。根據阮黃燕的整理，中國、香港、臺灣地區對於越南燕行錄的研究內容上可分為（一）燕行作品的介紹及其史料價值；（二）燕行作品與中越文化交流；（三）燕行作品與中越關係；（四）燕行錄與「湘學」（五）；燕行錄與中國形象；（六）燕行錄與區域研究。〔註33〕

　　筆者認為，大可不必分成六項來看，第二項的中越文化交流、第三項的中越關係以及第五項使節所描寫的中國形象所討論的議題相近，第四項的「湘學」研究則是越南使節必經的湖南地區，是較早有意識地研究越南使節與湖南之間的關係，因此可將其中的第二項的中越文化交流與第五項的中國形象併入第三項討論中越關係之中，第四項的「湘學」研究則可併入第六項的區域研究中一併討論，因此筆者將其分成（一）燕行作品的介紹及其史料價值；（二）燕行作品與中越關係；（三）燕行作品與區域研究。以下分述之：

（一）燕行作品的介紹及其史料價值

　　陳荊和最早注意到越南使節文獻，其所編注、出版的阮述《往津日記》，為中文學界帶來研究的新視野，他在序文裡對於阮述的生平及其使程作一評述，引起後來者的研究，陳三井主要研究領域為中國近現代史及中法關係史，其關於越南使節的研究就是在陳荊和編註的《往津日記》的基礎上，討論阮述的中國使程。〔註34〕龔顯宗撰寫了兩篇關於鄭懷德出使中國的使程詩集《艮齋詩集》及其生平述論的兩篇論文，分別是〈自《艮齋觀光集》看越、清兩國交涉與七省風物〉與〈華裔越南漢學家、外交家鄭懷德〉，著重在鄭懷德作品的文學價值；龔先生所指導的博士論文，由阮氏美香所著《鄭懷德《艮齋詩

〔註32〕〔越〕阮述著，陳荊和編註：《往津日記》（香港：香港中文大學新亞研究所東南亞研究室，1980 年）

〔註33〕阮黃燕：《1849～1877 年間越南燕行錄之研究》，國立成功大學中國文學系博士論文（臺南：國立成功大學中國文學系，2015 年 6 月），頁 29～36。

〔註34〕陳三井：〈阮述《往津日記》在近代史研究上的價值〉，《臺灣師大歷史學報》，1990 年，頁 231～244；陳三井：〈中法戰爭前夕越南使節研究——以阮氏為例之探討〉，許文堂主編：《越南·中國與臺灣關係的轉變》（臺北：中央研究院東南亞區域研究計畫，2000 年），頁 63～76。

集》研究》〔註35〕則是從越南人的觀點看越南漢學家鄭懷德作品的文學價值所在；陳益源先生長期關注越南，對於越南使節研究領域頗有成就，其《越南漢籍文獻述論》〔註36〕，收錄多篇與越南使節相關的研究篇章；劉玉珺《越南漢喃古籍的文獻學研究》中的部分篇章討論了北使詩文集及中越書籍的交流。〔註37〕王志強〈越南漢籍《往津日記》及其史料價值評介〉〔註38〕則肯定《往津日記》對研究越中朝貢關係、東亞局勢的價值。因產生於後，可以參考更多資料，因此比陳荊和有更具體的看法。周亮〔註39〕、劉曉聰〔註40〕、楊大衛〔註41〕、都以《越南漢文燕行文獻集成》為主題，全面地考察越南燕行文獻的社會背景、使程路線等，然而因為作品數量過多，涵蓋的時間較長，時代背景不同，研究問題自然相當多且複雜，以碩士論文的篇幅恐怕難以面面俱到。王志強〈越南漢籍阮述《往津日記》與《建福元年如清日程》的比較〉〔註42〕將兩本同時產生於 1883 年使華行程的作品就版本、流傳、內容等方面進行比較，找出兩本在性質、文獻價值方面的差異，內容方面的互補對研究當時歷史事件、中越關係等有重要的文獻、史料價值。

（二）燕行作品與中越關係

燕行作品的研究中，最被廣為討論的就是其中的隱含的中越關係及文人交流，美國黎明開博士論文《銅柱何在？越南使程詩和 16 至 19 世紀的越中關係》〔註43〕透過分析越南十六到十九世紀的燕行詩歌，考察越南士人如何看待世

〔註35〕阮氏美香：《鄭懷德《艮齋詩集》研究》，國立中山大學中國文學系博士論文，（高雄，2016 年）。

〔註36〕陳益源：《越南漢籍文獻述論》（北京：中華書局，2011）。

〔註37〕劉玉珺：《越南漢喃古籍的文獻學研究》（北京：中華書局，2007 年），第四章、第五章。

〔註38〕王志強：〈越南漢籍《往津日記》及其史料價值評介〉，《東南亞縱橫》，2010年第 12 期，頁 71～74。

〔註39〕周亮：《清代越南燕行文獻研究》，暨南大學碩士論文（廣州，2012 年）。

〔註40〕劉曉聰：《清代越南使臣之「燕行」及其「詩文外交」研究》，廣西民族大學碩士論文（廣西，2013 年）

〔註41〕楊大衛：《越南使臣李文馥與 19 世紀初清越關係研究》，暨南大學碩士論文（廣州，2014 年）

〔註42〕王志強：〈越南漢籍《阮述〈往津日記〉》與《建福元年如清日程》的比較〉，《東南亞縱橫》，2012 年第 12 期，頁 56～59。

〔註43〕黎明開(Liam C, Kelley)，"Whither the Bronze Pillars? Envoy Poetry and the Sino-Vietnamese Relationship in 16th to 19th Centuries（銅柱何在？越南使程詩和 16至 19 世紀的越中關係）." University Of Hawaii，2001。

界和越南與中國之間的關係。研究指出，越南士人認同中國文化，承認自己
為中國藩屬國，但同時也強調自己不同的文化特徵。這一部打破了西方研究
者歷來對越南對文化認同、民族意識的觀點，其價值值得肯定。廖寅〈宋代
安南使節廣西段所經路線考〉〔註44〕集中考察宋代越南使節出使中國在廣西
境內的具體路線。李謨潤〈拒斥與認同：安南阮攸《北行雜錄》文獻價值審
視〉〔註45〕透過分析阮攸《北行雜錄》詩歌，指出阮攸對中國、中國文化的
拒斥與認同，從而評價《北行雜錄》的文獻價值之所在。陳文〈安南黎朝使臣
在中國的活動與管待——兼論明清朝貢制度給官名帶來的負擔〉〔註46〕集中
分析越南黎朝各使節在中國的各種政治、外交、交遊等活動以及中方對他們
的招待。該論文特別利用《如清日記》一書對中方消費的記載以及越南使團
所遭遇到的招待不周的問題進行分析，並指出朝貢制度給官民帶來的經濟負
擔。孫宏年〈清代中國與鄰國「疆界觀」的碰撞、交融芻議——以中國、越
南、朝鮮等國的「疆界觀」及影響為中心〉〔註47〕同時分析清代中國、越南、
朝鮮的「疆界觀」及在三國文人作品中的表現，從而對他們的觀點進行比較，
得出異同點，是一篇非常意義的論文。王志強與權赫秀合著的〈從1883年越
南遣使來華看中越宗藩關係的終結〉〔註48〕則詳細分析1883年來華越南使團
的歷史背景、在華活動，及其對中越宗藩關係終結、中越關係在中法戰爭前
夕出現新變化的影響與意義。陳國寶〈越南使臣與清代中越宗藩秩序〉〔註49〕
肯定了越南使節對越清宗藩關係穩定發展的貢獻。作者指出，越南使節實行
越南皇帝「內帝外臣」的與中國的外交政策，每次出使盡力妥善處理與大國
的外交關係，保護國家的自主權、平等權與國家利益。葛兆光〈朝貢、禮儀與

〔註44〕廖寅：〈宋代安南使節廣西段所經路線考〉，《中國歷史地理論叢》，2012年第
2期，頁95～104。

〔註45〕李謨潤：〈《拒斥與認同：安南阮攸《北行雜錄》文獻價值審視〉，《廣西民族
學院學報（哲學社會科學版）》，2005年第6期，頁157～161。

〔註46〕陳文：〈安南黎朝使臣在中國的活動與管待兼論明清朝貢制度給官名帶來的
負擔〉，《東南亞縱橫》，2011年第5期，頁78～84。

〔註47〕孫宏年：〈清代中國與鄰國「疆界觀」的碰撞、交融芻議——以中國、越南、
朝鮮等國的「疆界觀」及影響為中心〉，《中國邊疆史地研究》，2011年第4期，
頁12～22。

〔註48〕王志強、權赫秀：〈從1883年越南遣使來華看中越宗藩關係的終結〉，《史林》，
2011年第2期，頁85～91+189。

〔註49〕陳國寶：〈越南使臣與清代中越宗藩秩序〉，《清史研究》，2012年第2期，頁
63～75。

衣冠——從乾隆五十五年安南國王熱河祝壽及請改易服色說起〉〔註 50〕講述
1790 年越南使團在乾隆祝壽典禮上主動要求改穿大清衣冠，使乾隆皇帝格外
高興，越南使團當年也受到格外的重視，而此舉卻引起朝鮮使節的不滿。從
這樣的事件，作者考察中、越、朝等各國之間朝貢、禮儀與衣冠之間的聯繫
及其背後複雜的關係。張京華〈三「夷」相會——以越南漢文燕行文獻集成
為中心〉〔註51〕透過越南使節黎貴惇、阮思僩等人與中國文人、朝鮮文人的
筆談、拜謁、酬唱等資料，集中探討越南使節對東亞禮樂文明的認同與越中
兩國「夷夏觀」的交鋒。阮黃燕的《1849～1877 年間越南燕行錄之研究》
〔註 52〕則是針對《越南漢文燕行文獻》中的 1849 年到 1877 年間的燕行文
獻作主題式的研究，探討同樣面對西方勢力進逼的中越兩國，越南如何透
過中國看世界，並且依靠清朝政府打擊西方勢力，對於越南使節眼中的中
國形象有深入的研究。

　　在文人詩文交流上，羅長山〈越南陳朝使臣中國使程詩文選輯〉〔註 53〕
蒐集並介紹越南陳朝使節出使過程的詩文作品及其內容與價值。張宇〈越南
貢使與中國伴送官的文學交流——以裴文禩與楊恩壽交遊為中心〉〔註 54〕具
體考察越南使節裴文禩與中國文人楊恩壽的文學交流，指出裴、楊之間的詩
文唱和、通信、贈答等活動。陳益源先生與賴承俊合著的〈寓粵文人繆艮與
越南使節的因緣際會〉〔註 55〕透過分析越南使節阮文章、李文馥、黃炯、汝
伯仕、黎文謙等與中國文人繆艮的作品，指出他們早期如何見面並進行詩文
唱和、通信的場面，到後來無法會面，永留遺憾的深厚情誼。李標福《清代越
南使臣在華活動研究——以《越南漢文燕行文獻集成》為中心》〔註 56〕和史

〔註 50〕葛兆光：〈朝貢、禮儀與衣冠——從乾隆五十五年安南國王熱河祝壽及請改易
　　　　服色說起〉，《復旦學報（社會科學版）》，2012 年第 2 期，頁 1～11。
〔註 51〕張京華：〈三「夷」相會——以越南漢文燕行文獻集成為中心〉，《外國文學評
　　　　論》，2012 年第 1 期，頁 5～44。
〔註 52〕阮黃燕：《1849～1877 年間越南燕行錄之研究》，國立成功大學中國文學系博
　　　　士論文（臺南，2015 年）
〔註 53〕羅長山：〈越南陳朝使臣中國使程詩文選輯〉，《廣西教育學院學報》，1998 年
　　　　第 1 期，頁 205～211。
〔註 54〕張宇：〈越南貢使與中國伴送官的文學交流——以裴文禩與楊恩壽交遊為中
　　　　心〉，《學術探索》，2010 年第 4 期，頁 140～144。
〔註 55〕陳益源、賴承俊：〈寓粵文人繆艮與越南使節的因緣際會——從筆記小說《塗
　　　　說》談起〉，《明清小說研究》，2011 年第 2 期，頁 212～226。
〔註 56〕李標福：《清代越南使臣在華活動研究——以《越南漢文燕行文獻及成》為中

蓬勃《清代越南使臣在華交遊述論——以《越南漢文燕行文獻集成》為中心》〔註57〕則同時關注到越南使節在中國的交遊情形，討論越南使節與中國文人的交遊以及購買中國圖書進而促進中越書籍交流的情形，並且討論越南使節在中國與朝鮮使節的來往。王志強〈從越南漢籍《往津日記》看晚清中越文化交流〉〔註58〕則以《往津日記》為中心，考察晚清時期阮述如何與中國朋友進行文學和文化交流。作者指出，文學交流方面有書信交流、互贈詩集、乞討題詞等。文化交流則包括醫藥、近代科技、與日本人交涉等各方面。從而對阮述作品關於文化書寫方面做出評價。王勇〈燕行使筆談文獻概述——東亞筆談文獻研究之一〉〔註59〕指出筆談為東亞或漢字文化圈交際的重要工具，也因此越南、朝鮮使節出使中國時就產生了酬唱、筆談的相關作品存世，這也是東亞文化圈有趣的共同點。

（三）燕行作品與區域研究

在越南使節與區域研究上，越南使節出使中國的路線固定，待在中國各地的時間也長，因此所留下的詩文作品也多。使程詩多以地名為題，對於中國區域研究的分析提供了良好的基礎，越南使節所必經的湖南省便因此有許多相關的研究，張京華〈「北南還是一家親」——湖南永州浯溪所見越南朝貢使節詩刻述考〉〔註60〕對越南各朝代使節在浯溪所刻詩文進行整體考察，從而指出兩國文化方面的異同。張京華〈黎貴惇《瀟湘百詠》校讀〉〔註61〕顧名思義是對黎貴惇在其燕行作品瀟湘一百首進行分類並一一介紹其背景，讓讀者更加了解詩的原意。亦如此類，彭丹華〈越南使者詠屈原詩三十首校讀〉〔註62〕利用《越南漢文燕行文獻集成》收集所有詠屈原的詩並進

心》，暨南大學歷史系碩士論文（廣州：2015年）。

〔註57〕史蓬勃：《清代越南使臣在華交遊述論——以《越南漢文燕行文獻集成》為中心》，山東師範大學碩士論文（山東，2014年）。

〔註58〕王志強：〈從越南漢籍《往津日記》看晚清中越文化交流〉，《蘭臺世界》，2013年第一月期，頁31～32。

〔註59〕王勇：〈燕行使筆談文獻概述——東亞筆談文獻研究之一〉，《外文研究》，2013年第1期，頁37～42。

〔註60〕張京華：〈「北南還是一家親」——湖南永州浯溪所見越南朝貢使節詩刻述考〉，《中南大學學報（社會科學版）》，2011年第5期，頁160～163。

〔註61〕張京華：〈黎貴惇《瀟湘百詠》校讀〉，《湖南科技學院學報》，2011年第10期，頁41～48。

〔註62〕彭丹華：〈越南使者詠屈原詩三十首校讀〉，《湖南科技學院學報》，2011年第10期，頁35～40。

行校讀以供讀者參考與研究。柳宗元儘管不是湖南人，但其與湖南有著非常密切的關係。而柳宗元的《永州八記》更是聞名中外，越南使節也因此而慕其名，一到永州就對柳宗元懷念不已。越南使節詠柳宗元亦由此而發。彭丹華的另一篇〈越南使者詠柳宗元〉〔註63〕則是收集了《越南燕行文獻集成》所有關於柳宗元的詩並一一校讀，從而指出越南使節對柳宗元身世及其懷才不遇的感懷與嘆息；詹志和〈越南北使漢詩與中國湖湘文化〉〔註64〕透過燕行作品對湖湘風物的吟詠、越南使節與湖湘文人的詩文唱和活動等分析越南使節與湖湘文化的關係；彭敏〈元結紀詠詩文研究──以湖南浯溪碑林與越南燕行文獻為中心〉〔註65〕透過分析越南燕行文獻和浯溪碑林所載的元結紀詠詩和紀詠文，指出浯溪文化、華夏文化的強大力量。位於湖南的岳陽樓和湖北的黃鶴樓是中國江南三大名樓之一，因此也是越南使節必遊之處。陳益源先生的《清代越南使節黃鶴樓詩文之調查、整理與研究》和〈清同治年間的黃鶴樓詩文〉〔註66〕對越南使節黃鶴樓的記載進行全面統計。從他們對黃鶴樓的描寫與感懷，掌握清代黃鶴樓的興衰，分析越南使節與中國文化的觀感，並檢視近代中國的變化。陳益源先生〈清代越南使節岳陽樓詩文之調查、整理與研究〉〔註67〕研究計劃從越南燕行作品蒐集並統計所有有關岳陽樓的各種記載，並指出其研究價值，是我們今天重新考察范仲淹〈岳陽樓記〉的傳播與影響，也是我們深入探究中越文人交往、中越文化交流，極其珍貴的域外文獻。張茜《清代越南燕行使者眼中的中國地理景觀》〔註68〕以「地理景觀」為線索，分析了越南燕行作品中中國地理的不同面貌，如交通路線，城市與貿易網絡、和城市之外的中國包括地方信仰、社會生活和民居的記錄等。王雨《清代以來龍州地區馬援崇拜研究》〔註69〕利用《集成》越南使節對馬伏波廟的記錄考察馬伏波廟的地理分佈，再

〔註63〕彭丹華：〈越南使者詠柳宗元〉，《湖南科技學院學報》，2011年第3期，頁27～29。

〔註64〕詹志和：〈越南北使漢詩與中國湖湘文化〉，《中南林業科技大學學報（社會科學版）》，2011年第6期，頁147～150。

〔註65〕彭敏：〈元結紀詠詩文研究──以湖南浯溪碑林與越南燕行文獻為中心〉，《湖南科技學院學報》，2012年第1期，頁16～20。

〔註66〕此為陳益源先生於國立成功大學所執行的科技部計劃及成果之一。

〔註67〕此為陳益源先生於國立成功大學所執行的科技部計劃。

〔註68〕張茜：《清代越南燕行使者眼中的中國地理景觀》，復旦大學碩士論文，2012。

〔註69〕王雨：《清代以來龍州地區馬援崇拜研究》，廣西民族大學碩士論文，2012。

次肯定越南燕行錄對中國地方研究的重要價值。夏露〈17～19世紀廣東與越南地區的文學交流〉〔註70〕從中越文人間詩歌酬和及書籍傳播所帶來的文學影響，揭示17～19世紀廣東文學與越南文學的深刻關係。夏露〈李文馥廣東、澳門之行與中越文學交流〉〔註71〕針對李文馥於1830年代連續四年前往廣東及澳門公務，在行程中與當地文人賦詩唱和，並購買中國故事回國改編成喃傳，進行中國文學在月的傳播。陳益源先生〈清代越南使節於中國廣東的文學活動──兼為《越南漢文燕行文獻集成》進行補充〉〔註72〕討論《集成》中越南使節於廣東的文學活動，從與當地文人的唱和之作中找尋中越文人交流的蛛絲馬跡。

在越南方面，由於社會開放較晚，資料取得不易，相較於中文學界起步較晚，但也有相當的研究成果，從整體的概論到各使節的專論都包含其中，但因為使節文獻多以漢喃字書寫，因此越南的研究者也著重在使節文獻的翻譯與介紹，整體而言，1970年代以前的使節文獻研究著重在燕行文獻的整理與介紹，如1940年代出版的《知新》雜誌便有一連串的文章介紹越南使節及其作品，如阮忠彥〔註73〕、武輝珽〔註74〕、吳仁靜〔註75〕、鄭懷德〔註76〕、

〔註70〕夏露：〈17～19世紀廣東與越南地區的文學交流〉，王三慶、陳益源主編：《東亞漢文學與民俗文化論叢（二）》（臺北：樂學書局，2011年12月），頁191～218。

〔註71〕夏露：〈李文馥廣東、澳門之行與中越文學交流〉，《海洋史研究》第五輯，2013年10月，頁148～165。

〔註72〕陳益源先生：〈清代越南使節於中國廣東的文學活動──兼為《越南漢文燕行文獻集成》進行補充〉，《嶺南學報》復刊第六輯，上海：上海古籍出版社，2016年7月，頁247～278。

〔註73〕日岩（Nhật Nham）：〈阮忠彥〉（Nguyễn Trung Ngạn），《知新雜誌》（Tri Tân），165期。

〔註74〕華鵬（Hoa Bằng）：〈武輝珽及其《華程隨步集》〉（Ông Võ Huy Tấn Và Tập Hoa Trình Tùy Bộ），《知新》（Tri Tân），1942年第35期，頁6～7。華鵬（Hoa Bằng）：〈武輝珽及其《華程隨步集》〉（Ông Võ Huy Tấn Và Tập Hoa Trình Tùy Bộ），《知新》（Tri Tân），1942年第36期，頁8～9。華鵬（Hoa Bằng）：〈武輝珽及其《華程隨筆》〉（Võ Huy Tấn Và Tập Hoa Trình Tùy Bút），《知新》（Tri Tân），1942年第37期。華鵬（Hoa Bằng）：〈關於武輝珽〉（Ông Võ Huy Tấn），《知新》（Tri Tân），1942年第40期，頁17～18。

〔註75〕阮肇（Nguyễn Triệu）：〈吳仁靜〉（Ngô Nhân Tĩnh），《知新》（Tri Tân），1941年第6期，頁15～16。

〔註76〕佚名：〈鄭懷德〉（Trịnh Hoài Đức），《知新》（Tri Tân），1941年第7期，頁12～13。

黎光定〔註77〕、阮嘉吉〔註78〕等；1980 年代後則逐漸有各使節的專論出現，除了介紹作者生平與作品之外，開始較為深入的討論使節詩的藝術特色與價值，如青蓮（Thanh Liên）〔註79〕、阮董芝（Nguyễn Đổng Chi）〔註80〕、楊氏詩（Dương Thị The）〔註81〕都曾針對李文馥及其《使程便覽曲》做出討論；黃文樓（Hoàng Văn Lâu）〔註82〕、金英（Kim Anh）〔註83〕、高自清（Cao Tự Thanh）〔註84〕等人也曾針對越南使節為文專論。其中又以介紹李文馥、潘輝注的生平及其作品的最多。這是因為李文馥、潘輝注都是越南文壇相當重要的人物，加上李文馥的燕行作品又是越南燕行文獻中少數用喃字創作的，因此較受關注。

　　1993 年，《使程詩》〔註85〕的出版是越南使節文獻研究的另一波高潮，這是越南第一本針對越南使節研究的專書，除了將越南歷代使節及其部分燕行作品翻譯持越南文之外，也對作者及其作品做了初步的評價，是目前越南使節文獻研究中收集最多作者與作品的研究專著，相當具有參考價值。在此

〔註77〕佚名：〈黎光定〉（Lê Quang Định），《知新》（Tri Tân），1941 年第 8 期，頁 10。

〔註78〕安山司（An Sơn Tư）：〈阮嘉吉的出使行程〉（Nguyễn Gia Cát - Đem Chuông Đi Đấm Xứ Người），《知新》（Tri Tân），1941 年第 18 期，頁 20。

〔註79〕青蓮（Thanh Liên）：〈《華程便覽曲》——李文馥從順化到北京的使程日記〉（Hoa Trình Tiện Lãm Khúc - Nhật Ký Trên Đường Từ Huế Đi Bắc Kinh Của Lý Văn Phức），《文化月刊》（Văn hoá nguyệt san），1960 年第 57 期，頁 1623～27。

〔註80〕阮董芝（Nguyễn Đổng Chi）：〈李文馥——阮朝出色的外交鬥爭筆斗〉（Lý Văn Phức - Ngòi Bút Đấu Tranh Ngoại Giao Xuất Sắc Thời Nguyễn），《文學》（Văn học），1980 年第 2 期，頁 52～58。

〔註81〕楊氏詩（Dương Thị The）：〈《使程便覽曲》——李文馥的一部喃文作品〉（Sứ Trình Tiện Lãm Khúc - Tác Phẩm Thơ Chữ Nôm Của Lý Văn Phức），《漢喃雜誌》（Tạp chí Hán Nôm），1992 年第 1 期，頁 87～90。

〔註82〕黃文樓（Hoàng Văn Lâu）：〈阮思僩《燕軺詩文集》之研究〉（Về Tác Phẩm Yên Thiều Thi Văn Tập Của Nguyễn Tư Giản），《漢喃雜誌》（Tạp chí Hán Nôm），2000 年第 3 期，頁 38～40。

〔註83〕金英（Kim Anh）：〈潘輝注的一篇賦之研究〉（Bài Phú "Buông Thuyền Trên Hồ" Của Phan Huy Chú），《漢喃雜誌》（Tạp chí Hán Nôm），1992 年第 1 期，頁 84～86。

〔註84〕高自清（Cao Tự Thanh）：〈鄭懷德的二十首喃文使程詩〉（Hai Mươi Bài Thơ Nôm Lúc Đi Sứ Của Trịnh Hoài Đức），《漢喃雜誌》（Tạp chí Hán Nôm），1987 年第 1 期，頁 86～93。

〔註85〕范邵（Phạm Thiều）、陶芳平（Đào Phương Bình）：《使程詩》（Thơ Đi Sứ），河內：社會科學出版社，1993 年。

同時也出現了以使節個人作品總集或選集的越南文翻譯版,除了將使節作品翻譯成越南文之外,也在序言之中對使節生平及其作品做一初步的介紹與評價,如阮攸〔註86〕、吳時任〔註87〕、段阮俊〔註88〕、吳時仕〔註89〕、范慎遹〔註90〕、鄧輝燒〔註91〕、阮偍〔註92〕、馮克寬〔註93〕等,都出現了個人作品的專書。

2000 年之後,越南使節研究有了更多元化的發展,接續過去以單一使節作品或作者做一評介的單篇論文仍然不少,如〈阮偍的《華程消遣後集》〉〔註94〕、〈阮偍詩研究〉〔註95〕、〈阮公基與 1715 年的使程〉〔註96〕、〈《往

〔註86〕 參考阮攸(Nguyễn Du)著、黎崔(Lê Thước)介紹:《阮攸漢詩選》(Thơ Chữ Hán Nguyễn Du),河內:文學出版社,1978 年。阮攸、裴幸謹(Bùi Hạnh Cẩn):《阮攸 192 首漢詩》(192 Bài Thơ Chữ Hán Của Nguyễn Du),河內:文化通信出版社,1996 年。梅國聯(Mai Quốc Liên):《阮攸全集》(Nguyễn Du Toàn Tập),河內:文學出版社,1996 年。

〔註87〕 參考吳時任(Ngô Thì Nhậm)著、高春輝(Cao Xuân Huy)介紹(Cao Xuân Huy):《吳時任詩文選集》(Tuyển Tập Thơ Văn Ngô Thì Nhậm),河內:社會科學出版社,1978 年。吳時任著、武箎(Vũ Khiêu)介紹(Vũ Khiêu):《吳時任詩歌選譯》(Thơ Ngô Thì Nhậm: Tuyển Dịch),河內:文學出版社,1986 年。

〔註88〕 編輯部(Nhiều người soạn):《段阮俊詩文(《海翁詩集》)》(Thơ Văn Đoàn Nguyễn Tuấn (Tức Hải Ông Thi Tập)),河內:社會科學出版社,1982 年。

〔註89〕 陳氏冰清(Trần Thị Băng Thanh):《吳時仕》(Ngô Thì Sĩ),河內:河內出版社,1987 年。

〔註90〕 阮文玄(Nguyễn Văn Huyền):《范慎遹:生平與作品》(Phạm Thận Duật Cuộc Đời Và Tác Phẩm),河內:社會科學出版社,1989 年。

〔註91〕 茶嶺組(Nhóm Trà Lĩnh):《鄧輝燒:生平與作品》(Đặng Huy Trứ - Con Người Và Tác Phẩm),胡志明市:胡志明市出版社,1990 年。

〔註92〕 編輯部(Nhiều người soạn):《阮偍漢文詩選集》(Tuyển Tập Thơ Chữ Hán Nguyễn Đề),河內:社會科學出版社,1995 年。

〔註93〕 裴維新(Bùi Duy Tân):《馮克寬:作家和作品》(Trạng Bùng Phùng Khắc Khoan: Tác Gia, Tác Phẩm),河西:河西文化通訊處,2000 年。

〔註94〕 武宏維(Võ Hồng Huy):〈阮偍的《華程消遣後集》〉(Quế Hiên Nguyễn Nễ Với Hoa Trình Tiêu Khiển Hậu Tập),《文學藝術》(Văn học nghệ thuật),2010 年第 316 期。

〔註95〕 阮氏鳳(Nguyễn Thị Phượng):〈阮偍詩研究〉(Về Văn Bản Thơ Nguyễn Đề),《漢喃雜誌》(Tạp chí Hán Nôm),2001 年第 88 期,頁 63～65。

〔註96〕 范黃江(Phạm Hoàng Giang):〈阮公基與 1715 年的使程〉(Nguyễn Công Cơ Và Chuyến Đi Sứ Nhà Thanh Năm 1715),收入漢喃研究院(Viện nghiên cứu Hán Nôm):《漢喃學通報》(Thông Báo Hán Nôm Học),河內:漢喃研究院,2005 年,頁 233～239。

使天津日記》與《往津日記》略考〉〔註 97〕、〈鄭懷德使程詩初探〉〔註 98〕、
〈潘輝一族與使程詩〉〔註 99〕、〈馮克寬——全君命、壯國威的使者〉〔註 100〕、
〈阮輝𤐸的外交事業〉〔註 101〕、〈越南中代使程詩概況與阮忠彥使程詩初探〉
〔註 102〕、〈阮輝𤐸《皇華使程圖版》簡介〉〔註 103〕、〈嗣德朝鄧輝𤏢在廣東的
兩次公務〉〔註 104〕等文章皆是如此；而主題式的專書或學位論文也逐獻關注到
使節文獻的研究，如《越南使臣》〔註 105〕、《117 位越南使節》〔註 106〕、《古

〔註 97〕 范黃軍（Phạm Hoàng Quân）：〈《往使天津日記》和《往津日記》略考〉（Lược
Tả Về Sách "Vãng Sứ Thiên Tân Nhật Ký" Của Phạm Thận Duật Và "Vãng Tân
Nhật Ký" Của Nguyễn Thuật），《研究與發展雜誌》（Tạp chí Nghiên cứu và Phát
triển），2008 年第 6 期，頁 110～117。

〔註 98〕 黎光長（Lê Quang Trường）：〈鄭懷德使程詩初探〉（Bước Đầu Tìm Hiểu Thơ
Đi Sứ Của Trịnh Hoài Đức），收入漢喃研究院（Viện nghiên cứu Hán Nôm）：
《漢喃學通報》（Thông Báo Hán Nôm Học），河內：漢喃研究院，2007 年。

〔註 99〕 阮黃貴（Nguyễn Hoàng Qúy）：〈潘輝一族與使程詩〉（Dòng Họ Phan Huy Sài Sơn
Và Những Tập Thơ Đi Sứ），收入漢喃研究院（Viện nghiên cứu Hán Nôm）：《漢喃
學通報》（Thông Báo Hán Nôm Học），河內：漢喃研究院，2003 年，頁 457～463。

〔註 100〕 裴維新（Bùi Duy Tân）：〈馮克寬——全君命、壯國威的使者〉（Phùng Khắc
Khoan - Sứ Giả "Toàn Quân Mệnh - Tráng Quốc Uy"），收入河內國家大學（Nhà
xuất bản Đại học quốc gia Hà Nội）：《文學研究與傳授新發現》（Những Vấn Đề
Mới Trong Nghiên Cứu Và Giảng Dạy Văn Học），河內：河內國家大學出版
社，2006 年，頁 241～252。

〔註 101〕 阮青松（Nguyễn Thanh Tùng）：〈阮輝𤐸的外交事業〉（Sự Nghiệp Ngoại Giao
Nguyễn Huy Oánh），收錄在《紀念阮輝𤐸研討會》論文集（Hội thảo danh nhân
văn hóa Nguyễn Huy Oánh），河靜：文學院，2007 年。

〔註 102〕 阮公理（Nguyễn Công Lý）：〈越南中代使程詩概論及阮忠彥使程詩〉（Diện
Mạo Thơ Sứ Trình Trung Đại Việt Nam Và Thơ Đi Sứ Của Nguyễn Trung Ngạn），
《胡志明市師範大學科學報》（Tạp chí khoa học, đại học sư phạm thành phố Hồ
Chí Minh），2013 年第 49 期，頁 95～109。

〔註 103〕 阮青松（Nguyễn Thanh Tùng）：〈阮輝𤐸《皇華使程圖版》文本初探〉（Vài
Nét Về Tình Hình Văn Bản Hoàng Hoa Sứ Trình Đồ Bản Của Nguyễn Huy
Oánh），《漢喃雜誌》（Tạp chí Hán Nôm），2011 年第 1 期，頁 23～32。

〔註 104〕 陳德英山（Trần Đức Anh Sơn）：〈嗣德朝鄧輝𤏢在廣東的兩次公務〉（Hai
Chuyến Công Vụ Quảng Đông Của Đặng Huy Trứ）、〈嗣德朝鄧輝𤏢在廣東的
兩次公務初探（1865、1867～1868）〉（Hai Chuyến Công Vụ Quảng Đông Của
Đặng Huy Trứ （1865 Và 1867 - 1868）），《峴港經濟、社會發展雜誌》（Tạp
chí Phát triển Kinh tế - Xã hội Đà Nẵng），第 29 期（2012 年），頁 48～57、
2012 年第 30 期，頁 47～55。

〔註 105〕 范長康（Phạm Trường Khang）：《越南使臣》（Các Sứ Thần Việt Nam），河內：
文化通訊出版社，2010 年。

〔註 106〕 鄧越水（Đặng Việt Thủy）：《117 位越南使節》（117 Vị Sứ Thần Việt Nam），

代出使與接待使節故事》〔註107〕、《出使與接待使節故事》〔註108〕、《越南阮朝邦交》〔註109〕等五部專書便從使節生平、中越外交關係及外交禮儀等各種角度剖析越南使節文獻;《越南中代詩人使程詩研究》〔註110〕與《越南與韓國使節詩文唱和之研究》〔註111〕則是以越南阮朝或韓越關係為主題的學位論文。

在這些研究當中,我們可以發現目前學界多以正式出使的使節文獻為主要討論對象,那麼那些「非正式外交」中的使節文獻呢?這些所謂的非正式使節路線與正式出使的路線不同,以海路往廣東、福建為主,而廣東又是越南華人的主要僑鄉,與越南關係密切,如18世紀中期越南南方河仙文壇領袖鄭天賜(廣東人後裔)組織河仙招英閣詩社與廣東白社進行詩歌酬唱,留下漢文詩集《河仙十詠》,實屬中越文壇佳話,而在此前後,廣東木魚書代表作《花箋記》流傳到越南,經越南北方大文豪阮輝嗣改編為喃文六八體長詩《花箋傳》,成為越南劃時代的經典作品,而《越南漢文燕行文獻集成(越南所藏編)》中所收錄的使節文獻中與廣東有關的就有十篇,其中關於與當地的文人交流、購書經驗、書籍印刷等等,只有夏露與陳益源先生的三篇文章做了初步的研究,以及越南的陳德英山曾關注鄧輝燈的廣東之行,並以歷史與經濟的角度討論此次使程;但實際上與廣東相關的使節文獻遠比《集成》所收錄的更多,本文將以越南燕行文獻中與廣東有關的篇章,除了討論歷代使節出使廣東的目的之外,與當地文人的交流、書籍的交流等等,都將作一全面性的討論與剖析。

　　　　　河內:人民軍隊出版社,2009年。

〔註107〕吳世龍(Nguyễn Thế Long):《古代出使與接待使節故事》(Chuyện Đi Sứ, Tiếp Sứ Thời Xưa),河內:文化通訊出版社,2001年。

〔註108〕國際關係學院(Học viện Quan hệ Quốc tế):《出使與接待使節故事》(Những Mẩu Chuyện Đi Sứ Và Tiếp Sứ),河內:國際關係學院,2001年。

〔註109〕吳世龍(Nguyễn Thế Long):《越南阮朝邦交》(Bang Giao Việt Nam Thời Nguyễn),河內:文化通訊出版社,2005年。

〔註110〕阮氏玉英(Nguyễn Thị Ngọc Anh):《越南中代詩人使程詩研究》(Tìm Hiểu Về Thơ Đi Sứ Của Các Nhà Thơ Trung Đại Việt Nam),榮市大學語文學系碩士論文,2009年。

〔註111〕李春鐘(Lý Xuân Chung):《越南與韓國使節詩文唱和之研究》(Nghiên Cứu, Đánh Giá Thơ Văn Xướng Họa Của Các Sứ Thần Hai Nước Việt Nam, Hàn Quốc),漢喃研究院博士論文,2009年。

第三節　研究方法與步驟

本文將從《越南漢文燕行文獻集成（越南所藏編）》的基礎上，廣搜清代越南使節於中國廣東進行文學活動的相關文獻，並進行甄別與補充，發現從1790 年開始，到 1884 年為止，在這近一百年內，計有潘輝益、武輝瑨、段浚、阮偍、吳仁靜、鄭懷德、李文馥、汝伯仕、范富庶、潘輝泳、范芝香、鄧輝𤏸、范慎遹、阮述等十四位越南使節到過中國廣東、港澳地區活動，目前仍有《星槎紀行》、《華程後集》、《海煙詩集》、《華程消遣集》、《拾英堂詩集》、《艮齋觀光集》、《粵行吟草》、《粵行雜草編輯》、《粵行續吟》、《三之粵集草》、《仙城侶話集》、《二十四孝演歌》、《鏡海續吟》、《東行詩錄》、《駇程隨筆》、范芝香第二次使程詩集、《東南盡美錄》、《柏悅集》、《建福元年如清日程》、《往津日記》等超過二十部著作存世。

這二十部以上的越南使節文獻，都是從「他者」的角度，為中越交通史、兩國外交史、中國社會史進行了許多詳實的觀察與記錄，其中關於這些越南使節與廣東、香港、澳門當地文人來往的密切情形，還有雙方都被保留下來的唱和之作，乃至對於當時書籍刊刻、販售情形的描述文字，無疑地，必能協助我們重現中越文學交流的若干真相，豐富嶺南文學發展史的內涵。

本文以上海復旦大學與越南漢喃研究院合作出版的《越南漢文燕行文獻集成（越南所藏編）》二十五冊及世界各地所藏關於廣東的越南使節文獻為主要研究對象，討論清代越南使節前往廣東執行公務時，所結交的中國友人及在當地所從事的文學活動，在清代中期國力由盛轉衰，西方勢力逐漸向東擴張的同時，越南使節在廣東的活動目的也有所不同，而為了有效呈現這些命題，本文採用「文獻整理與考訂」及「文獻分析法」並結合史料及地方誌等史學文獻，希冀完整掌握越南使節在廣東的活動目的及其文學的流動與文化的交流。現將研究方法分析如下：

一、蒐集與爬梳：本文收集之資料方向可分為：（一）越南使節出使廣東之相關使節文獻、使節生平資料及中國有關越南使節的紀錄。（二）對於使節文獻進行句讀、版本比對與校訂。（三）了解目前中越學者對於越南使節文獻及其生平的相關論述。(四)閱讀越南使節與廣東文人的生平史料及使節詩學、文化學乃至於目錄學等相關書籍。

二、分類與歸納：立足於現有越南使節文獻之研究成果，放眼於對越南使節研究之探索，企圖從中歸納出清代越南使節出使廣東的文學發展情況與

樣貌。

三、比對與分析：本文雖主要以研究清代越南使節在廣東的文學活動為目標，但廣東文人在越南的紀錄亦不可錯失，筆者期望能同時找出廣東文人如何記錄與越南使節互動的相關文獻，與使節文獻進行比對與分析，試圖找出不同的觀點與視角。

四、批判與評價：經由上述研究方法的推演後，提出越南使節在廣東文學史上所扮演的角色價值與地位。

從以上研究方法剖析、分類與整理相關使節文獻後，筆者發現時代的不同使得使節們前往廣東的任務及理由也不盡相同，因此依照時間先後，章節細分如下：

第一章為緒論，包括研究目的與動機，並且爬梳相關的研究文獻，並說明問題意識，凸顯本文的研究價值。

第二章為十八世紀末到十九世紀初期的越南使團在廣東的文學活動探析，討論西山朝及阮朝嘉隆帝的廣東任務，此時期的中越兩國各自處在相對穩定及相對混亂的時期，越南國王派遣使團向中國朝貢以求政治上的法統，並且與當地官員有較多的互動，政治意味濃厚，此一時期的越南使節筆下的廣東多以描繪當地景色為主，與當地文人的互動較少。

阮朝在明命年間政治最為穩定，國力相對強盛，比起中國逐漸由盛轉衰，明命年間的廣東任務以貿易為主，但當時中國禁止與外國通商，越南政府只好以護送遭風難的清國官員或緝捕盜匪歸國的名義前往廣東地區貿易，因此第三章討論明命年間的廣東任務，其中又以李文馥所留下的詩文紀錄最多，本章節便以李文馥的廣東詩文紀錄為主要討論對象，加上同樣在明命年間出使廣東的其他使節如黃炯、汝伯仕等人相關使節文獻紀錄，探討明命年間的廣東任務目的與在當地的文學活動。

紹治帝因為在位時間較短，因此紹治時期的政治基本上以延續明命帝的政策為主，其派遣官員前往的廣東任務大致與明命年相同，但在嗣德時期開始，因中國國力衰退，西方勢力進逼越南，使得嗣德皇帝必須在兩強之間取得平衡，第四、第五、第六章便由嗣德年間所派往廣東或途經廣東的使節文獻為研究文本，討論嗣德前期、中期及後期出使廣東任務目的的轉變，並且檢視使節來往對象的轉變對於越南外交方式的改變，以及西力東漸對於越南的影響。

　　燕行文獻的價值所在，便是從中理解使節面對任務的不同，而做出不同
的應對，在第七章的結論中，本文將重申越南使節對於嶺南文學史的價值及
其在中越文化交流的形態下，從「他者」的角度發現燕行文獻研究的過去與
未來的方向。

第二章　十八世紀末到十九世紀初期的越南使節團在廣東的文學活動探析

　　越南出使中國的路線幾度改換，從一開始的海路逐漸往陸路轉移。西山朝、後黎朝及阮朝的進貢路線各有不同，一般而言，越南派遣使節團出使中國的目的，主要是到北京進行歲貢、瞻覲、賀壽、謝恩、告哀、請封或乞師，而其行進的路線一般是由越南諒山入關進中國廣西，經湖南至湖北漢陽，在後黎朝結束（1788）以前「使舟過此，順流東下，歷江西、江南至揚州始起旱，經山東、直隸入京」，到了阮朝開始（1802）之後，則改為「自漢口起旱，過武勝關，入河南，經直隸」入京，〔註1〕是不會經過廣東的。不過，這樣不輕易更改的路線也不是完全不會變更，箇中原因頗多（包含中國國內發生地方動亂或自然災害等），與廣東有關者幾乎全屬特例，因此越發顯得珍貴。〔註2〕

　　十八世紀末至十九世紀初期，越南處於動盪不安的時期，各方勢力爭戰不休；而中國也逐漸進入內部動盪較多的時期，因此越南使節前往中國的路線多有變化，十八世紀末，就發生了兩次不遵循原本使程路線而改到廣東的

〔註1〕參見潘輝注《輶軒叢筆》，收入葛兆光、鄭克孟主編：《越南漢文燕行文獻集成（越南所藏編）》第十一冊，上海：復旦大學出版社，2010年，頁95。
〔註2〕陳益源：〈清代越南使節於中國廣東的文學活動──兼為《越南漢文燕行文獻集成》進行補充〉，《嶺南學報》復刊第六輯，上海：上海古籍出版社，2016年7月，頁249。

朝貢行程，其中阮惠（Nguyễn Huệ，1753～1792）〔註3〕與他的臣子潘輝益、武輝瑨和段浚於光中三年（乾隆55年，1790）往中國向乾隆皇帝祝賀乾隆八十大壽的祝壽使程，以及後黎景盛三年（乾隆六十年，1795）的阮偍前往中國祝賀乾隆禪位、嘉慶登基的使程便是因外力而改變路線的使程。

阮惠為西山朝第二任皇帝，他和兄長阮岳（Nguyễn Nhạc，？～1793）、阮侶（Nguyễn Lữ，1754～1787）於1771年在越南中部的西山發動起義，北打鄭氏政權，南滅舊阮勢力，最後終於在1778年接收越南大部分領土，建立西山王朝，但也引發了阮岳與阮惠之間的嫌隙，最後阮惠成功地在1788年就任為王，為求得當時的宗主國——清國政府的認可，阮惠以向乾隆皇帝賀壽為由，親自前往中國朝貢，但他是否真的親自成行，成為中越交流史上的一大公案。也因為本次賀壽團有越南皇帝的參與，使得在朝貢路線上與其他使團有很大的不同，中國選擇以較為安全的海路，由越南走陸路進入廣西，再從廣西梧州搭船東下廣東，然後在廣州換船入湖南、北京，再至熱河。在時間及路線上顯得較為單純。但光中皇帝本人目前未見對於本次使程的記述，反而是同行的潘輝益、武輝瑨及段浚三人皆有詩集流傳。

無獨有偶，同樣在西山朝的使程，阮偍（Nguyễn Ty，1761～1805）於後黎景盛三年（清乾隆60年，1795年）的使團，也因為中國突發動亂而被要求改道廣東，原本安排的陸路自廣西往湖南至北京的使程路線，因湖南爆發苗亂而改由廣西轉廣東，經由江西、江蘇、山東進入直隸，〔註4〕因而留下阮偍對廣東的紀錄。

〔註3〕阮惠（Nguyễn Huệ，1753～1792）又作阮文惠（Nguyễn Văn Huệ），後改名阮光平（Nguyễn Quang Bình），是越南歷史上一位著名軍事人物，亦是西山朝第二代皇帝，1788年至1792年在位。因年號光中，史稱光中皇帝（Quang Trung Hoàng đế）。他被今日的越南人認為是越南的民族英雄之一。阮惠生於越南中南部的西山邑（今越南平定省，當時屬歸仁府），當時屬於鄭阮紛爭時期南方舊阮的領地之內。因不滿舊阮政府裡權臣當道，政局敗壞，阮惠便與兄長阮岳、阮侶於1771年，在西山發動起義。阮惠在戰事中表現驍勇，使西山阮氏兄弟勢如破竹，先後消滅南方舊阮、北方鄭主及後黎朝，結束了越南二百多年來南北分裂之局，並擊退了來自暹羅及中國清朝等「外國勢力」的軍事干預。但他與兄長阮岳之間的內鬨相攻，致使整個西山朝元氣大傷。他本人則於1792年準備全殲舊阮勢力期間去世。語見姚楠主編：《東南亞歷史詞典》，上海：上海辭書出版社，1994年，頁183～184。

〔註4〕阮偍：《華城消遣集》提要，收入葛兆光、鄭克孟主編：《越南漢文燕行文獻集成（越南所藏編）》第八冊，頁103。

　　鄭懷德與吳仁靜、黎光定的使程則與前面兩者不同，並非由中國方改變使程路線，而是嘉隆皇帝先派鄭懷德與吳仁靜、黃玉蘊三人於嘉隆元年（清嘉慶七年，1802 年）夏日押送偽東海王莫觀扶前往廣東，藉此向清政府表示善意，並且與同年十一月由黎光定、黎正路、阮迪吉所組成的請封使節團在廣西會合之後，前往北京請求更改國號為「南越」。但更改國號一事遲遲未獲清政府同意，使得黎光定一行人在廣西滯留數月之久，〔註5〕吳仁靜一行人先是在廣東等候黎光定一行人從越南出發，後又與他們一同滯留在廣西。在粵期間，吳仁靜與鄭懷德在廣東遊歷了許多景點，結識不少當地文人，吳仁靜甚至還參與了當地文人所創立的「香山詩社」，與廣東文人陳濬遠等人相互酬答，留下不少詩作。

　　從這三次「非典型」的朝貢行程來看，除了吳仁靜一行人原以廣東為使程終點外，其餘兩次使程廣東皆為其使程的中繼點，因此對於廣東的觀察不盡相同，與當地文人的交遊也不一樣，本文希望能從這些使節留下的詩文集中，藉此觀察十八世紀末到十九世紀初的越南使節，在母國政權更替之時，來到廣東之後如何觀察廣東，並且與廣東人來往交流的情形。

第一節　西山朝阮惠的賀壽團

　　西山朝阮惠光中三年（清乾隆五十五年，1790），清高宗乾隆皇帝八十大壽，邀請各藩屬國使節來賀，越南當時名義上由國王阮惠（阮光平）親自帶領使節團來華賀壽，與阮惠一同前往中國的還有三位文學造詣頗高的使節，分別是禮部尚書潘輝益（Pham Huy Ích，1751～1822）〔註6〕、工部尚書武輝瑨（Vũ

〔註5〕葛兆光、鄭克孟主編：《越南漢文燕行文獻集成（越南所藏編）》《華原詩草》提要，第九冊，頁 90。

〔註6〕潘輝益（Pham Huy Ích，1751～1822），又名裔，後改名公蕙，後因避鄧氏蕙諱，遂改名輝益。號裕庵，又號德軒，字謙受。天祿縣收穫社人（今河靜省石河縣石州社），潘輝益鄉試解元，又中會元，黎顯宗景興三十六年（1775）乙未科第三甲同進士出身，他曾任翰林院修撰、山南區參政；西山朝時期曾任刑部左侍郎、侍中御史、禮部尚書、瑞彥侯，並被派往中國出使，阮朝時，他回鄉教書，並未任官。著有：《裕庵吟錄》、《裕庵詩文集》、《裕庵文集》等。見鄭克孟主編：《越南漢喃作家名號》，河內：社會科學出版社，2012 年 12 月，頁 96～97。關於潘輝益的生平及詩文研究，可見《潘輝益詩文》，社會科學出版社，1978。

Huy Tấn，1740～1800）〔註7〕與翰林待制段浚（Đoàn Tuấn，1750～？）〔註8〕。由於乾隆皇帝體貼阮光平身為國王不能離國太久，加上阮光平定都義安，若走陸路則耗費時間過長。〔註9〕因此使團行進路線與沿途接待均有特殊安排，在來程時由廣西繞道廣東北上，走的路線接近於過去的一條「古使路」〔註10〕。

　　有趣的是，這趟使程中阮光平是不是親自到中國祝賀乾隆八十大壽的這個問題，成為清代中越交流史上的一大學術公案，原因是不管在《大南實錄》或《清史稿》中皆言阮光平並非親自訪華，《大南實錄·正編第一紀》中言：

> 西賊阮文惠使人朝于清。初，惠既敗清兵，又稱為阮光平，求封於清，清帝許之，復要以入覲，惠以其甥范公治貌類己，使之代，令與吳文楚、潘輝益等俱。清帝醜其敗，陽納之，賜賚甚厚，惠自以為得志，驕肆益甚。〔註11〕

〔註7〕武輝瑨（Vũ Huy Tấn，1740～1800），唐安縣慕澤社人（今海陽省平江縣新紅社）。武輝瑨於黎顯宗景興29年（1768）戊子科考上鄉貢，西山朝，先生歷任工部侍郎，後升任工部尚書，封侯爵與受封上柱國，先生兩度出使清朝（中國）。作品：《華原隨步集》（Hoa nguyên tùy bộ tập），漢喃院館藏編號 A.375；《華程學步集》（Hoa trình học bộ tập），漢喃院館藏編號 A.374；有文章收錄於《吳族追遠壇譜》（Ngô tộc truy viễn đàn phả），漢喃院館藏編號 A.647。鄭克孟主編：《越南漢喃作家名號》，河內：社會科學出版社，2012年12月，頁113。

〔註8〕段浚（Đoàn Tuấn，1750～？），又名段阮浚（Đoàn Nguyễn Tuấn），太平省瓊孤縣海安社人（今太平省瓊輔縣瓊元社）。黎顯宗景興年間舉人，目前無資料顯示他在哪一年中舉，並且擔任何種官職。西山朝，段阮浚歷任翰林院值學士、吏部尚書，受封海派侯並曾出使中國。著有《海翁詩集》、《舊翰林段阮浚詩集》等。語見（越）鄭克孟主編：《越南漢喃作家名號》，河內：社會科學出版社，2012年12月，頁166。

〔註9〕《清實錄·高宗純皇帝實錄》：「前據福康安奏，該國王於春間進關。福康安在鎮南關等候、帶同進京。但思廣西距京不遠，若於春間起程，計到京不過六月以內，……而阮光平為安南國王，其境內甫經鳩集，亦未便久離該國。著傳諭福康安、照會阮光平，以大皇帝萬壽在八月十三日，伊若進關太早，到京未免多住時日，恐其國內事務繁多，無人照料，不妨略緩起程。」見《清實錄·高宗純皇帝實錄》卷1337，乾隆五十四年八月下，頁1132。

〔註10〕這條「古使路」是經梧州東下廣東，經廣州、南雄入湖南，在《越南漢文燕行文獻集成》中多次被提及，詳參張茹《清代越南燕行使者眼中的中國地理景觀——以《越南漢文燕行文獻集成》為中心》第二章第二節「燕行使者之交通路線」，上海：復旦大學歷史地理研究中心碩士論文，2012年5月，頁12～16。

〔註11〕《大南實錄·正編第一紀》第二冊，卷四，頁70。

這段紀載說明阮光平以其外甥范公治為替身前往中國賀壽，乾隆皇帝為了自己的面子，明明知道內情卻還是為他掩飾，不僅親自接見，還賞賜了許多豐厚的禮物，讓阮光平自以為得志，更加驕矜狂傲了起來。

《大南正編列傳初集》的「阮文惠傳」中也有類似的記載，言：

> 庚戌春，福康安促惠治裝，惠乃以范公治冒己名，使其臣吳文楚、
> 鄧文真、潘輝益、武輝瑨、武名標、阮進祿、杜文功偕，例外貢雄
> 象二匹，驛遞勞頓，沿途苦之，兩廣總督福康安、廣西巡撫孫永清
> 伴送抵京，清帝欲表異之，賞賜甚渥。〔註12〕

不僅如此，在這段文字的小註中還有這樣的言論：

> 惠復托言母死，請以子光垂代己入覲，康安不可，密使人往關上委
> 曲誘掖，如不得已，須以狀貌類己者代之。〔註13〕

《清史稿》則言：

> （乾隆）五十五年，阮光平來朝祝釐，途次封其長子阮光纘為世子。
> 七月，入覲熱河山莊，班次親王下、郡王上，賜御製詩章，受冠帶
> 規。其實光平使其弟冒名來，光平未敢親到也，其譎詐如此。〔註14〕

從這些史料上來看，都顯示阮光平未曾親至中國，而是以替身代替，而這個替身有弟弟和外甥兩種說法。根據張明富〔註15〕的考證，這兩種說法都不可信，原因是阮光平的兄弟都在他之前去世，無法作為替身；第二個原因是中國官員不可能知情不報，任由阮光平另尋替身覲見。張明富認為會有這樣的說法出現是因為《大南實錄》為阮朝官員所編，他們對於阮光平的情感矛盾，為了製造阮光平不名譽的事實而有所捏造；《清史稿》則是時間間隔太久，引用了錯誤的資料所致。他也提出《乾隆實錄》作為佐證，證明阮光平確實親自來華向乾隆皇帝賀壽：

> 敕諭安南國王阮光平曰、據協辦大學士兩廣總督福康安奏、國王於
> 三月二十九日起程，四月十五日進關。帶領親子阮光垂、陪臣吳文
> 楚等、一同瞻覲，並將國王謝恩表文進呈。……以本年八月，朕八
> 旬壽辰，親率王子及陪臣等、遠踰萬里，詣闕祝釐。並以朕為師為

〔註12〕《大南實錄·大南正編列傳初集》，第四冊，卷30，頁338。
〔註13〕《大南實錄·大南正編列傳初集》，第四冊，卷30，頁338。
〔註14〕《清史稿》卷527「屬國二·越南」，北京：中華書局，1977年，頁14640。
〔註15〕關於阮光平是否親身來華，詳細考證可見張明富：〈乾隆末安南國王阮光平入
華朝覲假冒說考〉，《歷史研究》，2010年第3期，頁60～67。

父，深冀成全。鑒王悃忱，真如家人父子。王既以父視朕，朕亦何忍不以子視王。〔註16〕

其實阮光平的入覲行程早在乾隆五十四年其長子阮光纘赴中國請封時便已說定，由於間隔時間很短，後世的史書不察，將兩者混為一談，才有這樣的誤會。而其子阮光垂在此行雖有同行，但在入關後不久便因染恙歸國，未能繼續行程。在潘輝益的《星槎紀行》中也有類似的紀錄：

大清乾隆皇帝八旬慶壽，藩邦畢會，特先馳諭我國，懇邀　御臨祝嘏，多方推阻而敦勸越諄，公（潘輝益）與二三大臣奉請行權，先皇帝俯准其議，特命公為陪臣，便宜應酬。〔註17〕

不論是從《清實錄》或是使節直接紀錄的《星槎紀行》皆言阮光平乃親身前往中國向乾隆皇帝祝壽，因此後世的史書很有可能有某種程度上的誤解或對歷史解釋錯誤的情形。

雖然此次使程有著這樣的插曲，但使團曾經到過廣東卻是事實，與阮光平同行的潘輝益、武輝瑨與段浚等三位使節都留下了與廣東有關的詩作。我們先看潘輝益的《星槎紀行》記載，越南使節團自越南出發後經廣西轉向廣東，在廣東停留的時間，從潘輝益〈赴廣城公館〉〔註18〕的小序可以發現他們在「五月朔後，舟抵花地津」，又言「福公（福康安）要留賞端陽節」，因此可以推斷他們抵達廣東的時間大約在五月初二左右，潘輝益又言「十一日，從江道進行」，而在離開廣東省界又有〈韶州江次奉餞廣東張皋臺回治〉，序文中也提及「七日賓館，多荷周旋」，因此可以推斷越南使節團在廣東停留的時間不會多於十天，只是短暫停留，所以對於廣東的描述多以景物為主，跟當地人交流也不深，檢視潘輝益關於廣東的詩作，幾乎是每到一景便有一詩，除了在廣州有《赴廣城公館》外，在番禺時寫了〈望趙武帝祠〉、在英德縣有〈遊觀音巖〉、在清遠縣有〈題飛來寺〉、離開廣東省界又有〈韶州江次奉餞廣東張皋臺回治〉諸作。

另一位使節武輝瑨記錄此行的《華程後集》中則有〈客中端午感成〉、〈登

〔註16〕《清實錄・高宗純皇帝實錄》，卷1353，乾隆五十五年四月，北京：中華書局，1985年出版，頁125～126。

〔註17〕潘輝益：《星槎紀行》序，收入葛兆光、鄭克孟主編：《越南漢文燕行文獻集成（越南所藏編）》第六冊，頁194。

〔註18〕潘輝益：《星槎紀行》，收入葛兆光、鄭克孟主編：《越南漢文燕行文獻集成（越南所藏編）》第六冊，頁209。

明遠樓〉、〈月夜泊石角壚〉、〈題禺峽飛來寺和郡守張浮山詩韻并引〉、〈又應制奉題一首限來字〉這五首詩作於廣東；相比之下，同行的翰林待制段浚所寫《海煙詩集》〔註19〕在廣東留詩較多，依序有〈江樓久望〉、〈安平江晚眺〉、〈答問〉、〈吊城西黃同石〉、〈客中端陽〉、〈雨後沙塘（聯句）〉、〈登峽西飛來寺走筆書于壁〉、〈又應制一首付石〉、〈奉擬（餞）廣東按察使張大人護送過界回省〉等九首詩。

　　在〈望趙武帝祠〉中，潘輝益在小注中提及，越南歷史上皆以趙陀為越南大統，直到他的岳父吳時仕（Ngô Thì Sĩ，1726～1780）〔註20〕編修越史時，才「書以趙陀非我國，黜其統紀，以外屬趙紀編」，潘氏認為此舉「辭義甚正」，從這裡亦可看出越南史觀的轉變，將具有中國色彩的趙陀統治時期，劃為外紀，此時越南人的國族認同已有很大的轉變。

　　英德縣的觀音巖與清遠縣的飛來寺皆為當地著名景點，根據道光年間修訂的《英德縣志》言，英德縣觀音巖在明代之前並無紀載，是附近居民先在巖洞中供奉觀音像，順治十五年再由當時的兩廣總督王國光捐資修建，〔註21〕到乾隆五十五年阮光平一行人前往參觀時，也不過一百多年歷史；而清遠縣的飛來寺則是一座千年古剎，建於南朝梁武帝普通元年（520），原名峽山寺，又名飛來寺，唐宋年間幾度改名，後以飛來寺為最多人稱呼之，遂定名飛來寺。〔註22〕飛來寺因歷史悠久，文人雅士留下的碑刻不少，據1935年出版的《清遠縣志》紀載，唐代張九齡、沈佺期、李翱，宋代米芾、蘇軾，明代的陳獻章、湛若水、靖江王朱守魯，清代的翁方綱、阮元、王士禎等人都曾在飛來寺留下碑刻或摩崖，〔註23〕途經此地的阮光平一行人自然也不例外，潘輝益

〔註19〕案：《越南漢文燕行文獻集成》第七冊除了段浚的《海煙詩集》外，亦收錄了《海翁詩集》兩者對於廣東的詩作內容幾乎完全相同，可相互對照。

〔註20〕吳時仕（1726～1780），字世祿，號午峯先生，又號二青居士。河東省青威縣左青威社人（今河內市清池縣左青威社），吳時任之父。黎顯宗景興二十七年丙戌科進士，歷任工科給事中、太原督同、清化獻察使、義安參政、翰林院號理、添都御史、諒山都政等職。先生畢生為一個詩人、文學家、史學家，有才華又有能力，留下許多有價值的貢獻。著有《吳午峰文》、《吳午峰遺草》；編有《大越史記前編》、《越史標案》等。見（越）鄭克孟主編：《越南漢喃作家名號》，河內：社會科學出版社，2012年12月，頁333～335。

〔註21〕（清）劉濟寬、陸殿邦纂：《英德縣志》，道光二十三年刻本，卷四。

〔註22〕余鳳聲修、朱汝珍纂：《清遠縣志》，民國二十六年刻本，卷十七。

〔註23〕轉引自清遠市民族宗教事務局、清遠市博物館、飛來寺管理委員會合編：《嶺南佛教名勝飛來寺》，2013年11月，頁18。

就在〈題飛來寺〉的小序中言：

> 寺之正中案奉大皇帝萬歲牌，伴送官引使部詣案前行叩跪禮，再要
> 陪臣各賦詩，轉呈總督公，即委石工勒諸山壁。〔註24〕

在1937年版的《清遠縣志》中亦記載阮光平、潘輝益、武輝瑨、段浚君臣四人在飛來寺有詩碑留下。〔註25〕清遠縣曾在乾隆三年〔註26〕、光緒六年〔註27〕及民國二十六年修纂《清遠縣志》，但阮光平一行人的詩碑記錄只出現在民國版縣志中，而在案語中言及採錄當時，詩碑已經是殘碑，潘輝益與段浚的詩都已經缺佚，只能用何青〔註28〕的《峽山詩合刻》轉載：

> 潘輝益詩以下五句缺，阮俊詩全首缺，今以何數峯《峽山詩合刻》
> 所載者用小注補之。〔註29〕

不僅如此，清遠縣曾在1997年遭遇嚴重的風災，飛來寺被土石流淹沒大半，詩碑現已不存。〔註30〕而《峽山詩合刻》中所載的潘輝益及段浚兩人的詩也與使節詩集中所載略有不同：

	《峽山詩合刻》中載	使節詩集中載
潘輝益	一簇招提瞰水隈，鐘聲引步陟崔嵬。瀑泉落下星河水，飛寺傳聞午夜雷。地蹟高標甌粵外，禪宗□□□□。同上聖皇無量壽，梯航同上萬年怀。	山閣疎鐘落水隈，祥光繚繞楚王臺。瀑泉疑出星河水，飛寺傳聞午夜雷。地蹟高標甌粵外，禪宗上遡達摩來。躋攀更喜紅雲近，萬歲牌前預奉杯。〔註31〕

〔註24〕潘輝益：〈題飛來寺〉，見潘輝益：《星槎紀行》，收入葛兆光、鄭克孟主編：《越南漢文燕行文獻集成（越南所藏編）》第六冊，頁212。

〔註25〕余鳳聲修、朱汝珍纂：《清遠縣志》，民國二十六年刻本，卷十九。

〔註26〕（清）陳哲纂修：《重修清遠縣志》十四卷，乾隆三年刻本。

〔註27〕（清）李文炬修、朱潤芳纂：《重修清遠縣志》十六卷，清光緒六年刊本。

〔註28〕何青（？～？），字數峯，晚號覺翁，富堨人。乾隆廩貢生，為學使朱筠所拔識，既入京後，從王昶受業，詩五言宗二謝，七言宗韓蘇，左規右矩，節奏自然。數奇不遇，久困鹽筴，後官廣東澄海知縣，著《味餘樓稿》。語見石國柱修、許承堯纂：《歙縣志》，民國二十六年鉛印本，卷十。

〔註29〕余鳳聲修、朱汝珍纂：《清遠縣志》，民國二十六年刻本，卷十九。

〔註30〕陳益源先生於2016年曾前往飛來寺田野調查，據陳先生詢問當地人的說法，飛來寺在1997年曾遭遇土石流，整座寺院幾乎全毀，寺中石碑也多半毀壞無存。

〔註31〕潘輝益：〈題飛來寺〉，見潘輝益：《星槎紀行》，收入葛兆光、鄭克孟主編：《越南漢文燕行文獻集成（越南所藏編）》第六冊，頁211～212。

| 段浚 | 一夜風雷成化域，千秋流峙對樓臺。泉飛碧蓮雙條下，石繪丹霞兩岸關。象教不隨單履去，猿聲常自半雲來。從遊忽上金天路，萬道祥光繞曲隈。 | 一夜風雷成化域，千秋流峙護層臺。泉飛碧漢雙條下，石繪丹霞兩半開。象教不隨單履去，猿聲常自半雲來。扈從忽上金天路，萬道祥光繞曲隈。〔註32〕 |

從上表來看，段浚的詩兩者差異不大，只有少數字詞的差異；而潘輝益詩在《峽山詩合刻》與《星槎紀行》中的首聯和末聯則截然不同，《峽山詩合刻》中的詩句許是倉促而作，詩句不僅失粘，格律不符，語言亦索然無味；其回國之後重新整理詩作，在《星槎紀行》中的詩句除了改正格律之外，也更具動感及畫面感。

此外，在詩碑中阮光平題有「從寺名得來字諸臣援筆稿成當經覽正留詩於寺」的字句，但在方志中卻無武輝瑨詩的紀錄，而翻閱武輝瑨的《華程後集》，則有〈又應制奉題一首限來字〉為題的詩寫於〈題禺峽飛來寺和郡守張浮山詩韻并引〉之後，並從內容上來看，當為同時寫於飛來寺，但不知為何卻未同時勒於石上，仍待詳查。

從這三位使節的詩作看來，三位對於廣東所關注的焦點不同，潘輝益以廣東名勝為主要書寫對象，武輝瑨則又多了感懷與酬唱詩，段浚則是以記事為主，如〈答問〉一詩是在廣東公館遇到陝西來的中國人，對異國使節感到好奇，段浚做詩以記，還有弔唁一位名叫黃同石的文人，但並未提及兩人是否相識，在其他兩人的作品中亦未見類似詩作，很可能只是段浚路過城西的黃氏靈堂，有感而發之作。

在與中國人的交遊上，由於使團特殊，阮光平一行人並未接觸廣東當地文人，潘輝益、武輝瑨及段浚皆有詩寫給時任廣東按察使的張朝縉。朝縉字毓屏，號松園，性慷爽，才識過人。乾隆年間因解決河南飢荒而於乾隆五十四年升任廣東按察使，平反許多冤獄，隨即調任浙江布政使，丁憂去職，到福康安任兩廣總督時因器重其人，故而調往軍營效用。〔註33〕此時張朝縉為廣東當地伴送官員，與阮光平等人同遊飛來寺，並有題詩，但在使節詩集中並未錄下其詩作，十分可惜。

〔註32〕段浚：〈又應制一首付石〉，見段浚：《海煙詩集》，收入葛兆光、鄭克孟主編：《越南漢文燕行文獻集成（越南所藏編）》第七冊，頁20。
〔註33〕詳見（清）楊受廷修、馬汝舟纂：《如皋縣志》，清嘉慶十三年刊本，卷十七。

第二節　後黎朝阮偍的使節團

阮偍（Nguyễn Ty，1761～1805）〔註34〕字進甫，號省軒，曾於西山阮氏光中二年（清乾隆五十四年，1789）、景盛三年（乾隆六十年，1795）兩度擔任乙副使出使北京，兩次任務均非慣常之歲貢，第一次出使是為奏謝乾隆皇帝冊封阮惠（即阮光平）為安南國王一事，第二次則是為恭賀乾隆禪位、嘉慶登基之典。兩次的使程詩文都寫在《華程消遣集》中，其中《華程消遣前集》二卷為第一次使程內容，《華程消遣後集》四卷則為第二次使程紀錄，兩者各自獨立。〔註35〕在出使路線上，第一次進京仍依慣例經廣西、湖南、湖北、河南、直隸北上，第二次使清時則臨時改變進京路線，原因是湖南一帶爆發苗亂，乾隆皇帝恐其受到影響，命其繞道：

> 安南貢使進京謝恩，現在湖南雖有剿捕苗匪之事，但經過水路，與該處相隔甚遠。應令仍由廣西全州乘船，順水直至湖北漢口起旱等語。……該貢使由湖南行走，雖所過之處，距苗匪滋擾地方尚遠。但該省現有軍務，州縣各官、俱有承辦糧運等事，勢難兼顧。況即日大兵凱旋，又添貢使經過，亦恐沿途夫馬，不無擁擠。……據成林奏，該貢使於十月初旬，方到廣西省城。……飭令派出之員，伴送該貢使等。照朱珪前奏由廣東江西一路行走，於封篆前到京。但該貢使係由廣西起程……計此旨到時，該貢使尚未出粵西境界，著該撫等、即飛飭前途，改道由廣東江西進京，不得再有歧誤，致干咎戾。將此由六百里加緊諭令知之。〔註36〕

由此可知，阮偍的第二次使程因受到苗亂的影響，被中國要求改道廣東，這是因為此次使程目的特殊，乾隆皇帝有意塑造中國昇平的景象，不能讓外國使節窺見中國內部的動亂。阮偍對改道之後的新路線表現出濃厚的興趣，

〔註34〕阮偍（Nguyễn Ty，1761～1805），號桂軒，河靜省宜春縣仙田社人，為阮儼之子，阮攸之兄。阮偍為黎顯宗景興 44 年（1783）癸卯科舉人，先生曾任內侍兼副支書內侍左吏番、之後在樞密院封德派侯。西山朝，先生歷任協理軍機、翰林院侍書、東閣大學士、太師、署左侍郎封宜誠侯，協理任務等等，並兩度被派出使中國。著有：《華程消遣集》。詳細作品集生平可見《阮偍漢文詩全集》河內：社會科學出版社，1995。見鄭克孟主編：《越南漢喃作家名號》，河內：社會科學出版社，2012 年 12 月，頁 409～410。

〔註35〕《越南漢文燕行文獻集成》第八冊《華程消遣集》出版說明，頁 103～104。

〔註36〕《清實錄・高宗純皇帝實錄》，卷 1487，乾隆六十年九月，北京：中華書局，1985 年出版，頁 895～896。

這樣的心情我們可以從阮偍在〈聞命喜賦〉的小注中所言看出一二：

> 舟次長灘接到廣西巡撫程札示，奉庭寄上諭，此次安南貢使當由廣東江西進程，由此抵西江，舟程又添數十日，路經韶南等府，名勝甚多。〔註37〕

如同小序中所言，阮偍對於改道結果並未抱怨，反而認為新路線「名勝甚多」，因此他果然一路記述沿途風景名勝，每到一地便有一詩，其中有〈封川晚泊〉、〈德江夜泛〉、〈肇慶夜泊〉、〈三水晚眺〉、〈清遠晚泊〉、〈題飛來寺刻石〉、〈英德晴眺〉、〈望夫崗〉、〈題觀音岩〉、〈途中偶憶老契溫如子心契海派兄〉、〈江程曉望〉、〈旅中遣興〉、〈曹溪口偶占〉、〈白茫夕泛〉、〈韶州懷古〉、〈仁化江口夜間偶成〉、〈南雄起旱〉等十七首詩寫於廣東境內，而回程路線與去程大致相同，但阮偍做於廣東的詩作較少，只有〈南雄順泛〉、〈韶州夕望〉、〈再遊飛來寺〉、〈清寄江口〉和〈封川宵發〉等六首詩，較去程少了許多，詩作內容依舊以感懷為主，但幾乎無註，純為感興之作。

在去程的詩作中，阮偍仔細地將一地的見聞或風物寫入詩中，但一開始因「護送官惟恐不及程限，連夜開舟」〔註38〕、「使船到此，隨即夜發，未及遊賞」〔註39〕的緣故，只能略作紀錄，其行程的緊迫也可以從詩題的「晚泊」、「夜泛」、「晚眺」看出詩人在晚上為詩寫景的景象。但其餘時候，阮偍還是可以盡賞當地風光的，如在〈題飛來寺刻石〉中便把飛來寺的「孫生遇白猿」傳說記在詩題註之中，並且「既賦依前部得來字」〔註40〕，除了看出阮偍對之前來此的使節詩甚為了解之外，頗有繼承前人的意味。

而其詩題名為〈題飛來寺刻石〉則不知是以前人的碑刻為賦詩對象抑或是賦詩刻於石上，在方志中並未見到關於阮偍的詩作碑刻，從詩的內容來看，阮偍描述飛來古寺的風貌及景色，亦未提及是否勒石為記。回程的〈再遊飛來寺〉有「冬去逡迹夏又來」〔註41〕句點名重遊故地，但亦未言及是否曾題詩刻石。

〔註37〕阮偍：〈聞命喜賦〉，見阮偍：《華程消遣集》，收入葛兆光、鄭克孟主編：《越南漢文燕行文獻集成（越南所藏編）》第八冊，頁200。

〔註38〕阮偍：〈德江夜泛〉，見阮偍：《華程消遣集》，收入葛兆光、鄭克孟主編：《越南漢文燕行文獻集成（越南所藏編）》第八冊，頁203。

〔註39〕阮偍：〈肇慶夜泊〉，見阮偍：《華程消遣集》，收入葛兆光、鄭克孟主編：《越南漢文燕行文獻集成（越南所藏編）》第八冊，頁204。

〔註40〕阮偍：〈題飛來寺刻石〉，見阮偍：《華程消遣集》，收入葛兆光、鄭克孟主編：《越南漢文燕行文獻集成（越南所藏編）》第八冊，頁205。

〔註41〕阮偍：〈再遊飛來寺〉，見阮偍：《華程消遣集》，收入葛兆光、鄭克孟主編：

不只如此，阮偍在英德縣停留時留下〈望夫崗〉一詩，並言越南諒山城北亦有一座望夫山，而有「得非關造設，借此重綱常。姊妹圍城島，齊留萬古芳」〔註42〕之句，將英德縣的望夫崗與越南諒山的望夫山比作姊妹，一南一北皆留下佳話，也透露出詩人內心的道德倫常。

阮偍在韶州曲江的曹溪口留下〈曹溪口偶占〉，在詩題註裡用很大的篇幅寫下曹溪口與禪宗六祖的淵源，並寫下六祖與師兄神秀的佛偈故事，但只是記下相關的故事而無自己的評論，因此無法得知阮偍當下的想法。這在阮偍的其他詩作中亦是如此，他在詩題下記敘著所聽聞或曾在書上看見的相關風土介紹或傳說故事，但並不加上自己的意見或評論，詩作內容亦以寫景為主，少見自己對於景色的感悟。

與其他使節不同的是，阮偍在廣東的行程中只寫當地風物，而無與當地文人或官員唱和的詩作，這是因為阮偍一行人在廣東地界幾乎都在船上，無法接觸當地文人，而他在《華程消遣集》中也直到北京才有與朝鮮使節或伴送官員之間的唱和或贈詩，顯示此行的特殊性。

第三節　尋找失蹤的皇帝與新任皇帝的即位：
鄭懷德、吳仁靜使團的廣東之行

鄭懷德（Trịnh Hoài Đức，1765～1825）〔註43〕與他的同鄉吳仁靜（Ngo Nhân Tính，？～1816）〔註44〕二人曾於越南阮朝嘉隆元年（清嘉慶七年，

《越南漢文燕行文獻集成（越南所藏編）》第八冊，頁260。

〔註42〕阮偍：〈望夫崗〉，見阮偍：《華程消遣集》，收入葛兆光、鄭克孟主編：《越南漢文燕行文獻集成（越南所藏編）》第八冊，頁206。

〔註43〕鄭懷德（Trịnh Hoài Đức，1765～1825），字止山，祖籍閩（中國福建），父親移居順化，並任阮朝官員，之後又移居嘉定邊和。關於鄭懷德的地位與事業，在後黎朝及西山朝的事蹟至今仍不明，阮朝時期，先生曾任戶部尚書、禮部尚書、吏部尚書、兵部尚書，並被派出使中國。作品有：《艮齋詩集》、《嘉定城通志》等。鄭克孟主編：《越南漢喃作家名號》，河內：社會科學出版社，2012年12月，頁50。

〔註44〕吳仁靜（Ngo Nhân Tính，？～1816），號汝山，本為廣東人，後遷居嘉定。關於吳仁靜的地位與事業目前未明，只知他跟隨阮福映，並曾任翰林、參知、工部尚書。先生曾與鄭懷德、黎光定創平陽詩社一同唱和。著有《拾英堂詩集》、《一統地輿志》。見鄭克孟主編：《越南漢喃作家名號》，河內：社會科學出版社，2012年12月，頁363。

1802）一起從海路經廣東出使中國，其背後的緣由，在《大南實錄》中是這麼說的：

> 帝與群臣議通使于清。諭曰：我邦雖舊其命維新復雠大義，清人尚未曉得，曩者水兵風難，清人厚賜遣還，我未有答復，今所獲偽西冊印乃清錫封；所俘海匪乃清逋寇，可先遣人送還，而以北伐之事告之，俟北河事定，然後復尋邦交故事則善矣。卿等其擇可使者。群臣以鄭懷德、吳仁靜、黃玉蘊等應之。帝可其奏，以鄭懷德為戶部尚書（六部正卿為有尚書之名，因使命故特加焉）充如清正使，吳仁靜為兵部右參知，黃玉蘊為刑部右參知，充副使。齎國書品物並將所獲清人錫封偽西冊印及齊桅海匪莫觀扶、梁文庚、樊文才等乘白燕、玄鶴兩船駕海，由廣東虎門關投遞總督覺羅吉慶以事轉達，清帝素惡西賊無道，又招納莫觀扶等抄掠洋人，久為海梗，至是得報大悅，命廣東收觀扶、文庚、文才誅之，而留懷德等于省城，供給甚厚。〔註45〕

在阮福映（Nguyễn Phúc Ánh，1762～1820）建立阮朝之後，將西山朝打為偽西，但西山朝阮惠是經過當時的宗主國清國冊封的，因此必須將西山朝的冊封印信等交回清國，重新冊封。當時阮福映已尋得西山朝冊印，又逮捕廣東海盜莫觀扶等人，便以鄭懷德與吳仁靜為正副使，遞解莫觀扶前往廣東，並等候請封使團黎光定等人得到清國允許之後出發，在廣西會合之後再同上北京請封。

鄭懷德在此次使程中，以《艮齋觀光集》〔註46〕記錄所見所聞，吳仁靜則以《拾英堂詩集》作為見聞紀錄。但詳細檢視鄭懷德與吳仁靜有關廣東的詩作後發現，兩者在時間上截然不同，難道吳仁靜並非與鄭懷德同次出使中國？

根據陳益源先生的考證，原來吳仁靜的《拾英堂詩集》並非如《越南漢文燕行文獻集成》所言「……均作於嘉隆元年（清嘉慶七年，一八〇二）吳氏

〔註45〕《大南實錄正編第一紀》卷十七，第四冊，總頁571。

〔註46〕案：鄭懷德《艮齋觀光集》除收錄於《越南漢文燕行文獻（越南所藏編）》第八冊外，陳荊和曾出版鄭懷德《艮齋詩集》，亦收有《艮齋觀光集》。鄭懷德：《艮齋詩集》，香港：新亞研究所，陳荊和整理編輯排印本，1962年10月出版。

出使清朝之際」。〔註47〕因為先祖來自廣東的吳仁靜除了有很深的文學造詣之外，在外交方面也很有表現，根據鄭瑞明的統計，吳仁靜曾三度前往中國：

> 世祖十九年（1798），因延慶留鎮阮文誠、鄧時常〔註48〕等的疏薦，
> 「奉國書從清商船如廣東，探訪黎主消息，既至，聞黎主已殂，遂
> 還。」
> 世祖二十一年（1800），為感謝廣東瓊州陵水縣地方官給賜衣糧予風
> 難漂至的廣南水師，奉派往粵為「謝恩使」，並「兼請入貢事例」。
> 嘉隆元年（1802），充如清甲副使，隨同鄭懷德等入清。〔註49〕

在這三次的使程之中，吳仁靜只留有《拾英堂詩集》，並未各自著成不同詩集，而《拾英堂詩集》卷首又分別收錄了廣東順德陳濬遠嘉隆五年（1806）、葵江阮迪吉嘉隆六年（1807）、乂安鎮督學裴楊瀝嘉隆十年（1811）的三篇序文，皆寫於1802年之後，因此《拾英堂詩集》有可能是幾次使程的合集嗎？陳濬遠在〈拾英堂詩集序〉中這樣說：

> 丙寅（1806）之三月，予到越南，主於故人兵部吳侯家。吳侯出詩
> 草兩帙示予，且囑予曰：「子□為我序之。」予閱諸作，其一則作於
> 奉命訪黎之日，其一則作於縛盜入貢之年……。〔註50〕

陳濬遠從廣東到越南吳仁靜家作客，吳仁靜出示《拾英堂詩集》初稿請他寫序，顯然第一部分正是世祖十九年（1798）「如廣東，探訪黎主消息」期間的作品，而陳濬遠在序中又提到「吳侯昔年來粵，與予盤桓累月」，因此可以推斷他在廣東停留的時間不短。

　　根據陳益源先生的分析，《拾英堂詩集》以第三十七首〈說情愛〉為界，在此之前，從〈僊城旅次〉到〈和張稔溪留別原韻〉共三十六首均當作於吳仁靜1798年「奉命訪黎之日」；在此之後，自〈壬戌年孟冬使行由廣東水程往

〔註47〕陳益源：〈清代越南使節於中國廣東的文學活動——兼為《越南漢文燕行文獻
　　　　集成》進行補充〉，《嶺南學報》復刊第六輯，上海：上海古籍出版社，2016
　　　　年7月，頁253。
〔註48〕案：鄧時常，《大南實錄》無傳，《大南正編列傳初集》卷十一之〈吳仁靜傳〉
　　　　作「鄧陳常」，《大南實錄》第四冊，日本慶應義塾大學言語文化研究所複印
　　　　本，1962年1月，頁1139。
〔註49〕鄭瑞明：《清代越南的華僑》，臺北：嘉新水泥公司文化基金會，1976年5月，
　　　　頁67。
〔註50〕陳濬遠：〈拾英堂詩集序〉，見吳仁靜：《拾英堂詩集》，收入葛兆光、鄭克孟
　　　　主編：《越南漢文燕行文獻集成（越南所藏編）》第九冊，頁7～8。

廣西和鄭艮齋次笠翁三十韻〉以下才是作於 1802 年「縛盜入貢之年」。〔註51〕
但 1802 年使程對於廣東相關的詩作卻只有一首，兩次使程中所記錄的詩作量
大不相同。

　　1798 年的廣東任務，吳仁靜本次使程奉命到廣東打探後黎愍帝（Lê Mẫn
Đế，1765～1793）出亡中國〔註52〕後的消息，停留的時間從六月到冬日大約
長達半年之久，最後得知「黎主已殂」後返國，〔註53〕在這半年之中，吳仁
靜曾於仙城（廣州）停留，去了海幢寺，又到水辨村，還住在龍山的黃氏祠堂
中，在黃氏祠堂裡，他從原本「幽棲長寂寞，麤定此身心」的狀態，因在祠堂
中「霜中閒對菊，月下靜聞琴」而轉換成「喜得清香趣，時消俗慮侵」〔註54〕
的心情。

　　除此之外，在與廣東文人交遊方面，吳仁靜的寫作習慣與其他使節不同，
使節的使程詩作中遇有新結交的友人或至新的地方，為了記錄方便，有時會
在詩題下作小註，但吳仁靜力求「乾淨」，詩作內容以個人情感的抒發為主，
因而不在詩題下作註，加上與吳仁靜來往的廣東文人多半在方志中無傳，因
此對於索求與吳仁靜交往的廣東文人生平有相當的難度，但仍可從詩句之中
推敲一二。

　　先看與吳仁靜來往最多的陳濬遠，濬遠廣東順德人，在《拾英堂詩集》
中的序文署名「簡圃」，可能為其字號。他在嘉隆五年曾至嘉定吳仁靜家中遊
玩，而吳仁靜在廣東時曾到澳門請陳濬遠向劉照和張稔溪傳達來意，〔註55〕
從這首詩的詩題可推出兩件事，一是陳濬遠與吳仁靜早已相識，因為 1798 年

〔註51〕陳益源：〈清代越南使節於中國廣東的文學活動──兼為《越南漢文燕行文獻
　　　　集成》進行補充〉，《嶺南學報》復刊第六輯，上海：上海古籍出版社，2016
　　　　年 7 月，頁 254。
〔註52〕案：乾隆實錄言：「諭軍機大臣曰、黎維祁因無能失國，棄印潛逃。今姑寬其
　　　　失守藩封之罪，安插桂林省城，酌給養贍，比於編氓。若聽其仍舊蓄髮，服
　　　　用該國衣冠，與內地民人迥異，殊於體制未協。著傳諭該督撫，即令黎維祁、
　　　　並伊隨從人等，一體薙髮，改用天朝服色。」語見《清實錄‧高宗純皇帝實
　　　　錄》卷 1328，乾隆五十四年五月，頁 981。
〔註53〕《大南實錄》正編，第一紀，卷 10，頁 10。
〔註54〕吳仁靜：〈旅寓龍山黃氏祠堂〉，見吳仁靜：《拾英堂詩集》，收入葛兆光、鄭
　　　　克孟主編：《越南漢文燕行文獻集成（越南所藏編）》第九冊，頁 21。
〔註55〕吳仁靜：〈到澳門倩陳濬遠達余來益與劉照張稔溪知之〉，見吳仁靜：《拾英堂
　　　　詩集》，收入葛兆光、鄭克孟主編：《越南漢文燕行文獻集成（越南所藏編）》
　　　　第九冊，頁 21。

的廣東任務並非吳仁靜首次到廣東，他的知交鄭懷德在壬寅年（1782）有詩〈送吳汝山之廣東〉〔註56〕，可推測「其先廣東人」〔註57〕的吳仁靜很可能長期往來廣東與嘉定之間，因此早已結識陳溍遠，並時常往來。二是陳溍遠與劉照、張稔溪及吳仁靜四人並非初識，吳仁靜在《拾英堂詩集》中對於劉照的贈詩除了〈和劉照半邊菊原韻〉之外，之後的留別詩中卻不見劉照之名，只有〈留贈劉三哥〉與〈和劉三哥留別原韻〉，〔註58〕若劉照即為劉三哥，則吳仁靜與其交情自當十分深厚，而能以兄弟相稱。

在〈留贈張稔溪〉一詩中，吳仁靜如此描述張稔溪：

才高張子術，春煖杏花林。醫世君臣藥，懷人玉石心。余身輕一葉，爾意重千金。南北明朝別，青青柳岸陰。〔註59〕

從這首離別詩看來，張稔溪可能是一個醫生，兩人互動頻頻，之後還有〈和張稔溪留別原韻〉，以張稔溪能與吳仁靜相互唱和來看，他不僅僅為一個醫生，還是一個具有才華的文人。但可惜的是，吳仁靜並未將張稔溪的和答詩錄於詩集之中，因此無法得知張氏的文學水平如何。

除了與舊友相會，吳仁靜也參與了當地香山詩社的活動，在詩集中有〈和香山詩社雪聲原韻〉一首、〈和香山詩社對梅原韻〉三首及〈冬日偕香山詩社諸子過普濟院尋梅〉一首。香山詩社在廣東文學史上未見相關記載，「香山」一名可能指廣東香山縣，光緒年間，香山人黃紹昌及劉嘯芬曾結集自唐代至清代，香山縣文人的詩作共一千三百餘首為《香山詩略》〔註60〕，不過其中亦無香山詩社的記載；但吳仁靜所參與的香山詩社可能在澳門，原因是澳門在尚未成為葡萄牙人租界前，曾隸屬香山縣轄，而吳仁靜曾前往澳門旅寓於春和堂，可能在此結識澳門籍的廣東文人；「香山」一詞也是唐代詩人白居易晚年的自號，「香山詩社」一名也可能為一群廣東文人因崇拜白居易而集結詩社共同聯吟，但在吳仁靜詩集之中關於詩社的線索太少，無法肯定「香山詩

〔註56〕鄭懷德：〈送吳汝山之廣東〉，見鄭懷德：《艮齋詩集》，香港：新亞研究所，陳荊和整理編輯排印本，1962年10月出版，頁34。

〔註57〕語見〈吳仁靜傳〉，《大南正編列傳初集》卷十一，《大南實錄》第四冊，頁1139。

〔註58〕兩詩皆出自吳仁靜：《拾英堂詩集》，收入葛兆光、鄭克孟主編：《越南漢文燕行文獻集成（越南所藏編）》第九冊，頁29、30。

〔註59〕吳仁靜：〈留贈張稔溪〉，見吳仁靜：《拾英堂詩集》，收入葛兆光、鄭克孟主編：《越南漢文燕行文獻集成（越南所藏編）》第九冊，頁29。

〔註60〕（清）黃紹昌、劉嘯芬纂輯：《香山詩略》，廣州：中山印刷社，1987年3月重刊。

社」的源由究竟為何，只能從詩作內容中得知吳仁靜與一群廣東當地文人在冬天到普濟院尋訪梅花並賦詩為樂，留下紀錄而已。

清朝一代，在廣東省廣州、順德、南海、揭陽、海康及東莞縣皆設有普濟院，用來安置老弱病患及收養棄嬰。吳仁靜此次與香山詩社諸子同遊，詩中只針對梅花吟詠，並未描寫同遊景象，殊為可惜。

雖說如此，吳仁靜在廣東參與了當地詩社活動，是之後與鄭懷德再度同行廣東時所未見到的景象，而他與廣東友人深厚的情感，使他有「半夜孤舟千里客，五洋益友百年情」〔註61〕之興，但阮朝初建，吳仁靜備受賞識，讓他「未能慷慨酬邦國，安敢躊躇戀弟兄」，只能揮別廣東諸友，回國報效去了。

吳仁靜在1802年與同鄉鄭懷德再度踏上廣東的土地，但此行除了〈壬戌年孟冬使行由廣東水程往廣西和鄭艮齋次笠翁三十韻〉一詩明顯提及廣東之外，其餘詩作不能看出是否在廣東所做，而從次韻鄭懷德的這首詩為分水嶺看來，詩題以「由廣東往廣西」為題，很可能在1802年的這次使程中，吳仁靜所記錄的是廣西之後的使程，而無廣東的詩作。

1802年與吳仁靜一同「縛盜入貢」的鄭懷德〔註62〕，又名安，字止山，號艮齋。先世為福建人，其祖鄭會南遷，其父鄭慶也是「少學詩書，長通六藝」〔註63〕，由於家學淵源，又與吳仁靜、黎光定（1759～1813）〔註64〕等相友善，頗得相互切磋之益，所以科場得意，青雲直上，歷任中央地方諸要職。他精通經史，兼長文學，因而作品豐富，刊行於世者，計有詩集三種，即《嘉定三家詩集》、《北使詩集》、《艮齋詩集》〔註65〕。《嘉定三家詩集》乃是

〔註61〕吳仁靜：〈留別仙城諸友〉，見吳仁靜：《拾英堂詩集》，收入葛兆光、鄭克孟主編：《越南漢文燕行文獻集成（越南所藏編）》第九冊，頁28。

〔註62〕鄭懷德生平摘錄自鄭瑞明：《清代越南的華僑》臺北：嘉新水泥公司文化基金會，1976年5月出版）頁94。

〔註63〕鄭懷德：〈艮齋詩集序〉，錄於鄭懷德，《艮齋詩集》，香港：新亞研究所，陳荊和整理編輯排印本，1962年10月出版，頁66。

〔註64〕黎光定，字知止，號晉齋，承天富榮人。歷官翰林院制誥、東宮侍講、兵部尚書、戶部尚書。為人才識通敏，練達政體。1802年與副使黎正路、阮嘉吉走陸路至廣西與鄭懷德、吳仁靜會合，前往中國請封，途中所見所聞著成《華原詩草》一書。摘引自中國復旦大學文史研究院、越南漢喃研究院合編，《越南漢文燕行文獻集成》，第9冊，頁89。

〔註65〕案：《艮齋詩集》已由陳荊和於1962年10月整理成鉛字標點本出版，其中觀光集部分由《越南漢文燕行文獻（越南所藏編）》收入第八冊，以漢喃院圖書館所藏原本影印出版。

鄭懷德與黎光定、吳仁靜所唱和之詩集;《北使詩集》則是他充越南國使如清時的詩集,可惜都已散佚,今日唯一流傳的,只有《艮齋詩集》〔註66〕。該集內容包括〈卷首〉、〈退食追編集〉、〈觀光集〉與〈可以集〉等五個部分,其中〈觀光集〉所記錄的就是1802年的這段使華之旅。阮迪吉認為「其詩宏以深,其韻悠以長,如蜃樓海市之不可摸捉,如疾雷怒濤之不可推闠,時一位置字句而不見痕跡,時亦引用典故而巧於湊合。」〔註67〕其詩之價值可見一斑。

　　1802年的這趟使程,《大南實錄》是這麼記載的:

> 帝與群臣議通使于清。諭曰:我邦雖舊其命維新復讎大義,清人尚未曉得,曩者水兵風難,清人厚賜遣還,我未有答復,今所獲偽西冊印乃清錫封;所俘海匪乃清逋寇,可先遣人送還,而以北伐之事告之,俟北河事定,然後復尋邦交故事則善矣。卿等其擇可使者。群臣以鄭懷德、吳仁靜、黃玉蘊等應之。帝可其奏,以鄭懷德為戶部尚書(六部正卿為有尚書之名,因使命故特加焉)充如清正使,吳仁靜為兵部右參知,黃玉蘊為刑部右參知,充副使。齎國書品物並將所獲清人錫封偽西冊印及齊桅海匪莫觀扶、梁文庚、樊文才等乘白燕、玄鶴兩船駕海,由廣東虎門關投遞總督覺羅吉慶以事轉達,清帝素惡西賊無道,又招納莫觀扶等抄掠洋人,久為海梗,至是得報大悅,命廣東收觀扶、文庚、文才誅之,而留懷德等于省城,供給甚厚。〔註68〕

從這段紀錄來看,原本以後黎朝為越南正統的中國,是不承認新成立的阮朝的,嘉隆帝阮福映為了與中國重啟來往,特別將緝捕來越的海盜莫觀扶及所獲西山朝阮光平父子的冊封印冊遣送回中國,藉此討好中國,希望獲得中國的承認。嘉慶皇帝果然「得報大悅」,因此下令中國官員「留懷德等于省城供給甚厚」。

　　鄭懷德與吳仁靜、黃玉蘊一行人於嘉隆元年六月十二日分乘白燕、玄鶴兩艘戰船自順化出發,六月十九到廣東洋分三州塘,七月初一抵達廣東虎門

〔註66〕陳荊和:〈艮齋鄭懷德其人其事〉錄於鄭懷德:《艮齋詩集》,香港:新亞研究所,陳荊和整理編輯排印本,1962年10月出版,頁19～20。
〔註67〕阮迪吉:〈艮齋詩集序〉,錄於鄭懷德:《艮齋詩集》,頁24。
〔註68〕《大南實錄正編第一紀》卷十七,第四冊,總頁571。

關開始，到十月奉准前往廣西與請封使團黎光定等一行人會合為止，〔註69〕一共在廣東停留了三個月之久，在這段時間裡，鄭懷德一共寫了十八首詩作，分別是〈壬戌年奉使大清國經廣東洋分三洲塘遇颶風〉、〈過泠汀洋有感〉、〈虎門關夜泊〉三首記錄行程的詩作；〈澔洲古塔〉、〈珠江花艇〉、〈花田灌叟〉、〈留題十三行主潘同文花園〉、〈宿白雲山寺〉等五首紀錄廣東景色的詩以及〈贈虎門左翼總兵黃標〉、〈贈東莞縣正堂范文安〉、〈贈粵城伴使蔡世高外委〉、〈和雲間姚建秀才見贈原韻〉、〈浙江監生陸鳳梧丏題竹白扇三枝兼索贈〉（三首）七首贈與廣東文人或官員的詩，以及〈遊海幢寺兼贈慧真上人〉等既記遊又贈答僧人的詩。

在賞玩廣東景點的詩作中，比較特別的是鄭懷德曾到十三行富商潘啟所建的潘同文花園遊玩，並有留有題詩：

> 豪華揚粵壓蘇閭，止數潘家比季倫。門萃簪纓三品宦，園森松竹四時春。清風香券登樓酒，博物奇羅滿席珍。遠客留連虞既醉，依稀蓬島坐中身。〔註70〕

廣東特有的十三行制度乃是沿歷朝市舶之習，在廣州以外國貨與民貿易，明代開始以官設牙行為媒介，而牙行又以廣東為盛，明萬曆之後有所謂的三十六行，清代以後基本上沿續明朝的做法，但將三十六行改命名為十三行。〔註71〕而鄭懷德一行人前去遊玩的花園，乃是廣東十三行之一，同文行所建的花園，同文行乃是乾隆年間由自閩入粵的潘啟（1714～1788）〔註72〕所創，

〔註69〕鄭懷德：〈艮齋詩集自序〉，錄於鄭懷德：《艮齋詩集》，香港：新亞研究所，陳荊和整理編輯排印本，1962年10月出版，頁131。

〔註70〕鄭懷德：〈留題十三行主潘同文花園〉，見鄭懷德：《艮齋觀光集》，收入葛兆光、鄭克孟主編：《越南漢文燕行文獻集成（越南所藏編）》第八冊，頁284。

〔註71〕梁嘉彬：《廣東十三行考》，廣州：廣東人民出版社，1999年12月，頁73。

〔註72〕潘啟，又諱振承，字遜賢，號文岩。乃璞齋公長子，生于清聖祖康熙五十三年六月十二日辰時（1714年7月23日），終于清高宗乾隆五十二年丁未十二月初三日丑時（1788年1月10日），享壽七十三歲，……按公家貧好義，由閩到粵，往呂宋國貿易，往返三次，夷語深通，遂寄居廣東省，在陳姓洋行中經理事務。陳商喜公誠，委任全權。迨至數年，陳氏獲利榮歸，公乃請旨開張同文洋行，「同」者，取本縣同安之義；「文」者，取本山文圃之意，示不忘本也。公……于清高宗乾隆四十一年丙申（1776年）在廣州府城外對海地名烏龍崗下運糧河之西，置餘地一段，四周界至海邊，背山面水，建祠開基，坐卯向酉，兼辛巳綫，書扁額曰能敬堂，建漱珠橋、環珠橋、躍龍橋，定名龍溪鄉。在戶部注冊，報稱富戶，是為能敬堂入粵始祖。語見：《廣東省廣州府番禺縣河南茭塘司龍溪鄉日生社栖柵能敬堂潘氏族譜》，1920年刊行。

因此潘同文花園兼具閩粵特色，讓祖籍福建的鄭懷德十分驚艷，又因為同文行長年與外國通商，家中擺設自然少不了西洋風格的物品，從鄭懷德的敘述之中可以清楚地知道他對於潘啟的身世有一定的了解，並且在賞玩花園期間，對於其中的一草一木皆感奇異。

　　與吳仁靜詩集專注於自我情感的抒發不同，鄭懷德的詩作為典型的使節詩，每到一地為一詩，並在其中加上個人見聞的註解，如在〈浥洲古塔〉一詩中便將古塔典故註於其下，〔註73〕〈珠江花艇〉一詩也是如此，在詩題下註有「昔胡賈墜摩尼珠于江，而後珠嶼浮出，因以名江」〔註74〕的珠江由來典故，從這兩個例子可以知道鄭懷德對於廣東當地的風土民情極感興趣，或從書上得來，或從當地聽聞，皆書於詩作之中，翔實地記錄當時的廣東社會，也讓後世窺見十九世紀初的廣東風貌。

　　在與廣東文人的交遊上，鄭懷德曾有詩贈中國官員黃標〔註75〕、范文安〔註76〕、蔡世高，詩作內容以讚揚三人的風采為主；而與當地文人姚建、浙

〔註73〕 註云：「《風俗記》：其水常有金鰲浮出，因以名塔。」語見鄭懷德：〈浥洲古塔〉，見鄭懷德：《艮齋觀光集》，收入葛兆光、鄭克孟主編：《越南漢文燕行文獻集成（越南所藏編）》第八冊，頁286。

〔註74〕 鄭懷德：〈珠江花艇〉，見鄭懷德：〈浥洲古塔〉，見鄭懷德：《艮齋觀光集》，收入葛兆光、鄭克孟主編：《越南漢文燕行文獻集成（越南所藏編）》第八冊，頁283。

〔註75〕 黃標，字殿豪，其先潮州府南澳人，以官居籍香山。同上幼孤，負薪養母，讀書知大義，膂力過人，能開二石弓左右射，甫冠充南澳鎮標步兵拔外委。（阮通志）乾隆四十五年補香山協鎮左營司中軍守備，五十五年洋匪嘯聚恣掠，標率舟師擒賊首吳昌盛等，於潿洲并剿狗頭山盜，記大功。嘉慶元年十月，奉委統領各營兵船出洋巡搜，三年復以功議敘補授廣東左翼等處地方總兵。五年以功賞戴花翎。標生長海壖，習知水性，出海攻賊，親持舵駛帆運礮，發火如弄彈丸，一舟先眾舟尾之，浪高如山，迎風上下若履平地，賊畏之如虎。自結髮從戎，出海未嘗失，律與士卒同甘苦，人樂為用。剿賊殲其首惡，不妄殺；所獲賊船贓物，以其二賞將士，其一為修船費，分毫不自取。彌補軍中器物未嘗輕動庫帑，獲賊必親自解省，不輕擾地方官；降者量才委用，推心腹，俾自効擢顯職為良將者數人。所習韜鈐不自秘，麾下承指授建殊績者可屈指計也。於東南一帶海道淺深險、易進退戰守之處，黑夜皆能辨識，望日月星斗知風雨，人咸目為海疆長城，手註《測天賦》及《海疆理道圖》，卒年六十有二。見（清）陳澧纂修：《香山縣志》，光緒五年刻本，卷十四〈黃標傳〉。

〔註76〕 范文安，貴州興義人，嘉慶元年任廣東清遠縣知縣，舉人，嘉慶二年十二月署任東莞縣知縣（東莞縣志卷42，頁1421）嘉慶四年修東莞縣續志，因此任東莞縣令約於此時。見（清）史澄《廣州府志》，光緒五年刊本，卷九十一藝文略二。

江監生陸鳳梧及僧人慧真等人的互動中，與姚建言及此次任務的重要性，鄭懷德有詩句「為報皇威敷薄海，齊桅今是織耕民」〔註77〕可看出鄭氏對於本次任務的自豪，尤其下面還有小註曰「我國中興，平一潛亂，并獲偽東海王莫觀扶等，係廣東人，命使部一并械送到粵，海匪遂絕」〔註78〕他認為緝捕莫觀扶不僅僅是報效國家，也是為海上的居民除害。

而寫給浙江監生陸鳳梧的贈答詩，鄭懷德是這麼說的：

> 滿袖清風來故人，竹林終日共逡巡。奉親自可供黃孝，潔己何妨蔽庾塵。護粉輕搖花卻暑，招香細拂晰流春。逢時幸展施為略，爭擬南薰解慍民。
>
> 中夏清涼賴此君，解人煩熱思何殷。招搖風掃紅塵路，披拂波翻白練裙。日午留連歡握手，夜寒棲息好論文。回思寶座趨陪候，常惹金爐壓綠薰。
>
> 韜晦三冬跡尚沉，養成體面到于今。犯顏令主能容納，握手斯文共唱吟。君子終存高節壯，仁人還愛惠風深。勸渠莫避炎炎勢，康濟蒼生有素心。〔註79〕

鄭懷德看似吟詠竹扇的功用，實則勸告陸鳳梧即使一時失志也不要灰心，有日終得賞識。

另外在寫給海幢寺慧真上人的詩作裡，鄭懷德又改換另一種寫法，言：

> 重譯南書獻曝枕，千旄暫住入禪林。多承善慧開迷路，遍體如來證道心。麏鹿化馴高義塚（義鹿冢在寺南），瘴蛇法大遠荒岑。南宗衣缽傳真得，十里婆娑白象陰。〔註80〕

海幢寺建於清初尚可喜之手，寺中風光明媚，是廣州遊人聚集的地方，裏頭的寺僧多半能詩，《番禺縣志》的藝文志中曾記錄了海幢寺僧涵可的《千

〔註77〕鄭懷德：〈和雲間姚建秀才見贈原韻〉，見鄭懷德：《艮齋觀光集》，收入葛兆光、鄭克孟主編：《越南漢文燕行文獻集成（越南所藏編）》第八冊，頁282。

〔註78〕鄭懷德：〈和雲間姚建秀才見贈原韻〉，見鄭懷德：《艮齋觀光集》，收入葛兆光、鄭克孟主編：《越南漢文燕行文獻集成（越南所藏編）》第八冊，頁282、287。

〔註79〕鄭懷德：〈浙江監生陸鳳梧丏題竹白扇三枝兼所贈〉，見鄭懷德：《艮齋觀光集》，收入葛兆光、鄭克孟主編：《越南漢文燕行文獻集成（越南所藏編）》第八冊，頁287～288。

〔註80〕鄭懷德：〈由海幢寺贈慧真上人〉，見鄭懷德：《艮齋觀光集》，收入葛兆光、鄭克孟主編：《越南漢文燕行文獻集成（越南所藏編）》第八冊，頁281。

山詩集》和今釋的《徧行堂前後集》，〔註81〕鄭懷德所贈詩的慧真當亦能詩文，曾到越南弘法的大汕和尚也曾經掛單海幢寺，因此鄭懷德才有「重譯南書」之言。

在對文人的贈詩上，鄭懷德根據不同的身分而有不同的詩作寫法，他讚揚中國官員，與廣東文人談論此次任務，安慰不得志的監生，與詩僧論佛法，詩作圓融而貼近人心，不愧一代外交官。

而在鄭懷德的詩作中，並無描述澳門的相關景象，因此更可以肯定吳仁靜於《拾英堂詩集》所寫的與廣東相關詩作，並非在此次行程之中。

小結

此一時期的使節團到廣東，除了 1798 年的吳仁靜廣東任務與 1802 年的吳仁靜與鄭懷德是以解送盜匪為由前往廣東，但之後又接獲命令直接轉往北京之外，其餘使節團都是根據使節路線經過廣東，而他們在當地多以賞玩當地景色的心情與人交流，並非如之後的任務型出使，有很大的不同。

在與中國友人的交往上，潘輝益、武輝瑨與段浚三位使節的詩作中，相較其他使節詩作，與中國人的郊遊或應酬詩較少，原因很可能是此行中有安南國王阮光平，所有行程皆有嚴格的管控，因此除了與伴送的中國官員應答之外，沒有與其他人的應酬詩。1795 年的阮偍與 1802 年的鄭懷德則是在廣東停留的時間不長，因而少與當地文人互動；而 1798 年的吳仁靜，因為在廣東停留的時間長，又在廣東探詢黎主下落，需要與當地人互動，因此在當地參與詩社活動，與當地文人賦詩唱和，雖然廣東當地的文人多不見於史傳，但能在越南使節文獻中留下他們的身影，也是當時他們在與越南使節交流時，預想不到的吧？

〔註81〕（清）李福泰修、史澄纂：《番禺縣志》，清同治十年刊本，卷二十七。

第三章 明命時期越南使節李文馥的
四次廣東使程文學活動析論

　　越南的明命時期（1820～1841）是阮朝在外交上最蓬勃的時期，光是明命一朝，就有越南明命三年（清道光二年，1822）派胡文奎、黎元亶「赴廣東採買」；[註1] 之後又在明命八年（道光七年，1827）[註2]、明命九年（道光八年，1828）[註3]、明命十年（道光九年，1829）[註4] 連續三年分別派遣阮文章（Nguyễn Văn Chương，1800～1873）[註5] 與黎元亶等人前往廣東公

〔註1〕《大南實錄·正編第二紀》:「(明命三年六月)，命該隊胡文奎、典簿黎元亶、副飛騎尉黃亞黑等乘大中寶船如廣東採買貨項。」，阮朝國史館編修:《大南實錄》，東京:日本慶應義塾大學語言文化研究所複印本，1971年10月，第五冊，頁214。

〔註2〕《大南實錄·正編第二紀》:「(明命八年閏五月)，遣文書房黎元亶等乘清波號船如廣東公務。」，阮朝國史館編修:《大南實錄》，東京:日本慶應義塾大學語言文化研究所複印本，1972年10月，第六冊，頁195。

〔註3〕《大南實錄·正編第二紀》「(明命九年五月)，遣侍衛尊室議、修撰阮知方、司務黎元亶等分乘瑞龍清波諸號船往呂宋廣東諸地方公務。」阮朝國史館編修:《大南實錄》，東京:日本慶應義塾大學語言文化研究所複印本，1972年10月，第六冊，頁285。

〔註4〕《大南實錄·正編第二紀》:「(明命十年二月)，賜清難生符傅岱等白金百四十兩，命前鋒前衛副衛尉阮得帥、承旨阮知方乘平洋大船送於廣東，得帥道卒，追贈衛尉，賜白金一百兩給諸其家。」阮朝國史館編修:《大南實錄》，東京:日本慶應義塾大學語言文化研究所複印本，第六冊，頁369～370。

〔註5〕阮文章（Nguyễn Văn Chương，1800～1873），字函貞，號堂川，順天省豐田縣支龍社人（今承天—順化省）後改名阮知方，以此名廣為人知。阮文章不走科舉之路，但通曉經書，擅詩賦，明命朝時期，先生曾任戶部侍郎，後升

務；明命十四年（道光十三年，1833），派李文馥（Lý Văn Phúc，1785～1849）、
阮文章、黎文謙（Lê Văn Khiêm，？～？）、黃炯（Hoàng Quýnh，？～？）
〔註6〕、汝伯仕（Nhữ Bá Sĩ，1788～1867）〔註7〕護送廣東水師梁國棟、樊耀
陞失風戰船回廣東；明命十五年（道光十四年，1834），再度派李文馥與黎伯
秀護送風飄廣東水師外委陳子龍歸國；明命十六年（道光十五年，1835），又
派李文馥、陳秀穎（？～？）〔註8〕與杜俊大（？～？）〔註9〕捕獲解送搶掠
於廣南洋分的三名水匪回廣東；明命十七年（道光十六年，1836），李文馥奉
駕平洋號船到澳門，察訪師船音訊；明命二十年（道光十九年，1839）又派張
好合、阮文功、潘顯達等乘「南興號」船及清船多艘，「如廣東公務」等九次

工部尚書；紹治朝，先生任總督並受封莊烈子爵；嗣德朝，先生受封為莊烈
伯並任如東閣大學士、南圻經略大臣、廣南軍事總督大臣、嘉定軍事總督事
務、總統海安軍務、宣諭董察大臣。當法國人攻打河內城時，先生因守城而
殉節。未有專著，有詩文收錄於《保根詩集》、《諸家文集》、《南郊樂章》等。
鄭克孟主編：《越南漢喃作家名號》，河內：社會科學出版社，2012年12月，
頁146～147。詳細生平可見《阮知方》（Nguyễn Tri Phương），河內：勞動出
版社，2001。

〔註6〕黃炯（？～？），號件齋，承天—順化省茶鄉社人。關於黃炯的事業與地位至
今未明，只知他曾任翰林院編修，後升為吏部左侍郎，並與劉文瀾、李文馥
締造群英會。未有專著，詩文收錄於《諸題默》、《中外群英會集》、《御製剿
平南圻逆匪詩集》等。鄭克孟主編：《越南漢喃作家名號》，河內：社會科學
出版社，2012年12月，頁233。

〔註7〕汝伯仕（1788～1867），字元立，號澹齋，清化省橫華縣葛川社人。阮聖祖明
命二年（1821）辛巳科舉人，曾任知縣、清化督學後升為刑部員外、翰林侍
讀、翰林著作。先生曾出使菲律賓與中國。著有：《澹齋主人文集》、《澹齋詩
課》、《澹齋壓線集》、《粵行雜草》等。鄭克孟主編：《越南漢喃作家名號》，
河內：社會科學出版社，2012年12月，頁109～110。

〔註8〕《大南實錄·正編列傳第二集》云：「陳秀穎（？～？），興安金洞人，明命
六年領鄉薦，縣戶部行走，累遷郎中，十三年授京兆尹，坐事免，奉派乘大
銅船迭往粵東、江流波公幹，前後閱十餘年，洋程凡九度，備經險艱，開復
至內務府郎中，紹治七年以老母年屆八十得請歸養，自號金山觀濤老人，所
著有《家禮》並《觀濤詩集》，年六十卒。」見阮朝國史館編修：《大南實錄》，
東京：日本慶應義塾大學語言文化研究所複印本，1982年10月，第二十冊，
頁330。

〔註9〕杜俊大（？～？），號鑑湖，北寧省文江縣溫舍社人（今興安省文江縣）。關
於杜俊大的身分地位及事業目前未明，只知他生活在十九世紀，曾於嘉隆十
二年（1813）癸丑科考中鄉貢，並曾任侍郎。有詩文收錄於《黎朝賦選》。鄭
克孟主編：《越南漢喃作家名號》，河內：社會科學出版社，2012年12月，頁
153。

往廣東的使程，其中，李文馥一人就佔了四次之多。究竟，明命皇帝為什麼要這麼積極地派員前往廣東？

阮朝自嘉隆帝以來以各種理由前往廣東，主要任務為採買貿易，顯示廣州、香港、澳門的貿易對越南有重要性，與清朝陸路邊關販貿已經不足越南所需，因此阮朝亟於突破。〔註10〕明命九年，明命皇帝藉瞻覲使團提出變更使節原本自廣西沿陸路北上的路線，改由廣東水路進京，但遭到清政府以「定制遵行，未可輕言改易」〔註11〕為由拒絕；明命十年，阮朝將遭風難的監生符傅岱等人送返廣東，再度提出海道通關貿易的請求，清政府則言：

> 越南國差官護送廣東遭風監生回省，順帶貨物來粵售賣，並請通市貿易一摺。此次越南國王因內地監生遭風漂收到境，恤給衣糧盤費，護送回粵，實屬恭順可嘉。所有帶來各貨物及將來出口貨物均著加恩免其納稅。至該國王請由海道來粵通市貿易一節，自當照例駁回，但須妥為曉示。著李鴻賓等傳諭該國王，現據爾國王請由海道來粵通市，業經奏聞大皇帝。以爾國王久列藩封，素為恭順，爾國地界毗連兩廣，向與內地商民有陸路交易處所。貨物流通，足資利用，非他國遠隔重洋，必須航海載運者可比。外夷諸國如有於各海口越界求通貿易，例禁綦嚴，今若允爾國王所請，誠恐各外夷船隻偶有攙越混入，以致滋生事端於爾國王。諸多未便轉，非所以示體恤，是以仍令爾國王恪守舊章，於廣東欽州及廣西水口等關，各陸路往來貿易，毋庸由海道前來。〔註12〕

清政府以不希望越南與西方諸國攙混為由，再度拒絕通商，但越南卻仍有通商貿易的需求，只好假借各種名義前往，以行貿易之實。

而在明命時期的九次派員前往廣東公務的使程中，目前只見到以李文馥為主的四次廣東使程留下詩文紀錄，其餘五次的出使則尚未見到使節詩文集，當中出現二次的越使張好合（號亮齋），一生至少五度出使中國，今存《夢梅亭詩草》（收入《越南漢文燕行文獻集成》第十二冊），乃阮朝明命十二年（清

〔註10〕許文堂：〈十九世紀清越外交關係之演變〉，收錄於許文堂主編：《越南、中國與臺灣關係的轉變》，臺北：中央研究院東南亞區域研究計畫出版，2001 年12 月，頁 92。

〔註11〕《大清實錄・道光實錄》，北京：中華書局，1985 年出版，卷 159，頁 36。

〔註12〕《大清實錄・宣宗成皇帝實錄》卷 156，道光九年五月，北京：中華書局，1985 年出版，頁 408。

道光十一年，1831）以甲副使身分出使北京賀道光皇帝五十大壽的燕行詩集，與廣東之行無關。〔註13〕另外還有三次前往廣東的黎元亶（？～1834），目前也未見其詩文作品。因此討論明命年間越南使節在廣東的文學活動，將以李文馥作品為主。

這四次的廣東之行，李文馥與同行使節所留下的詩文紀錄如下表：

時　　間	使　　節	任　　務	相關著作
明命十四年（1833）夏～冬	李文馥、阮文章、黎文謙、黃炯、汝伯仕	分乘平字一、平字七兩大船，護送廣東水師梁國棟、樊耀陞失風戰船回廣東。（李文馥搭的是平七號船）	李文馥《粵行吟草》、《澳門誌行詩抄》（已佚）、黃炯《粵行吟草》（已佚）繆艮《中外群英會錄》汝伯仕《粵行雜草》
明命十五年（1834）夏～冬	李文馥、黎伯秀	管駕平字五號船，護送風飄廣東水師外委陳子龍歸國。	李文馥《粵行續吟》
明命十六年（1835）夏～冬	李文馥、陳秀穎、杜俊大	捕獲解送搶掠於廣南洋分的三名水匪回廣東。	李文馥《三之粵集草》、《仙城侶話集》與《二十四孝演歌》
明命十七年（1836）秋～冬	李文馥	奉駕平洋號船到澳門，察訪師船音訊。	李文馥《鏡海續吟》

關於李文馥的研究有很多，學位論文方面，越南阮氏銀的《李文馥及其《西行見聞紀略》研究》〔註14〕是少數針對李文馥及其作品做一系統性研究的博士論文；楊大衛的碩士論文《越南使臣李文馥與 19 世紀初清越關係研究》則是針對李文馥六次出使中國的詩文集討論清代中期的社會風俗及經濟狀況等議題；〔註15〕陳益源先生則對李文馥有多篇單篇文章討論，其中〈周遊列國的越南名儒李文馥及其華夷之辨〉針對李文馥在《閩行詩話》中的一

〔註13〕陳益源先生：〈清代越南使節於中國廣東的文學活動——兼為《越南漢文燕行文獻集成》進行補充〉，《嶺南學報》復刊第六輯，上海：上海古籍出版社，2016 年 7 月，頁 257，註 2。

〔註14〕阮氏銀（Nguyễn Thị Ngân）：《李文馥及其《西行見聞紀略》研究》（Nghiên Cứu Về Lý Văn Phúc Và Tác Phẩm Tây Hành Kiến Văn Kỳ Lược），越南翰林院下屬漢喃研究院博士論文，2009 年。

〔註15〕楊大衛：《越南使臣李文馥與 19 世紀初清越關係研究》，暨南大學歷史學系碩士論文，陳文源指導，2014 年 6 月。

篇〈夷辨〉說明李文馥對於被中國指稱為「夷」的不滿；〈越南李文馥與臺灣蔡廷蘭的詩緣交錯〉則是說明瞭李文馥與蔡廷蘭分別在中國與越南與異國友人之間的情誼；〈越南李文馥筆下十九世紀初的亞洲飲食文化〉是針對李文馥出使東南亞各國時，對於當地飲食的理解與敘述。〔註16〕黃子堅的〈李文馥與其《西行見聞紀略》：一個越南儒家看東南亞海島〉則是針對李文馥對於海峽殖民地的描述，包括歷史、行政管理、錢幣、本地人（馬來人）做過深入的介紹。〔註17〕但其他的使節則未見專論，他們到廣東的使程更是少有討論，夏露〈李文馥廣東、澳門之行與中越文學交流〉〔註18〕著重在討論廣東之行對李文馥文學成就的影響；陳益源先生的〈清代越南使節在中國的購書經驗〉〔註19〕曾提及1833年李文馥首度前往廣東時，同行的使節汝伯仕在廣東的購書經驗；〔註20〕除此之外還有陳先生的〈清代越南使節於中國廣東的文學活動：兼為《越南漢文燕行文獻集成》進行補充〉〔註21〕，論及清代越南使節出使或途經廣東時與當地文人的交流活動，本章節即以陳先生的論文為基礎，深入討論其中李文馥四度前往廣東與當地文人的交流活動，及其同行使節在廣東的文學活動。本章節將就李文馥的四本廣東使程文獻為主，其餘同行使節的書寫為輔，討論1830年代的廣東風貌。

〔註16〕此三篇論文皆收錄於陳益源先生：《越南漢籍文獻述論》，北京：中華書局，2011年。

〔註17〕黃子堅：〈李文馥與其《西行見聞紀略》：一個越南儒家看東南亞海島〉，「2007海洋文化國際學術研討會」（臺北，海洋大學海洋文化研究所主辦，2007年11月2日）。

〔註18〕夏露：〈李文馥廣東、澳門之行與中越文學交流〉，《海洋史研究》第五輯，上海：社會科學文獻出版社，2013年10月，頁148～165。

〔註19〕陳益源先生：〈清代越南使節在中國的購書經驗〉，收入陳益源先生：《越南漢籍文獻述論》，北京：中華書局，2011年，頁1～48。

〔註20〕關於越南使節在中國的購書及傳播中國圖書，除陳益源先生有〈清代越南使節在中國的購書經驗〉一文外，李慶新的〈清代廣東與越南的書籍交流〉、劉玉珺《越南漢喃古籍的文獻學研究》中的部分章節及陳正宏《東亞漢籍版本學初探》中的〈越南漢籍裡的中國代刻本〉皆論及越南使節在中國圖書傳播到越南方面佔有重要的位置，詳見李慶新：〈清代廣東與越南的書籍交流〉，《學術研究》，2015年第12期，廣州：廣東省社會科學聯合會，頁93～160；劉玉珺：《越南漢喃古籍的文獻學研究》，北京：中華書局，2007年；陳正宏：《東亞漢籍版本學初探》，上海：中西書局，2014年10月。

〔註21〕陳益源先生：〈清代越南使節於中國廣東的文學活動──兼為《越南漢文燕行文獻集成》進行補充〉，《嶺南學報》復刊第六輯，上海：上海古籍出版社，2016年7月，頁247～275。

第一節 《粵行吟草》中的廣東書寫

一、廣東任務

李文馥（1785～1849），字鄰芝，號克齋。河內永順人。根據李文馥於1821年所寫的《李氏家譜》記載，其祖先乃是從中國福建省漳州府龍溪縣西鄉社二十七郡而來的。李氏是明朝的開國功臣，明清之際，李克廉、李我壁、李克貴三位兄弟拒絕臣服清朝，便共同坐船沿海遷居越南，並且在越南升龍城懷德府永順縣湖口坊（今河內西湖區）定居，到李文馥已是第六代。〔註22〕李文馥三十四歲領鄉薦之後開始作官，但宦途並不順利，浮沉於宦海三十多年，「多在洋程効勞」，足跡踏遍東南亞，去過新加坡、呂宋、小西洋，又到福建、廣東、澳門等地，是一位見多識廣的詩人，著有《西行見聞錄》、《閩行雜詠》、《粵行詩草》、《鏡海續吟》、《周原雜詠》、《呂宋風俗記》等諸多詩文作品。〔註23〕

明命十四年（道光十三年，1833），李文馥第一次到廣東，但他卻並非首次踏上中國國土，在明命十二年（1831）時，李文馥便曾被派往中國，護送失風海上的中國官員陳棨等回福建，在福建期間，李文馥留下許多與當地文人如王香雪、來錫蕃等互相酬答的詩文，以及遊覽福建各地古蹟、寺廟、祠堂的題記。〔註24〕隔年，李文馥再度被派往中國，與阮文章、黎文謙、黃炯、汝伯仕等人分乘平字一、平字七兩大船，護送廣東水師梁國棟、樊耀陞失風戰船回廣東。

這次的廣東使程，除了李文馥撰有《粵行吟草》之外，同行的黃炯也撰有同樣名為《粵行吟草》的詩集，汝伯仕也寫有《粵行雜草》，繆艮曾為這三本書都寫了序。〔註25〕可惜黃氏的作品已經亡佚，而汝氏的作品由其子汝以烜於嗣德十年（咸豐七年，1857）重新整理成《粵行雜草編輯》，補充了許多原本《粵行雜草》未見的材料，也和李文馥的《粵行吟草》相互對照，呈現此

〔註22〕詳見李文馥：《李氏家譜》，越南漢喃研究院抄本，1821年，編號A.1057。

〔註23〕詳見阮朝國史館編修：《大南實錄》，東京：日本慶應義塾大學語言文化研究所複印本，第20冊，頁274。

〔註24〕詳見李文馥：《閩行雜詠》，收入葛兆光、鄭克孟主編：《越南漢文燕行文獻集成（越南所藏編）》第十二冊，上海：復旦大學出版社，2010年，頁209～324。

〔註25〕案：繆艮所寫的三篇序文都收在繆艮所編《中外群英會錄》，抄本，藏於越南漢喃研究院圖書館，館藏編號：A.138。

行更為完整的樣貌。如這趟使程詳細的抵達廣東時間並未出現在李文馥的詩中，而是同行的另一位使節汝伯仕記錄了下來，他在《粵行雜草編輯》中寫道，三月三十乘威鳳號出發，但因船破折返，改乘平七大船復於四月初四自順安汛出發，〔註26〕經七洲洋，於五月初五抵廣東。〔註27〕

　　李文馥等人此行除了護送失風的廣東水師回國之外，其實還有其他的任務，汝伯仕曾在詩中提及「是行有部諮飭買名花木」〔註28〕，又有「余與健齋專辦（辦）檢買書籍事」〔註29〕，可知撿買花木與購買圖書也是他們如清的兩項重要任務。

　　明命皇帝喜愛中國圖書是相當出名的，明命十一年，他曾在如清使節黃文宣、張好合及潘輝注出發前對其言：

　　　　朕最好古詩、古畫及古代奇書，而未能多得。爾等宜加心購買以進。

　　　　且朕聞燕京仕宦之家，多撰私書實錄。但以事涉清朝，故猶私藏，

　　　　未敢付梓。爾等如見有此等書籍，雖草木亦不吝厚價購之。〔註30〕

其實不只這一次，明命帝只要有機會派員前往中國，都會做出如此要求，撿買中國圖書實則為越南使節的普通任務，因此越南使節也成為「北書南傳」的重要媒介之一。

　　汝伯仕與黃炯此行購買了那些圖書，目前尚不得而知，不過他如何撿買圖書倒是可以從其〈書目〉一文中窺知一二：

　　　　余在廣東購買官書，每訪書庸，見還城者二十餘，皆堆積書籍，

　　　　重架疊級不知數，問其名目，則彼各以本庸書目示，皆至一二千

　　　　餘名。間經數月揀購，為筠清行為多，余於還價日得書目一本，

〔註26〕汝伯仕：〈改船復出順安，抵廣南住椗，又口占（四月初四日）〉，見汝伯仕：《粵行雜草編輯》，收入葛兆光、鄭克孟主編：《越南漢文燕行文獻集成（越南所藏編）》第十三冊，頁128。

〔註27〕汝伯仕：〈行次見廣東老萬山（五月初五日）〉，見汝伯仕：《粵行雜草編輯》，收入葛兆光、鄭克孟主編：《越南漢文燕行文獻集成（越南所藏編）》第十三冊，頁134。

〔註28〕汝伯仕：〈贈毅蓄邀同館諸君偕余舟行訪花田既回再設珠江宴會三十韻〉，見汝伯仕：《粵行雜草編輯》，收入葛兆光、鄭克孟主編：《越南漢文燕行文獻集成（越南所藏編）》第十三冊，頁168。

〔註29〕汝伯仕：〈秋懷二首〉，見汝伯仕：《粵行雜草編輯》，收入葛兆光、鄭克孟主編：《越南漢文燕行文獻集成（越南所藏編）》第十三冊，頁164。

〔註30〕阮朝國史館編修：《大南實錄》，東京：日本慶應義塾大學語言文化研究所複印本，1973年8月，總頁2390。

　　今并錄之。〔註31〕

　　從這段文字看來，當時廣州書鋪繁盛，光是環繞廣州城者就有二十餘間，汝伯仕一行人在逛書店時見到書籍重重堆疊，無法一一揀選，只能從各書店的書目中勾選需要的書籍，再行購買。他還抄錄了其中一家書店「筠清行」的書目，並從中購買了大量的中國書籍。〔註32〕

二、與廣東文人的交流

　　與前往福建相同，李文馥到廣東時也積極地探訪當地名勝，並且與當地文人交流，他首先聽聞當地人介紹了武舉張玉堂（1794～1870）〔註33〕，言其「善琴善歌，由善以小楷書畫，且知詩弁胄中」〔註34〕，李文馥亟欲一見，奈何緣慳一面，李文馥必須進廣州公館執行任務，與張玉堂失之交臂，不過李文馥曾作詩寄贈玉堂，表示自己的仰慕之情，言：

> 韜鈐儒雅覓傳聞，千里聞君亦愛君。共道神奇張草聖，又疑雋逸鮑參軍。細毛丹鳳狵樓枳，掉尾蒼龍會入雲。咫尺芳塵清夜夢，何當釋甲共論文。〔註35〕

　　李文馥先讚揚張氏文名千里之外皆知，再將他比作草聖張旭，表示李文馥對於張玉堂的書法聲名極為欽佩，並期待與張玉堂相見；但之後幾次李文馥再度前往廣東，也未見他們兩人相見的紀錄，十分可惜。

　　在此同時，之前已經來過廣東的使節阮文章，因明命九年同行的使節黎元宣的緣故而認識廣東文人劉文瀾。劉文瀾，廣東高明人，字墨池，乃廣州

〔註31〕汝伯仕：〈書目〉，收入汝伯仕：《粵行雜草編輯》，漢喃研究院圖書館抄本，館藏編號：VHv.1797/2。

〔註32〕案：汝伯仕此行所抄之「筠清行書目」可見陳益源先生：〈清代越南使節在中國的購書經驗〉附錄，見陳益源先生：《越南漢籍文獻述論》，北京：中華書局，2011年9月，頁17～48。

〔註33〕張玉堂（1794～1870）字翰生，廣東歸善人。清朝軍官、書法家。歷任香山協右營都司、新會右營守備、虎門協前營都司及前山營水師都司、大鵬協副將等職，張玉堂精於書法，尤善拳書，現時九龍寨城公園仍然保留他的拳書。詳見鄧家宙、蕭國健主編：《香港史地》第二卷，香港：香港史學會，2011年1月，頁97～98。

〔註34〕李文馥：〈寄席門千戎張玉堂並簡〉，收入葛兆光、鄭克孟主編：《越南漢文燕行文獻集成（越南所藏編）》第十三冊，頁17。

〔註35〕李文馥：〈寄虎門千戎張玉堂並簡〉，收入葛兆光、鄭克孟主編：《越南漢文燕行文獻集成（越南所藏編）》第十三冊，頁18。

著名文士，據汝伯仕在《中外群英會記》中所記，劉氏「豪逸博雅，明於象數之學，所著有《中星全表》、《陽宅紫府寶鑑》、《太陽選擇全表》、《奇門纂圖鉤原》、《奇門行軍要錄》〔註36〕、《讀易釋文通義》、《洗冤錄集證補注》、《使事均知錄》、《奇門皇極彙纂》諸書。」〔註37〕。他與繆艮（1766～1835）相識於東官錦秋園，並獲繆艮贈與《文章遊戲》〔註38〕；明命九年，劉文瀾結識黎元蘐與阮文章時，又將《文章遊戲》轉贈給黎元蘐帶回越南，隔年阮文章來粵公務，又買十部《文章遊戲》回越南，在越南文人圈傳閱，深獲好評，因而引發了明命十三年李文馥等越南使節與中國文人繆艮、劉文瀾、劉伯陽等人參與「中外群英會」的一段佳話。〔註39〕

　　劉文瀾如何結識黎元蘐的過程目前尚不得而知，但藉由黎元蘐的介紹，劉文瀾認識了當時與黎元蘐同行的使節阮文章，之後阮文章幾度來粵，皆與劉文瀾見面，明命十三年的這次使程也不例外。當一得知越使阮文章與其他使節因事再度來粵，劉文瀾便先具備酒餚往獵德舟次與李文馥、黃炯相互唱和，情頗浹洽。此時劉文瀾得知舊友黎元蘐的死訊，十分傷心，連寫

〔註36〕案：清史稿云，《奇門行軍要略》為劉文淇著。劉文淇（1789～1854），字孟瞻，揚州儀徵人。清代著名經學家。於清乾隆五十四年（1791年），父親劉錫瑜是位醫生。其舅淩曙（淩曉樓）愛其穎悟，親自教之。與薛傳均友好，一同在梅花書院就學。精研古籍，致力於左氏學的研究，「得《十三經註疏》，依次校勘，朝夕研究，竊見上下割裂，前後矛盾」，與劉寶楠並稱「揚州二劉」，道光八年（1828年），與劉寶楠、陳立同赴鄉試，相約「各治一經」，劉文淇注《左傳》，劉寶楠注《論語》，陳立注《公羊傳》。道光二十七年（1847年）與其子劉毓崧纂輯《輿地紀勝校勘記》，成書五十二卷。注有《左傳舊疏考正》及《左傳舊註疏證》，收集孔奇、孔嘉與鄭玄之註解來證明杜預疏注《左傳》多有錯誤。劉文淇家境清貧，常外出為人校書，校《春秋左氏傳》前後長達四十年，至咸豐四年（1854年）未成而卒，僅寫到襄公五年。今人吳靜安有《春秋左氏傳舊註疏證續》。另著有《楚漢諸侯疆域記》3卷、《揚州水道記》4卷、《讀書隨筆》20卷、《青溪舊屋文集》10卷、《詩集》1卷等書。

〔註37〕汝伯仕：〈中外群英會記〉，收入葛兆光、鄭克孟主編：《越南漢文燕行文獻集成（越南所藏編）》第十三冊，頁150。

〔註38〕根據賴承俊的研究，繆艮的《文章遊戲》共分成四編，成書年代不一，主要收錄繆艮本人的文章或他人所作但經由繆氏點評的作品，成書之後風行一時，影響甚遠。關於《文章遊戲》的體例、作者問題及價值可詳參賴承俊：《繆艮其人及其作品研究》，臺南：國立成功大學中國文學系碩士論文，陳益源指導，2011年7月，頁63～84。

〔註39〕詳見繆艮：〈中外群英會序〉，收入繆艮編：《中外群英會錄》，抄本，藏於越南漢喃研究院圖書館，館藏編號：A.138，頁5～6。

了八首悼亡詩〔註 40〕憑弔故友。阮文章也藉機向劉文瀾提出欲見繆艮一面的想法。

　　繆艮在越南使節眼中雖有名，但在清史稿或方志中卻是默默無名，只知他是浙江杭州人，為嘉道間名幕，嘉慶十五年移居廣東，汝伯仕在《粵行雜草編輯》中是這麼介紹他的：

> 蓮仙名艮字兼山，浙江錢塘諸生，才高不偶，有《文章遊戲》三十三卷，《霍山志》四卷，《壓線臨尺牘》六卷。行此會（中外群英會）之日，又出《新刻塗說》四卷，持贈前為廣東朱中丞羅致廣府六大屬幕賓。〔註41〕

　　從汝伯仕的介紹中可以知道繆艮是一個著作頗豐的文人，但懷才不遇，根據賴承俊對繆艮的研究，繆氏性情豪爽，喜好飲酒，但一生落拓，四十五歲時南遊廣東，輾轉於廣東各縣擔任幕賓或塾師，至七十歲逝世時皆未回到浙江故土，雖為浙江錢塘人，卻影響嶺南文學甚鉅。〔註42〕

　　經由劉文瀾的穿針引線，李文馥、阮文章、黃炯、黎文謙與汝伯仕等五位越南使節終於在七月五日早上，由劉文瀾在海珠寺「備小舟、具早膳」，與繆艮、劉文瀾之子伯陽及伯陽業師梁玉柱一起賦詩飲酒，是為「中外群英會」。

　　關於這場聚會，繆艮將會中眾人唱和的詩作都做了記錄與整理，加上隔年李文馥再度拜訪繆蓮仙所做的詩作，和繆艮為幾位越南使節的使程詩集所做的序文等，編輯成《中外群英會錄》一書。王偉勇先生曾針對本書做了詳盡的解析與介紹，〔註43〕根據王先生的研究，這場聚會自辰時至晌午（約五小時），以越南使節先做詩再由繆艮唱和的方式進行，當時繆艮已年六十八歲，在短短五小時的聚會裡，所有人一共唱和二十五首詩篇，其中五位越南使節共做十三首詩，繆艮一人就做了十二首，繆艮才華可見一斑，也更添越南使

〔註40〕 李文馥：〈進轍黎雲漢學士即贈粵東劉墨池並序（黎諱元宣，劉名文瀾）〉云：「雲沒舊交如見問，八章憑弔益沾巾。（劉哭重漢詩乃八首）」收入葛兆光、鄭克孟主編：《越南漢文燕行文獻集成（越南所藏編）》第十三冊，頁29。

〔註41〕 汝伯仕：〈中外群英會記〉，見汝伯仕：收入葛兆光、鄭克孟主編：《越南漢文燕行文獻集成（越南所藏編）》第十三冊，頁150。

〔註42〕 詳參賴承俊：《繆艮其人及其作品研究》，臺南：國立成功大學中國文學系碩士論文，陳益源指導，2011 年 7 月，頁16～40。

〔註43〕 王偉勇：〈中越文人「意外」交流之成果——《中外群英會錄》述評〉，《成大中文學報》第十七期，2007 年，頁117～152。

節們對他的崇敬之意。

從繆艮與幾位越南使節的交往來看，繆氏與李文馥更為投契，雖然兩人直至明命十四年才見面，但李文馥早就聽過繆艮的大名，原因是李文馥於明命十二年往福建任務時，便已結識繆艮的同鄉來錫蕃（1795～？）〔註44〕並與之相交甚篤，在李文馥結束福建任務準備回國前，來錫蕃特地相贈《文章遊戲全編》，〔註45〕可以說李文馥在與繆艮真正見面之前，早已聽過繆艮的大名；兩人在廣東的正式見面後，除了在群英會上的相互唱和之外，繆艮還幫李文馥的《閩行詩話》、《西行詩記》、《粵行詩草》和《粵遊草》作序。

在當年十月，繆艮與沈瘦仙、常雲生（？～？）〔註46〕到使節公館拜訪諸位越南使節，李文馥以詩贈別，詩中「情致纏綿，卷懷無已」，讓繆艮將李文馥比為作李白，言其「乃謫仙流亞」〔註47〕實是對李文馥才華的讚揚。不過筆者無論是在《中外群英會錄》或是李文馥的《粵行雜草》中皆未見到這三首詩，只有諸位越南使節在離開廣東前，分別以〈留別繆蓮仙〉為題，各自賦詩相贈，再由繆艮和答。黃炯與阮文章各寫了一首表達對繆艮的崇敬與離別之情，但李文馥與汝伯仕卻皆是分別寫了三首七言律詩與四首七言絕句相贈，先看李文馥：

> 因緣文字成交契，蹤跡天涯作比鄰。二十四年遊幕客，數千餘里泠槎人。江長潮引颼涼早，院寂窗穿晚照頻。已繫離情珠海會，何如無會不相親。（其一）
>
> 會後分襟跡亦陳，踈照人顏色自如。品題誼重群英錄，投贈情殷兩部書。俯仰每思焚筆硯，往還惟有托鴻魚。吾儕見晚愁相別，受誨

〔註44〕 來錫蕃，字子庚，浙江仁和人。道光二十五年以星村縣丞遷邵武縣，清廉果毅，有能吏聲。涖任後，百廢具舉，案無留牘，鞫獄必坐堂，皇命案務絕株連。視民如子，民亦愛如父母，不知其為官也。錫蕃以清故虧欠稅額，民爭相輸納，錫蕃不能止。冬月，署中忽開海棠一枝，得一十八朵，人以為瑞，作〈瑞棠亭〉，又繪〈瑞棠圖〉，題詠者百餘人，後以最擢泉州府護理興泉永道。見（清）王琛修、張景祁：《（光緒）重纂邵武府志》卷十五，光緒二十五年刊本，頁1148。

〔註45〕 李文馥：〈臨行子庚以文章遊戲全編見送口占謝之〉，收入葛兆光、鄭克孟主編：《越南漢文燕行文獻集成（越南所藏編）》第十二冊，頁306。

〔註46〕 常雲生，方志無傳，浙江人，後移居廣東，生活於嘉道間，為刻印及藏印家。

〔註47〕 繆艮：〈李鄰芝《粵遊草》第二冊序〉，收入繆艮編：《中外群英會錄》，抄本，越南漢喃研究院圖書館館藏，編號：A.138，卷下，頁56。

偏多矧似餘。（其二）

愧我不才如若李，喜君下筆欲生蓮。沙中亂拾金何在，垢面光磨鏡
自愁。南海看重勞倚仗，西湖夢月懶成眠。一聲驪唱雙行淚，賴有
文章遊戲編。（其三）〔註48〕

再看汝伯仕的：

幸作春風半日間，遭逢樂事寄毫端。群英人散詩仍聚，長記珠江一
大觀。

雜草縈勞運郢斤，洗空泥滓出清芬。日南遠隔重洋外，磬欬依依紙
上聞。

龍抱豬眠鳳惜毛，春雲卻喜附吾曹（蓮仙手輯群英集，擬付梓人）。
溟南風勁歸帆遠，回首空瞻北斗高。

昂藏野鶴執羈留，不久西湖又泛舟。惆悵香江明月夜，夢魂相伴到
杭州。〔註49〕

　　李、汝二人的著重點不同，汝伯仕對於七月的詩會更加念念不忘，但李
文馥卻是著重在與繆蓮仙之間的情意，寫出「不如無會不相親」道盡分離的
難過之情，只能藉讀《文章遊戲》懷念故人的心酸，兩位使節對於繆艮的情
誼截然不同，李文馥與繆艮更為相契，是因為兩人皆身世坎坷，仕途不順的
緣故。李文馥兩度獲罪坐獄，又長年被派至國外公務；繆艮屢舉不第，雖詩
書滿腹，卻只落得輾轉於廣東各縣為幕友或坐館。繆氏曾言：「來粵二十四年，
垂白可期，頻遭白眼，汗青無日，終困青衿。北轍南轅，東途西林，結交滿天
下，知心果何人？」〔註50〕因此當他遇到一個有著相同身世的外國使節，便
有了「幸良會之乍逢，悵盛筵之難再，不謂今之視昔，應猶昔之視今。再思故
鄉，恍如乍夢，而因緣文字，僅在日南交趾間也」〔註51〕之嘆，李文馥也對
繆艮的懷才不遇感同身受，而有詩云：

〔註48〕李文馥：〈留別繆蓮仙〉，見李文馥：《粵行吟草》，收入葛兆光、鄭克孟主編：
　　　　《越南漢文燕行文獻集成（越南所藏編）》第十三冊，頁97～98。

〔註49〕汝伯仕：〈留別繆蓮仙〉，見汝伯仕：《粵行雜草編輯》，收入葛兆光、鄭克孟
　　　　主編：《越南漢文燕行文獻集成（越南所藏編）》第十三冊，頁190～191。

〔註50〕繆艮：〈李鄰芝《閩行詩話》序〉，見繆艮：《中外群英會錄》，抄本，越南漢
　　　　喃研究院圖書館館藏，編號：A.138，卷下，頁50。

〔註51〕繆艮：〈李鄰芝《閩行詩話》序〉，見繆艮：《中外群英會錄》，抄本，越南漢
　　　　喃研究院圖書館館藏，編號：A.138，卷下，頁50。

名流怪底出杭州，聲氣偏於異地投。酬世文章遭白眼，依人筆墨歎
低頭。遙知湖海多漂梗，自愧乾坤一贅疣。珍重碧巖珠海會，應傳
佳話到千秋。〔註52〕

　　兩個具有相似遭遇的人千里來會，因而興起惺惺相惜之感，也難怪繆艮
有「結交何必分疆域，邦國雖殊德有鄰」〔註53〕的感嘆。之後李文馥再度來
粵，又與繆艮相會，讓李氏不必只藉讀繆艮的《文章遊戲》懷念舊友，但這已
是後話。

　　除了群英會，李文馥還參加了另一群廣東文人所舉辦的樓船會，在這場
聚會由梁釗（釧）（？～？）主辦，在八月九日這天，邀請李文馥與其他越南
使節，先泛舟訪花田，再換畫舫與陳昌運（任齋，？～1834）和趙沛農〔註54〕
等人共同宴飲，至日落方散。〔註55〕

　　梁釗，字毅菴，正史上並未記載其人其事，從李文馥及汝伯仕所贈給梁
氏的詩篇中可知他為南海人，李文馥說他「學有本領且工詩」，〔註56〕又言「毅
菴，蓋文雅士而隱於市者，性恬和，與物無忤。自官船到此，凡事多所贊畫。
至於應酬往來，固數與餘晨夕矣」〔註57〕曾與李文馥同遊澳門，〔註58〕又為
汝伯仕等人尋訪花木，可以推測他在廣東交遊廣闊，或以經商維生。陳任齋

〔註52〕李文馥：〈昔之閩得王香雪今之粵得繆蓮仙，皆有才不遇，感作〉，收入葛兆
　　　　光、鄭克孟主編：《越南漢文燕行文獻集成（越南所藏編）》第十三冊，頁61。
〔註53〕繆艮：〈和李鄰芝《留別繆蓮仙》〉，收入葛兆光、鄭克孟主編：《越南漢文燕
　　　　行文獻集成（越南所藏編）》第十三冊，頁98。
〔註54〕案：趙沛農，史上無名，疑為繆艮之友趙古農，但仍無相關證據證明兩者為
　　　　同一人。趙古農，原名風宜，字聖伊，一曰巢阿，番禺人，諸生，勤於撰述。
　　　　著有《抱影吟草》、《闕疑殆齋錄》六卷、《骨董二編》四卷、《玉尺樓賦選》、
　　　　《菸經》二卷、《龍眼譜》、《檳榔譜》各一卷。語見吳道鎔：《廣東文徵作者
　　　　考》，臺北：商務印書館，1971年10月臺一版，卷九，頁210。
〔註55〕李文馥：〈樓船會即席和陳任齋見贈並記其事〉，見李文馥：《粵行吟草》，收
　　　　入葛兆光、鄭克孟主編：《越南漢文燕行文獻集成（越南所藏編）》第十三冊，
　　　　頁54。
〔註56〕李文馥：〈與南海梁毅菴坐談偶成一聯以思無益不如學慎言，其餘列寡尤賦此
　　　　答贈〉，見李文馥：《粵行吟草》，收入葛兆光、鄭克孟主編：《越南漢文燕
　　　　行文獻集成（越南所藏編）》第十三冊，頁32。
〔註57〕李文馥：〈澳門誌行詩抄序〉，見李文馥：《粵行吟草》，收入葛兆光、鄭克孟
　　　　主編：《越南漢文燕行文獻集成（越南所藏編）》第十三冊，頁83。
〔註58〕案：李文馥在《粵行吟草》中有《澳門誌行詩抄》序文，但《澳門誌行詩抄》
　　　　目前未見。

名昌運〔註59〕，李文馥言其乃「南海菊園先生之哲嗣也，別號清溪，有《清溪吟草》行世」，〔註60〕可知陳氏乃詩書世家，亦工詩文。

　　這場樓船會不如與繆艮的那場群英會名聲響亮，但仍讓越南使節們留下深刻的印象，可惜的是，此次的樓船會所賦詩文散於各使節的詩集中，沒能如群英會一般集結成書，但我們仍然能從現存的李文馥與汝伯仕的詩集中窺見一二。

　　李文馥與汝伯仕二人皆有與陳任齋、趙沛農的唱和詩，除此之外，李文馥對這場宴飲意猶未盡，在回公館及抵寓之後皆有詩作，隔幾日與茶丁提起前日的樓船會，又做了一首詩，顯示李文馥對這場宴會念念不忘。

　　在這場宴會中，李文馥獲陳任齋以《清溪吟草》見示，在宴會後半，任齋因事先行離席，李文馥便以詩相贈：

> 吟草遺編家有寶，甲花初度鬢如霜。江底漸見潮初落，園古遙知菊自香。陳榻款懸疑夢寐，李舟無侶惜匆忙。君歸請看樓頭月，辰伴吟窗不靳光。〔註61〕

他巧妙地將《清溪吟草》的書名及兩人的姓氏鑲嵌在詩句之中，展現了詩人的幽默感；除此之外，在宴會過後，李文馥偶然聽見茶丁提及樓船會，又勾起了他的回憶，他寫下：

> 蘆荻秋江葉葉風，舟中人坐樓畫中。紅妝玉佩瑤簪客，白髮麗袍散履翁。客每操弦歌飲餞，翁忙徙幾寫詩筒。茶丁不解當筵意，錯恨歸辰（應為時）曲未終。〔註62〕

　　李文馥懷念的豈是宴會匆匆結束，而是當日秋風習習，會中人相互唱和詩句，以詩會友的雅興令人懷念才是。

　　從這兩場宴會之中，李文馥與同行的使節認識了廣東當地的文人雅士，

〔註59〕　案：經查道光《南海縣志》，可知陳昌運曾捐官詹事府主簿，總理《南海縣志》經費，並有《秋花倡和集》傳世。見（清）鄭夢玉修、李徵霨纂：《（同治）南海縣志》，清同治十一年刻本，卷十。

〔註60〕　李文馥：〈樓船會即席和陳任齋見贈並記其事〉，見李文馥：《粵行吟草》，收入葛兆光、鄭克孟主編：《越南漢文燕行文獻集成（越南所藏編）》第十三冊，頁53。

〔註61〕　李文馥：〈即席餞任齋先別〉，見李文馥：《粵行吟草》，收入葛兆光、鄭克孟主編：《越南漢文燕行文獻集成（越南所藏編）》第十三冊，頁56～57。

〔註62〕　李文馥：〈聞茶丁提及樓船會不覺笑成〉，見李文馥：《粵行吟草》，收入葛兆光、鄭克孟主編：《越南漢文燕行文獻集成（越南所藏編）》第十三冊，頁62。

以詩會友的雅興，都讓使節們留下深刻的印象，也建立了深厚的情誼。尤其是李文馥，繆艮與陳任齋都是他的海外知己，雖然相處的時間不長，但從詩文唱和之中，越南使節們展現了他們深厚的漢文素養，也讓廣東文人群體十分驚豔。

第二節　《粵行續吟》中的廣東書寫

明命十五年（道光十四年，1834），李文馥再度被派往中國廣東，這次的如東任務，在《大南實錄》中是這麼說的：

清廣東捕弁陳子龍師船遭風投泊清葩㳦碧汛，命省臣給以錢米，尋遣
兵部員外郎李文馥、翰林承旨黎伯秀等乘平字號船護送之還。〔註63〕

他將此次使程的經過寫成《粵行續吟》，但《越南漢文燕行文獻》只收錄了李文馥的《粵行吟草》跟《三之粵吟草》，並未收錄此行的詩文集，根據陳益源先生的研究，會有這樣的疏失很可能是因為該書目前至少存有二部抄本，一部抄在《粵行吟草》之後、《三之粵集草》之前，扉頁僅署「貴書／粵行吟草／李文馥」，漢喃研究院藏書編號 A.2685／2，另一部也是抄在《粵行吟草》之後，編號 A.300，極可能因此而受忽略。〔註64〕

除了《粵行續吟》之外，目前並未見到與李文馥同行的使節撰寫相關的使程作品，因此我們只能從李文馥的這部作品窺見他們在廣東的所有紀錄。

李文馥一行人於明命十五年六月十八日〔註65〕抵廣東的虎門港。在上岸之後，李文馥隨即連絡他前一年在廣東結識的好友繆艮和梁釗，希望重續情誼。

李文馥先於七月底託劉文瀾轉交名帖及〈寄懷繆蓮仙集唐〉兩首詩給繆艮，期望能定下見面的時間，但總未能相見；直至九月十三日，李文馥與阮登蘊登門拜訪繆艮，惜繆艮外出而不得相見。〔註66〕繆艮回家之後見到書信，

〔註63〕阮朝國史館編修：《大南實錄》，東京：日本慶應義塾大學語言文化研究所複印本，1974 年 8 月，第九冊，頁 144。

〔註64〕陳益源先生：〈清代越南使節於中國廣東的文學活動──兼為《越南漢文燕行文獻集成》進行補充〉，《嶺南學報》復刊第六輯，上海：上海古籍出版社，2016 年 7 月，頁 260。

〔註65〕李文馥：〈聞抵虎門作〉，見李文馥：《粵行續吟》，抄本，越南漢喃研究院圖書館藏，編號：A.2685，頁 6b～7a。

〔註66〕李文馥：〈重訪繆蓮仙不遇留箴〉，收入繆艮編：《中外群英會錄》，抄本，越南漢喃研究院圖書館館藏，編號：A.138，卷下，頁 65。

隨即前往廣東公館拜訪李文馥,又為李文馥的《粵行續吟》和越南王子壽春公的詩集作序。〔註67〕

　　跟去年與繆艮的唱和詩相同,李文馥此次所寫的兩首〈寄懷繆蓮仙集唐〉也同樣得到繆艮的回應,先看李文馥的:

　　　　風流儒雅亦吾師(杜甫),腸斷紅箋幾首詩(李建勳)。別後幾回思

　　　　會面(羅隱),歸來如夢復如癡(元稹)。

　　　　一心如節不曾開(江陵士子),欲問平安無使來(杜甫)。獨立每看

　　　　斜日盡(王諲),荷花香裏櫂〔棹〕初〔舟〕迴(方幹)。〔註68〕

李文馥在前一年離粵返國之後,時時掛念著繆艮,但苦無連絡之道,只能在夢中相會。李文馥的兩首集唐詩,選用的詩人並非全是大家,而是依照自己的心境挑選詩句,若非極為熟悉唐詩則無法如此運用自如,亦可看出李文馥漢學素養極為深厚。

　　而繆艮同樣以集唐詩回應李文馥,言:

　　　　大貂曾出武侯師(吳融),第一功名只賞詩(司空圖)(先生周遊中

　　　　外不下數萬里,途中皆記以詩)。

　　　　難得相逢容易別(戴叔倫),尾生橋下未為癡(溫庭筠)。

　　　　竹門啞軋為風開(汪遵),外國雲從島上來(韓偓)。

　　　　莫忘作歌人姓李(李賀),月圓敧枕夢初迴(劉兼)。〔註69〕

兩人使用唐詩中的詩句聯吟,還不相重複,可見二人文學素養深厚。

　　當繆艮與李文馥終於相見後,兩人再度相互吟詩唱和,對於去年的詩會交遊念念不忘,李文馥有「載艘酒家應自在,不妨重續海珠遊」〔註70〕的盼望,繆艮亦有「我輩交情天作合,願君歲歲嶺南遊」〔註71〕的期待,兩人雖

〔註67〕繆艮:〈李鄰芝粵行續吟草序〉、〈越南國王子壽春公詩集序〉,收入繆艮編:《中外群英會錄》,抄本,越南漢喃研究院圖書館館藏,編號:A.138,卷下,頁73、81。

〔註68〕李文馥:〈寄懷繆蓮仙集唐〉,見李文馥:《粵行續吟》,抄本,越南漢喃研究院圖書館藏,編號:A.2685,頁7b。

〔註69〕繆艮:〈和集唐見贈元韻〉,見李文馥:《粵行續吟》,抄本,越南漢喃研究院圖書館藏,編號:A.2685,頁8a～8b。

〔註70〕李文馥:〈喜繆蓮仙見過〉,見李文馥:《粵行續吟》,抄本,越南漢喃研究院圖書館藏,編號:A.2685,頁18a。

〔註71〕繆艮:〈和鄰芝喜余過訪〉,收入繆艮編:《中外群英會錄》,抄本,越南漢喃研究院圖書館館藏,編號:A.138,卷下,頁79～80。

相隔許久才再度相見，但深厚的情誼絲毫不為時空所限。

　　這次繆艮與李文馥的會面，繆艮還介紹了江蘇孝廉陸吉〔註72〕與李文馥相識，李文馥說他「議論間，徵典富贍，吾取其多聞；吟詠間，筆墨流動，吾取其才敏」，但繆艮卻嫌陸吉過於性直，不與人同，陸吉自身亦認為須矯之卻未能也。對此，李文馥特別寫了〈為陸謙莽直字說呈繆蓮仙先生〉〔註73〕說明「直」的優點，他引論語的三德與三益之友為例，「直」字皆居首，「為聖賢之所珍哉」，又言直有「出於義理者，亦有出於氣血者。出於義理，則直於其所當直，成德也，君子也；出於血氣，則直於其所不當直，徑行而已矣，淩厲而已矣，是未脫乎孟浪之席者也」，因此他認為陸吉所自覺要矯正的是「流於過耳」，並非血氣之直，而以陸吉的德行及自覺，李文馥更覺得陸吉之直乃是「君子之德」也。李氏用他深厚的漢學素養為文安慰陸吉，從文中可看出李氏乃是一個具有熱情而又樂觀的人，因此得到陸吉「無瑕品似陶元亮，絕妙詩尊李謫仙」的讚譽。

　　除了陸吉之外，繆艮還介紹了吳瀚和楊瑜與李文馥相交；吳瀚字湘雲，方志無傳，在與繆蓮仙一同拜訪李文馥之前，先以詩相贈，他稱讚李文馥「詩卷才雄爭迓李」〔註74〕，並言繆艮為李文馥訂正詩稿，因此吳瀚必定先在繆艮處讀過李文馥的詩集，並覺其作「文秀可人」，相當值得進一步來往。但二人的交情似乎不深，在《粵行續吟》中只見李文馥應答了一首吳瀚的贈詩，約好來日相見，但後續交情如何，則未見紀錄。以李文馥對志趣相投的朋友皆十分熱情的性格來看，與吳瀚的情誼只是一般。

　　反觀同樣由繆艮介紹的楊瑜則與吳瀚截然不同，楊瑜，字燕石，廣東花縣人，方志亦未載其傳，李文馥跟楊瑜的往來甚多，除了楊瑜來訪的贈詩之外，李文馥還曾為楊瑜的《越南記略新編》作序，在序文中他稱讚楊瑜「嘗旁搜博問」，從越南世代、幅員、風俗、山川萬物等，「靡不克筆其概」，雖「視

〔註72〕陸吉，字謙莽，號小村散人。據其所作〈中外群英會錄序〉自稱「下相」人；乃稱「宿邊陸君」，似有出入。然「下相」故城，在今江蘇宿邊縣西七里，清屬徐州府，繆艮蓋統而稱之；陸氏或以項羽為下相人而自許也。轉引自王偉勇：〈中越文人「意外」交流之成果——《中外群英會錄》述評〉註釋16，《成大中文學報》第十七期，2007年，頁124。

〔註73〕李文馥：〈為陸謙莽直字說呈繆蓮仙先生〉，見李文馥：《粵行續吟》，抄本，越南漢喃研究院圖書館藏，編號：A.2685，頁23b。

〔註74〕吳瀚：〈與繆蓮仙丈有訪越南國使之約，先柬以詩〉，收入繆艮編：《中外群英會錄》，抄本，越南漢喃研究院圖書館館藏，編號：A.138，頁10。

數家者之撰，已不啻百百千千矣」。〔註75〕可見其評價之高。但可惜的是，《越南記略新編》並未流傳於後世，因此吾人只能藉李文馥的序文略為窺見此書的內容。除了序文之外，楊瑜也以「塵鏡、敗裘、斷碑、臥鐘、舊劍、破硯、殘畫、廢槃、焦桐、蠹簡」等十個命題為詩與李文馥唱和，並一一評點，楊瑜對李文馥的詩評價甚高，可看出對其才華的折服，因此二人相交日深，雖不如與繆艮的交情深厚，但從李文馥還為楊瑜向繆艮寫信謀職來看，兩人情誼之深可見一斑。

除了繆艮和他身邊的文人群體之外，李文馥與另一個舊友梁釗的交往亦深，他在剛到廣東時同時寫了信給繆艮和梁釗，但詩作寫法卻大不相同，寫給繆艮的是展現漢文學養的集唐詩，寫給梁釗的則是自做的七言詩，言：

> 半稔關山共晨夕，一天南北各寒暄。
>
> 江干不信鴻無便（毅菴見寄詩有便，憑魚雁動江干之句），海興獨留
>
> 墨有痕（去年菴與余遊澳門有誌行詩集）。
>
> 雲去雲來看翠岫，潮聲潮落效黃昏。
>
> 太平街路知何處（菴寓在太平街），此度星槎滯虎門。〔註76〕

他先提起前一年與梁釗半年的相處以及同遊澳門的記憶，再言此行停船虎門，當能再度相見。其中李文馥提及梁氏的居所位址，想必曾過訪梁家，因而有此言。

果然李文馥與梁釗以詩傳信後不久，便有梁氏過訪的紀錄，李文馥對於梁釗的來訪，有「關河忽醒孤舟夢，文字和關善友情。對域不嫌親酒薄，掉頭頻把舊詩賡」〔註77〕之句，可以看出李文馥使程寂寥，因而有「孤舟」之嘆，對於舊友來訪，極為欣喜。此次相見之後，《粵行續吟》中再無與梁釗的唱和詩文，但在詩集的最後，卻附了一封紹治五年（道光二十五年，1845）梁氏請當時正在廣東任務的杜俊大所轉交的一封信件，信中言與李文馥已十年未見，恰逢越使來粵，故託人轉交。其實杜俊大是明命十六年（道光十五年，1835）與李文馥同往廣東任務的使節之一，而與李文馥相交甚深的梁釗必定也識得

〔註75〕李文馥：〈序楊燕石越南記略新編〉，見李文馥：《粵行續吟》，抄本，越南漢喃研究院圖書館藏，編號：A.2685，頁27a～28b。

〔註76〕李文馥：〈寄懷首識梁毅菴〉，見李文馥：《粵行續吟》，抄本，越南漢喃研究院圖書館藏，編號：A.2685，頁8b。

〔註77〕李文馥：〈舟次喜毅菴見過〉，見李文馥：《粵行續吟》，抄本，越南漢喃研究院圖書館藏，編號：A.2685，頁10b。

杜氏，可惜李文馥在明命十七年（道光十六年，1836）結束澳門任務之後，就再也沒有到過廣東，甚至在紹治元年（道光十九年，1842）前往北京告哀之後，便未再踏足中國。因此殷殷期盼能再相見的梁釗，只能藉傳信表達思念之情了。但也許是愛屋及烏的心情所致，在李文馥之後的越南使節，如嗣德四年往廣東任務的范富庶，便還有與梁釗見面的詩文紀錄，座中梁釗還向范富庶提起曾與李文馥相交一事，〔註78〕可見其念念不忘與李文馥的深厚情誼。

可惜的是，前一年與梁釗同赴樓船會而與李文馥相識的陳任齋，在這年逝世，李文馥特地前往弔唁，憶及去年與其相互唱和，並評閱其子五人的文卷，而有「一書翻成分手訣，重來更少和詩人」〔註79〕之嘆。不過也因這首輓詩，讓在方志中記錄極少的陳任齋，至少確立了卒年，可補方志之不足。

觀《粵行續吟》全書，李文馥對於廣東任務幾乎未提，但多有述懷及與友人唱和之作，對於長年在國外任務，李文馥有「家離京闕已千里，又隔重洋辛苦來」〔註80〕之嘆，亦有「權重門生真為子，情親兒輩竟呼翁」〔註81〕的感傷，也許是再度來粵已經沒有初見時的欣喜與好奇，更多的是與舊友的相會，讓李文馥更願意賦詩記之。

第三節　《三之粵吟草》中的廣東書寫

明命十六年（道光十五年，1835），李文馥三度前往廣東，這次是與陳秀穎、杜俊大一同押送在廣南抓獲的水匪梁開發回廣東。但因為越南派員前往廣東的次數太過頻繁，清政府認為越南以護送風難官員或押送盜匪返國為由，實際上卻是行貿易之實，應該予以禁止：

> （道光十五年十月）據祁𡎴奏、越南國捕弁拏獲內地搶掠商船匪犯梁開發等三名，遣使由水路解粵審辦，並帶有壓艙土物，懇准銷售，遵例報稅。又據該國王諮呈，內有南來米船入口及停泊海岸，各加盤詰之語，似欲藉詞來粵貿易。現在酌循舊章，已令先行開艙起貨，

〔註78〕案：關於范富庶的廣東之行，詳見第四章第一節。
〔註79〕李文馥：〈輓陳任齋〉，見李文馥：《粵行續吟》，抄本，越南漢喃研究院圖書館藏，編號：A.2685，頁22b。
〔註80〕李文馥：〈夢起作〉，見李文馥：《粵行續吟》，抄本，越南漢喃研究院圖書館藏，編號：A.2685，頁21a。
〔註81〕李文馥：〈回抵寓作〉，見李文馥：《粵行續吟》，抄本，越南漢喃研究院圖書館藏，編號：A.2685，頁36a。

應否免稅，請旨遵行等語。越南毗連兩廣，向有陸路交易處所，非若他國遠隔重洋，必須航海載運。若該國偶有擾越混入，必致滋生事端。前據該國於道光九年懇請貨船由海道往來通市，曾令該國王恪守舊章，未經允准，嗣後仍應遵照辦理。至此次該國王解送內地匪犯來粵，尚屬恭順，其諮呈內雖未明言欲行來粵貿易，而藉詞入口停泊，亦難保無覬覦之心，自應杜漸防微，妥為曉諭。……爾國地界毗連兩廣，向來入貢貿易等事，均由陸路行走。嗣後獲解內地人犯，若航海而來，既與定例不符，又冒風濤之險，爾國王務須恪遵舊例，就近解交內地欽州地方，由陸路轉解。毋再遣使涉海解送，以示體恤。爾國王其善體此意，敬謹遵循為要。如此明白宣諭，於撫慰外夷之中，仍寓申明限制之意。……所有該夷使隨帶壓艙貨物，及將來出口攜回之貨，均著查照成案辦理。〔註82〕

道光皇帝明確地表示不願越南再以護送或押解盜匪的名義前往廣東進行貿易行為，而改為以陸路解交盜匪，表面上雖然以體恤為由，但其實是此時中國面臨了沿海地區的西方勢力增加，清廷不願藩屬國知道中國已經抵擋不住西方勢力的進逼，而改採更為保守的政策。

當道光皇帝發布此項諭令時，李文馥已經與陳秀穎、杜俊大抵達廣東多時，他們見在獵德江外停泊的西洋船隻「例於黃浦收泊，不得與我船同駐，洋人每以為恥」〔註83〕，可見當時中國在處理西方問題時，並未考慮到平等原則，進而埋下道光二十年鴉片戰爭的遠因。藉由李文馥無意中的詩文紀錄，我們可以更清楚地看見當時中國面對西方勢力叩關時的處理方式，也能更清楚問題所在。

除了觀察西方勢力之外，此次使程對李文馥來說是一場悲喜交加的旅程，在六月二十日這天，越南大船進入虎門停泊已十餘日，卻遇颶風侵襲，「繫舟三巨椗，拆斷其一，餘皆隨風自移，其處最多山舟，不撞破者咫尺耳」〔註84〕，場面非常驚險，但幸好有驚無險，沒有人員傷亡。

〔註82〕《大清實錄・道光實錄》，北京：中華書局，1985年出版，卷272，頁5～6。

〔註83〕李文馥：〈舟進獵德江即事〉，見李文馥：《三之粵吟草》，收入葛兆光、鄭克孟主編：《越南漢文燕行文獻集成（越南所藏編）》第十三冊，頁247。

〔註84〕李文馥：〈虎門舟次遭風驚定喜成□事諸君子有記〉，見李文馥：《三之粵吟草》，收入葛兆光、鄭克孟主編：《越南漢文燕行文獻集成（越南所藏編）》第十三冊，頁246。

　　除了遭遇颶風之外，聽聞李文馥再度來粵公幹而前來拜訪的陸吉，帶來了李文馥在廣東的摯友繆艮逝世的消息。繆艮的逝世時間一直是學界爭論的問題，學者或以不可考言之〔註85〕，或直接寫錯〔註86〕，卻不知繆艮確切的逝世日期早已被一個外國使節李文馥保留在他的詩文紀錄之中，李文馥在〈次陸謙菴見贈元韻〉中的小注如此言：「謙菴言蓮仙已於五月二日病故」〔註87〕，從這段小注中我們可以很明確地知道繆艮的卒年日月，但是因為李文馥的作品當時並未在中國流傳，因此繆艮的卒年才成了學界爭論的問題點。

　　李文馥不只記錄了繆艮的逝世日期，連繆艮停靈的地方他都詳細地記錄了下來：

> 櫬在粵城大東門外地藏庵之在房，庵闊而大，中設三寶像一座，右建莊房四連，連五間，扁額浙紹義莊。諸浙江紹興人旅櫬者，輒於此權殯焉。殯不用灰土掩覆，各架磚為幾，置柩於上，行行排列，一無圍幔，其荒涼之狀，有令人不勝酸鼻落淚，蓮仙同席者也。〔註88〕

　　繆艮長年旅居廣東，雖著述頗多，但並未因此得到賞識，因此死後只能停靈於義莊之中，令千里來探的忘年至交李文馥十分不捨。自得知繆艮死訊，李文馥先是寫了三首輓詩紀錄兩人的情誼，言：

> 幕府無端到白頭，何年忘記嶺南遊（去年蓮仙餞別有相期歲歲嶺南遊之句）。
> 終身不為成詩識，食肉何年為國謀（蓮仙登七十自聯云可以食肉矣若將終身焉）。
> 芳草樓愁千古月（蓮仙舊寓芳草街），錢塘水剩一江秋。
> 遙思會上羣英在，夜夜寒潮長客愁。

〔註85〕葉春生：《嶺南俗文學簡史》，廣州：廣東高等教育出版社，1996年6月，頁53。

〔註86〕江興祐言繆艮卒年為1830年，實為大誤。見江興祐：《曲苑觀止》，收入陳邦炎主編：《曲苑觀止》（清代卷），臺北：臺灣古集出版有限公司，2001年8月，頁824。

〔註87〕李文馥：〈次陸謙菴見贈元韻〉，見李文馥：《三之粵吟草》，收入葛兆光、鄭克孟主編：《越南漢文燕行文獻集成（越南所藏編）》第十三冊，頁254。

〔註88〕李文馥：〈詣蓮仙櫬所泣成一律（並記）〉，見李文馥：《三之粵吟草》，收入葛兆光、鄭克孟主編：《越南漢文燕行文獻集成（越南所藏編）》第十三冊，頁257。

可憐遊戲有文章，抹到紛華一戲場。

二十年來勞壓線（蓮仙著述甚富，有文章遊戲編、壓線編等集行世），
四千里外泣頭荒（蓮仙嘗集唐自述有萬里投荒已自衰之句）。

春餘南海鳴泥雪，秋老西湖雁陣霜（蓮仙暮寓南灣路，西湖則在錢
塘故里）。

落得尋常屠販子，蓮仙名字齒猶香（蓮仙序群英錄自天下至屠販婦
孺無不習知蓮仙之名者）。

荒寒筆墨久離師，回首天涯聚晤奇。

金未點成能化鐵（余閩行西行粵行等集皆經蓮仙序而評閱之），酒忘
飲到只論詩（蓮仙不喜酒）。

分明水綠山青意，落寞晨霜夜月時。

應為斯文同一峰，五仙煙景欲偕誰？〔註89〕

李文馥細數他所認識的繆蓮仙，從兩人相識的群英會、繆艮的著作到住所，更言自己的詩集經蓮仙評閱之後更添價值等等，但如今伊人已逝，「五仙煙景欲偕誰」？從詩中我們可以深切地感受到李文馥失去摯友的悲傷。

此次使程，李文馥雖經歷了摯友離去的悲痛，但也有舊友來訪的欣喜。除了每次到廣東必見的梁釗（毅菴）之外，更讓他覺得驚喜的是過去曾在福建相識的舊友陳春榮來粵宦遊，李文馥十分驚喜，便相約會面。

陳春榮與李文馥相識於明命十二年，由時任廈門巡檢的來錫蕃作東，宴請李文馥與臺灣縣尹陳炳極（傑峰）、陳炳極幕僚沈用林（竹坡）、江西知事陳春榮（筠竹）和來錫蕃的幕僚王乃斌（香雪），會中六人相互聯吟唱和，李文馥再度以深厚的漢文素養令在場的眾人折服。〔註90〕

也許是李文馥在那場聯吟會的表現令人印象深刻，這次陳春榮宦遊至廣東，準備上京候補，聽聞李文馥亦在此公幹，先以詩文相寄，進而相約會面。陳春榮，字謂揚，號筠竹，方志中無傳，只知其曾在福建、廣東兩地與越南使節李文馥相互唱和，此次在廣東相會，陳春榮也帶來福建舊友們的

〔註89〕李文馥：〈輓繆蓮仙三首〉，見李文馥：《三之粵吟草》，收入葛兆光、鄭克孟主編：《越南漢文燕行文獻集成（越南所藏編）》第十三冊，頁255～256。

〔註90〕詳細唱和內容可見李文馥：〈石潯席話記〉，見李文馥：《閩行雜詠》，收入葛兆光、鄭克孟主編：《越南漢文燕行文獻集成（越南所藏編）》第十二冊，頁282～288。

最新消息，李文馥聽聞舊友王香雪以領第補官，來錫蕃以軍功進秩非常高興，而有「天外信從天外得，喜來天外欲飛騰」之句，福建短短半年的相處，卻留下深厚的情誼，即使再度相見的機會極低，但聽聞舊友得償所願，更令李文馥欣喜。

而每次到廣東必定相會的梁釗，李文馥更是從來沒錯過，這次李文馥還介紹了陳秀穎及杜俊大與梁釗相識，李文馥還想著過去與梁毅菴同遊同飲的時刻，因而有「醒開千里目，醉把隔年杯。重訂論文會，相將席半陪」〔註91〕之句；而陳秀穎與杜俊大亦有唱和詩句，但由於只是初識，兩人的和詩只是一般應酬語，未有特殊之情。

不只李文馥為梁釗介紹新友，梁釗也介紹了廣東文人譚秋江與李文馥相識，譚秋江，名鏡湖，廣東南海人，李文馥說他「精於風水玄學」，在兩人見面之前，梁釗曾先以譚秋江的詩文相示，李文馥以詩論人，斷定譚氏「應是清臞者」〔註92〕，讓譚氏「聞之不勝感愧」。李文馥對於譚秋江的詩及書法都相當讚賞，言其「詩宗李伯疑無火，筆傍蘭亭欲吐花」〔註93〕，將譚秋江與李白、王羲之相比，其造詣之深，可見一斑。對於李文馥的賞識，譚秋江有「相見恨晚」之說，李文馥也安慰他「交到情長休恨晚，道從天合本成鄰」〔註94〕，來往時間雖短，但情誼深厚。

除了與廣東新舊友人交遊，李文馥此行雖未記載有買書任務，但在《三之粵吟草》卻有〈二十四孝演歌引〉和〈詠二十四孝詩序〉，此為李文馥《二十四孝演音》〔註95〕的序文。夏露認為，李文馥很可能是在前幾次的使程中接觸了廣東俗唱木魚書及竹枝詞，並在此次使程中閱讀了木魚書中有關

〔註91〕 李文馥：〈次韻酬梁毅菴見訪〉，見李文馥：《仙城侶話》，收入葛兆光、鄭克孟主編：《越南漢文燕行文獻集成（越南所藏編）》第十三冊，頁327。

〔註92〕 李文馥：〈譚子次韻二首〉，見李文馥：《三之粵吟草》，收入葛兆光、鄭克孟主編：《越南漢文燕行文獻集成（越南所藏編）》第十三冊，頁290。

〔註93〕 李文馥：〈贈譚子秋江〉，見李文馥：《三之粵吟草》，收入葛兆光、鄭克孟主編：《越南漢文燕行文獻集成（越南所藏編）》第十三冊，頁281。

〔註94〕 李文馥：〈瀕行贈別譚子〉，見李文馥：《三之粵吟草》，收入葛兆光、鄭克孟主編：《越南漢文燕行文獻集成（越南所藏編）》第十三冊，頁293。

〔註95〕 李文馥：《二十四孝演音》，又名《二十四孝詠》，觀文堂印本，漢喃院圖書館館藏編號：VHv.1259。關於李文馥《二十四孝演音》的版本、裝訂方式及價值考辨可見朱瑤：〈漢喃《二十四孝演音》考辨〉，《民族文學研究》2011年第2期，頁115～120。

二十四孝的部分，因此決心將這些古代聖賢的故事「演之土音」，以便「易於成誦」。〔註96〕回國之後，他便以喃傳〔註97〕的方式改編了中國二十四孝故事。而在《三之粵吟草》中，他只先為每一個孝順故事都寫了一首詩，並在故事題目上再加上時代及主角姓名的註解，如〈詠戲綵娛親〉下面的註解便是「周老萊子」〔註98〕。這並非李文馥第一次改寫中國故事為喃傳，他曾改編中國才子佳人小說《西廂記》和《玉嬌梨》為喃傳《西廂傳》和《玉嬌梨》流傳於越南，而此行他之所以將中國的二十四孝故事改編為《二十四孝演音》，除了故事內容「皆古之聖人賢人」之外，更重要的是李文馥深受傳統儒家思想所影響，加上越南「以儒為教」的社會風氣，使得李文馥在接觸這個故事之後將之改編為演音，並流傳於越南。而夏露提及李文馥所改編的內容是受到廣東木魚書的影響，則需要進一步的考證。

第四節 《鏡海續吟》中的廣東書寫

在被道光皇帝明令禁止越南政府再以護送或押解嫌犯為由，走水路前往廣東之後，明命十七年（1836），明命皇帝改以「察訪遭風失蹤的越南船隻」為由，派李文馥與黎瑤甫、胡養軒等人駕平洋號船前往廣東，但只將船停泊在澳門。李文馥將此行的詩文紀錄命名為《鏡海續吟》，這是因為早在明命十四年（1833）的那次廣東使程中，李文馥便已和梁釗去過澳門，並寫下《澳門誌行詩抄》了，雖然目前《澳門誌行詩抄》已經亡佚，但仍可從《粵行吟草》中所收錄的少數幾首關於澳門的詩中窺得一二，更可以與《鏡海續吟》相互參照，觀察澳門在短短四年間是否有所改變。

李文馥此行，自明命十七年六月出發，至本年冬由澳門返國為止，中間曾一度出海至零丁洋之外，一共在澳門停留了半年之久。相隔四年重訪澳門，澳門景象已經跟李文馥初至時大不相同，李文馥在四年前跟四年後，都寫了一首以〈澳門即事〉為題的詩，裡頭所敘述的澳門從一個洋人租借的小漁村

〔註96〕夏露：〈李文馥廣東、澳門之行與中越文學交流〉，《海洋史研究》第五輯，上海：社會科學文獻出版社，2013年10月，頁160。

〔註97〕案：喃傳為一種喃文詩歌，以六字八字為詩歌方式，不限長度，多用來講述故事。

〔註98〕李文馥：〈詠戲綵娛親〉，見李文馥：《三之粵吟草》，收入葛兆光、鄭克孟主編：《越南漢文燕行文獻集成（越南所藏編）》第十三冊，頁285。

轉變成為商業繁盛的小島。且看明命十四年的〈澳門即事〉：

> 別成世界始何辰（案：應為時），磯上漁翁知不知。青擁海門千島嶼，
> 紅飛塵路半華夷。碁凸凹礁石層層，礮舟往來風色色。旗看守官當
> 日意，巧存體面作羈縻。（澳門雖屬夷居，而地仍是粵，見役分府屬
> 海關護虎門，及巡邏船艘以備徵收汛察。其詞私係夷洋官言之，稍
> 涉漢人則漢官主之，蓋羈縻之意）〔註99〕

李文馥觀察到此時的澳門已經是華洋雜居，表面上仍由中國派官統治，但只是「巧存體面」而已，明嘉靖年間，葡萄牙人向中國政府租借澳門為其東亞據地，大部分事務皆由葡人自治，只有涉及漢人的事物才由中國官員介入，這樣的管理方式直到李文馥於明命十七年再訪澳門仍然如此，他在〈鏡海續吟敘〉中也記錄了這種情形：

> 唐官設有海防軍民府、前山都閫府、香山縣丞、海宦稅館等衙門，
> 署存其羈縻而已。〔註100〕

羈縻之制始於中國的「五服之制」，它是中央王朝對周邊少數民族的一種獨特的懷柔政策。即一方面要「羈」，用軍事手段和政治壓力加以控制；一方面用「縻」，以經濟和物質的利益給予撫慰。〔註101〕清朝政府對於澳門的葡萄牙人便是以類似於少數民族的管理方式，加上澳門對清政府而言只是一個小漁村，並未花太多心思在這個彈丸之地上。而李文馥以「夷」稱葡人，實是受中國傳統儒家思想影響所致。當李文馥在明命十七年再度前往澳門所寫的〈澳門即事〉則是：

> 海真城市沙邊合，山可推沙磴道馳。疊石鋪衣峯似雪，橫江撒網雨
> 為絲。文人筆墨還宜賈（澳門唐人多為夷人掌貸簿），勝國冠裳孰變
> 夷。有客自吟還自賞，一船秋月照秋颸。（洋人濯衣皆曝於山上）（颸
> 又緇反音差，涼風也）〔註102〕

〔註99〕李文馥：〈澳門即事〉，收入葛兆光、鄭克孟主編：《越南漢文燕行文獻集成（越南所藏編）》第十三冊，頁78。

〔註100〕李文馥：〈鏡海續吟敘〉，收入葛兆光、鄭克孟主編：《越南漢文燕行文獻集成（越南所藏編）》第十四冊，頁7。

〔註101〕楊大衛：《越南使臣李文馥與19世紀初清越關係研究》，暨南大學歷史學系碩士論文，陳文源指導，2014年6月，頁79。

〔註102〕李文馥：〈澳門即事〉，收入葛兆光、鄭克孟主編：《越南漢文燕行文獻集成（越南所藏編）》第十四冊，頁14。

四年後的澳門，葡人數量更盛，李文馥所見皆洋人服飾，「城臺倉庫、院宇市廛，別成西洋一世界」〔註103〕，短短四年間，澳門變化極大，李文馥仔細地將一切記錄下來，成為我們觀察1830年代澳門變遷的珍貴史料。

除此之外，隨著洋人入駐澳門所帶來的西洋事物，也記錄在李文馥的詩文之中，他在1831年初次拜訪澳門時便曾參觀當地的洋人博物館，對於博物館裡收藏的動物標本及人體模型，有「西洋人最機巧，樓上百物咸備，皆取其死者，裝成生樣。更有枯骨人形，挺然特立，自頭至腳，骨節畢具，惟皮肉無存」之嘆；再至澳門，則見「問星人上摘星樓」〔註104〕，顯示當時澳門已有高樓建築；還見「洋人多捶玻璃為窗，其筆以鉛灌管中削尖之為穎」〔註105〕，可見當時西洋事物在澳門已是常見之物。

在《鏡海續吟》的紀錄中，李文馥不僅與當地的中國官員澳門分府馬士龍〔註106〕、香山縣丞金天澤〔註107〕有詩歌贈答，曾經在1833年陪他前往澳門的梁毅菴和前一年新相識的譚秋江也是他此次使程再度相會的舊友。他在寫給金天澤的詩裡特別標註金氏「歷任外縣，被貶，嘗有繫鏡海虛度駒光之嘆」〔註108〕，

〔註103〕 李文馥：〈鏡海續吟敘〉，收入葛兆光、鄭克孟主編：《越南漢文燕行文獻集成（越南所藏編）》第十四冊，頁7。

〔註104〕 李文馥：〈舟進澳口安泊登洋人樓〉，收入葛兆光、鄭克孟主編：《越南漢文燕行文獻集成（越南所藏編）》第十四冊，頁11。

〔註105〕 李文馥：〈澳門諸夷有識華字者〉，收入葛兆光、鄭克孟主編：《越南漢文燕行文獻集成（越南所藏編）》第十四冊，頁22。

〔註106〕 馬士龍，鄞縣人，嘉慶十四年（1809）己巳恩科進士，道光元年任廣寧縣知縣（七品）（（清）屠英修、胡森纂《（道光）肇慶府志22卷》肇慶府志卷十三清光緒二年重刊本）；道光八年四月署東莞縣知縣（七品）（葉覺邁修、陳伯陶纂《（民國）東莞縣志102卷》東莞縣志卷四十二民國十年鉛印本）；道光九年七月任德慶州知州（五品）（（清）屠英修　胡森纂《（道光）肇慶府志22卷》肇慶府志卷十三職官志清光緒二年重刊本）；道光十年任羅定縣兵備道（周學仕修、馬呈圖纂《（民國）羅定縣志10卷》職官志第一民國二十四年鉛印本）；道光十一年署新會縣代理知縣。（廣州府志）；道光十六年署香山縣同知（五品）（（清）田明曜修　陳澧纂《（光緒）香山縣志22卷》香山縣志卷一·職官表清光緒刻本）。

〔註107〕 金天澤，順天大興人，道光十四年代任化州知州（清）彭貽蓀修、彭步瀛纂《（光緒）化州志12卷》化州職官志卷之七清光緒十六年刻本）；道光十五年代理新甯縣知縣。（廣州府志卷27職官表11）；道光十五年署香山縣丞（香山縣志卷十職官第四），道光十八年四月署東莞縣丞（葉覺邁修　陳伯陶纂《（民國）東莞縣志102卷》東莞縣志卷四十二民國十年鉛印本職官表二）

〔註108〕 李文馥：〈贈香山縣丞金天澤〉，見李文馥《鏡海續吟》，收入葛兆光、鄭克孟主編：《越南漢文燕行文獻集成（越南所藏編）》第十四冊，頁12。

李文馥宦海浮沉，當時幾度被貶官又重新起復，相當能理解金天澤的心情，因此有「鸞鳳豈終栖枳棘，匏瓜休嘆繫光陰」之句，安慰金氏莫因一時的受挫而失志，有才之人最終當被賞識。

　　而因為公事而結識的馬士龍，李文馥除了表達個人對馬士龍的景仰之情外，他對馬氏在澳門的管理十分讚賞，因此有「眼前華字夷能化，足下循聲海亦知」之句，稱讚他對華洋管理十分得當，讓借居澳門的洋人能識得華文，融入當地。

　　對於長久交往的舊友梁毅菴，則是憶及過去兩人曾同遊澳門，又嘆「生同鄉國相逢少，天限北南何處來」，雖然同為華人子弟，但相聚時間非常短暫，只能「明月不須煩記憶，珠江清興滿層臺」〔註109〕把握相聚時光而已。在這趟使程之後，李文馥再沒有機會前往廣東與梁毅菴相聚，但兩人深厚的情誼，讓梁毅菴念念不忘，使得之後再到廣東的越南使節，都得到梁毅菴的關照。

　　而前一年才初相識的譚秋江，李文馥是這麼說的：

> 一部青囊幾卷詩，梅花羊格為誰思。聽潮樓外攜琴夜（秋江所居自扁曰聽潮樓），得月臺邊駐節時（粵之珠江有得月臺，與余去年公館相近）。咏孝章成愁帶血（去冬余與秋江有二十四孝唱和之作，歸而聞母訃），按鈞歌罷緒如絲（秋江贈別有君按吳鈞我擊缶之句）。隔江相望不相見，妬殺當年柳幾枝。〔註110〕

　　李文馥首先憶及譚秋江的居所名稱，再言去年兩人唱和二十四孝詩，但回越南之後李文馥遭逢母喪，更添愁思。雖然相處時間不多，但李文馥仍清楚地記得前一年兩人的交游，他對譚秋江的重視顯而易見，而他善於交友的性格，也使這些廣東友人感念在心。

小結

　　明命年間，李文馥所存的四次廣東之行紀錄中，除了第一次使程有其他人的詩集可供相互參照之外，其餘三次皆只有李文馥個人的詩集存世。而從李文馥的詩文集中可以看出他著重在記錄與文人之間的詩歌唱和，而非行程

〔註109〕 李文馥：〈粵友梁毅菴舟中見過賦贈〉，見李文馥《鏡海續吟》，收入葛兆光、鄭克孟主編：《越南漢文燕行文獻集成（越南所藏編）》第十四冊，頁48。

〔註110〕 李文馥：〈寄贈粵友譚秋江〉，見李文馥《鏡海續吟》，收入葛兆光、鄭克孟主編：《越南漢文燕行文獻集成（越南所藏編）》第十四冊，頁48～49。

的紀錄。只寫出自己的所見所聞,反而可以更清楚的理解李文馥對於廣東及澳門的感受,並且發現 1830 年代的廣東與澳門。

在文人交遊方面,李文馥樂於參加詩會,並且藉由兩個文人群體擴展交遊圈,一連四年皆往廣東任務的李文馥,交遊圈也得以延續,與他有深厚交情的繆艮及梁釗,都能每年再見,但可惜的是,李文馥也經歷了摯友離世的悲傷,他接連遭逢陳任齋和繆艮的逝世,使他悲慟不已,也因著連續前往廣東的緣故,讓他有機會可以前往弔唁。

李文馥所交往的廣東文人群體中,除了繆艮在歷史上的名氣較大之外,其餘皆為方志上無傳的地方文人,他們的身影藉由李文馥及同行使節的紀錄,在歷史上留下痕跡。

而中越的書籍交流,李文馥更佔有重要的位置,他在幾次的廣東使程中,接觸了中國書籍,進而在回越南之後重新改寫或在當地出版,傳播越南,雖然不能肯定是否受到廣東俗文學「木魚書」的影響,但藉由李文馥將中國文學傳播到越南的方式是值得肯定的。

第四章　嗣德前期的越南使團在廣東的文學活動析論

　　十八世紀工業革命後，西方勢力逐漸往東亞蔓延，鴉片戰爭之後，廣州被開發為通商口岸，西方勢力在此駐紮，一向以中國意見為依歸的越南，便時常藉由越南使團出使中國之便或公幹的理由，前往廣東探查西方勢力活動。如嗣德三年（道光 30 年，1850），嗣德皇帝在派遣工部郎中陳如山到廣東公幹時，他便明白的傳達旨意說：「此行非專採買，宜加心細訪清國事體，及浪沙、赤毛等國設鋪在廣東情形。與昨者，洋人投來我國惹事，諸別國曾有聞知？指議如何？務得精確。再有何機會可以裨益於事者，崮宜熟詳記回覆。」〔註 1〕這樣的情況在越南史書上處處可見，除了證明中國與越南對於西方勢力的觀感一致之外，也可以看出當時越南對於廣東已是西方勢力盤據之處有一定的認知。

　　嗣德前期，越南政府對於法國進逼的態度較為緩和，可謂風雨前的寧靜，因此仍然與明命、紹治時期相同，採取「如東貿易」的形式，假藉押送罪犯或護送因海難漂流至越南的中國官員回國為由，進行中越貿易，范富庶便是其中一例。然而嗣德前期還有另一個因太平天國運動的緣故，打亂朝貢行程，而在中國滯留三年之久的潘輝泳一行人，他最後與前往中國歲貢的范芝香同時抵達廣東，由海路返國。

　　自阮朝開始向中國朝貢始，除了一開始鄭懷德一行人以經由廣東前往北

〔註 1〕阮朝國史館編修：《大南實錄》，東京：日本慶應義塾大學語言文化研究所複印本，1962 年 1 月，第 16 冊，卷 28，總頁 6275～6276。

京的「古使路」之外，阮朝向中國的歲貢、賀壽、請封、告哀等貢行，皆以自廣西經湖南、湖北再到北京的陸路，阮朝明命帝多次向中國表達希望走海路從廣東進京的路線，但都未獲中國皇帝的同意，原因是清朝中葉之後西力東漸，中國沿海地區開始出現西方勢力，中國為了在藩屬國面前保有宗主國的面子，因而不願讓越南自沿海北上，而是改由內陸進京。〔註2〕

潘輝泳此行則恰恰相反，中國內陸受到太平天國運動的影響，為了掩飾內陸動盪不安的情景，中國政府只好讓越南使團不斷改道，最後移至廣東搭船回國。這一趟堪稱「迷航之旅」的貢使團，箇中滋味都讓潘輝泳紀錄在《騁程隨筆》之中，也因為太平天國運動的關係，中國內部動亂，使得潘輝泳在越南邊境等待中國批准同意進入中國，並且與晚了一年才從順化出發的范芝香歲貢團同時「兩貢並行」，其中關於廣東的部分恰好可以相互印證，讓我們重組當時的情景。

嗣德前期的范富庶與潘輝泳、范芝香三個目的不同，但接連停留在廣東的越南使節，他們對於廣東的描述與對於當地文人的往來情形究竟如何，是本章希望觀察的重點。在研究文獻上，目前並未看見對於這三人的中文專論，越南學界對於范富庶的討論多集中在他出使法國時所寫的《西行日記》，潘輝泳與范芝香則尚未見專論。

本章藉由范富庶、潘輝泳與范芝香三位越南使節至廣東公務或經過廣東的書寫，試圖描繪嗣德前期越南使節眼中的廣東風貌。

第一節　1851年的廣東任務

范富庶（1820～1881），初名豪，後改名富恕，登科後欽賜改名富庶，字教之，又字叔明，號蔗園、竹堂、竹隱。其六代祖范志齋「自北來」，落腳於廣南省延福縣東嶓社（今廣南省奠盤），范富庶生於明命元年（1820），性英敏，讀書一覽便成誦，十二歲入邑庠已有文名。紹治二年（1842）鄉試解元，紹治三年（1843）中會元，但在最後的殿試卻只獲同進士出身，隨即被授翰林院編修，紹治四年（1844）以本職充內閣行走；嗣德帝即位後，范富庶本獲

〔註2〕關於使程路線的改變可參閱張茜：《清代越南燕行使者眼中的中國地理景觀——以《越南漢文燕行文獻集成》為中心》第二章第二節「燕行使者之交通路線」，上海：復旦大學歷史地理研究中心碩士論文，2012年5月，頁12～16。

－76－

賞識而升為集賢院侍讀充經筵起居注，但因勸諫嗣德帝不應該「寒雨輟朝，經筵亦曠不講」而被貶為承農驛吏，但范富庶也不因此失志，反而在驛前江邊垂釣自樂，還取了「農江釣徒」的別號，可看出范氏心胸的寬廣。嗣德四年（1851）起復翰林院典籍，同年奉派從「瑞鸞船」送清把總吳會麟回廣東，此行著有《東行詩錄》〔註3〕；之後歷任翰林院編修、禮部員外郎、清化按察使、光祿寺卿充辦閣務、吏部侍郎、吏部左參知等職，嗣德十六年（1863）復充如西副使，與正使潘清簡、陪使魏克憻出使富浪沙（即法國）和衣坡儒（即西班牙），這趟使程讓范富庶寫下《西行日記》與《西浮詩草》，回國後仍為國奔波於南北圻之間，處理對法事務，嗣德三十四年（1881）因病乞假回鄉休養，但病況日痾，藥石罔效，病逝於東嶓居室，享年六十二。〔註4〕

一、范富庶在廣東的景物書寫

《大南實錄》是這樣紀錄范富庶的這趟使程的：

> （三年十二月），賜清風難船派（協把總）吳會麟居於四驛館（月前泊順安汛賜食月給糧錢冬衣，將居元旦賜牲粢酒）另俟給遣回國。〔註5〕

> （四年二月），辰（時）清風難船派吳會麟現留四驛館俟遣。帝欲敦鄰誼，命禮部辦理黎伯挺協領侍衛武智等十八人以瑞龍銅船送回，又夾帶帑項銀米，因便兌換。〔註6〕

在越南，護送遭風難漂流至越南的清朝官員回國是相當平常的事，因此對於護送失風的清朝官員越南政府自有一套章程，當時中國並未開放對外貿易，所以越南如果需要與中國貿易便只能在歲貢途中購買抑或是以護送中國

〔註3〕收入范富庶：《蔗園全集》卷四，刻本，越南翰林院所屬漢喃研究所圖書館館藏編號：A.2692

〔註4〕范富庶傳見《大南正編列傳二集》卷三十四，阮朝國史館編修：《大南實錄》，東京：日本慶應義塾大學語言文化研究所複印本，1981年9月，總頁7984～7988；並參阮思僴：〈皇朝誥授榮祿大夫柱國協辦大學士前海安總督兼充總理商政大臣范文懿相公神道碑〉，載於《蔗園全集》卷首，及鄭克孟主編：《越南漢喃作家名號》，河內：社會科學出版社，2012年12月，頁151～152。

〔註5〕阮朝國史館編修：《大南實錄》，東京：日本慶應義塾大學語言文化研究所複印本，1979年4月，第十五冊，總頁5811。

〔註6〕阮朝國史館編修：《大南實錄》，東京：日本慶應義塾大學語言文化研究所複印本，1979年4月，第十五冊，總頁5816。

失風官員或遭遇海難的中國人民回國為由，在船上夾帶銀米至中國購買所需的物品。

而從《清實錄·咸豐實錄》中，亦可見關於范富庶此趟使程的相關記載：

> 諭內閣、徐廣縉、葉名琛奏越南國差官、護送廣東遭風弁兵回粵一摺，廣東崖州協把總吳會麟、管帶兵丁五名水手四名，駕船至省，領運硝磺回營。於上年十一月十八日，由瓊州海口行駛，被風漂至越南國順安汛洋面，經該國王資給錢米派撥官兵駕船護送，於本年六月回至廣東。越南國遠隔重洋，素稱恭順，今該國王因內地弁兵船隻遭風，漂泊到境，款待周詳，護送回粵，實屬恪恭盡禮，可嘉之。至自應優加恩賚，以廣懷柔。著降敕褒獎，並賞賜該國王各樣緞疋。此次該國帶有壓艙貨物及將來出口貨物，俱著加恩免其納稅，仍循照舊章先行開艙起貨銷售，俾免稽遲。所有頒給該國王賞件，著該督等、先行文該國王知之，俟奉到敕諭賞件。遇有該處船隻之便，即飭令齎帶回國，如無便船即移交廣西巡撫酌量妥寄；其該國行价黎伯挺等亦著該督等從優賞賚，交該國王頒給。〔註7〕

從《清實錄》的紀錄中我們可以看到清朝政府將越南往中國的貿易行為視為一種「榮賞」，這樣的情形自阮朝的明命時期到嗣德時期皆未改變，但這次的貿易卻在越南引來不同的聲音，在《大南實錄》有關嗣德皇帝派員前往中國的同一條紀錄中，我們還可以看到閣臣枚英俊對這樣的貿易行為提出勸諫：

> 如東一款經奉停止，中外有聞方喜，其為天下臣民之福。金乃以恤難睦鄰之舉而為營商採買之行，則是以義而往，以利而歸，一船之內，同派同行；而所差之間，有儒有賈，臣不知鄰國之人其稱斯船也謂何？又諒山一道清地股匪繞來，旬日之間，邊書再至，數州之民或被毀燒，或被擄掠，其為苦難亦已甚矣。乃守土之臣袖手旁觀，半籌莫展，朝廷何不一慮及此，而汲汲於清國難弁之吳會麟等數輩，臣竊謂事之倒行逆施，未有當于義者也。請如禮部臣所議，許該難弁搭從商船回東，仍炤在行人數厚與給賞，亦足以示朝廷恤難睦鄰至意。〔註8〕

枚英俊認為，越南政府不應該將護送失風官員這樣的義舉轉為帶有利益的貿

〔註7〕《清實錄》，《文宗顯皇帝實錄》卷40，咸豐元年八月，頁554。

〔註8〕阮朝國史館編修：《大南實錄》，東京：日本慶應義塾大學語言文化研究所複印本，1979年4月，第十五冊，總頁5816～5817。

易行為，加上越南當時正值多事之秋，越南邊境飽受清國的匪徒騷擾，但皇帝卻只關注失風官員的護送問題，並非正確之舉。他認為，此時應該讓吳會麟跟隨商船回國，政府不應該指派官船護送。但這樣的建言卻引來皇帝的憤怒，將枚英俊交部議處，將其貶至諒山任按察使；隔年諒山遇清匪作亂，枚英俊因追擊清匪戰死，嗣德帝還因此追封他為翰林院直學士，並由枚英俊之子護送棺木回鄉，又賜錢米給枚母，以瞻養天年。〔註9〕

有意思的是，在這整件事情的紀錄中，並未出現范富庶的名字，那麼范富庶又是怎麼前往廣東的呢？原因是在枚英俊遭斥之前，范富庶才因勸諫嗣德帝不應該「寒雨輟朝，經筵亦曠不講」〔註10〕而被貶，這次的護送使程，范富庶是「從官船效勞」〔註11〕，效勞是越南政府對於犯輕罪官員的補過辦法，獲罪官員跟隨官船出海任事，若能平安歸來，便能重新回到正式的崗位。當時因罪被罰的范富庶果然因為此行表現良好而又重新回到翰林院任職，也許是記取教訓，之後范富庶再也沒有因為被罰而上官船「效勞」了。

據《東行詩錄》記載，范富庶在嗣德四年六月初六早上自廣平省茶山澳出洋，舟過七洲、廣州老萬山，但曾失路至潮州平海城，然後於初十日折返烏門，之後舟泊虎門外，直到六月二十三日才由廣東雷州知府南澳砲臺參府同司事通言等率舟師護送官船入獵德江，於獵德砲臺權寄火藥，而派員則乘小舟入省城廣州公幹。他們在廣州一直停留超過半年，直到十二月十六日才又由獵德江發舟，十九日晚上自魯萬海口放洋，二十二日中午即入奠海口，舟抵沱瀼汛。

和1830年代李文馥、汝伯仕等人往廣東公幹的目的類似，范富庶等人名為送清國飄風把總吳會麟回廣東，實則「瑞鷿號」船上「多帶稻米名材壓艙，又官銀二萬兩備採市貨物」〔註12〕，在范富庶詩中明白地寫下所買貨物，一為花

〔註9〕 詳細經過可見《大南實錄正編第四紀》，卷六「嗣德四年四月」及卷七「嗣德四年八月」記載。阮朝國史館編修：《大南實錄》，東京：日本慶應義塾大學語言文化研究所複印本，1979年4月，第十五冊，總頁5817、5830～5831。

〔註10〕 阮思僩：〈皇朝誥授榮祿大夫柱國協辦大學士前海安總督兼充總理商政大臣范文懿相公神道碑〉，載於《蔗園全集》卷首。

〔註11〕 范富庶：〈奉派從官船效勞送清國難弁回粵〉，載於《蔗園全集》卷四，漢喃研究院圖書館藏書，編號：A.2692，頁1a。

〔註12〕 《大南正編列傳二集》卷三十四〈枚英俊傳〉，阮朝國史館編修：《大南實錄》，東京：日本慶應義塾大學語言文化研究所複印本，1982年10月，第二十冊，總頁7982。

地的珍貴花木，〔註13〕一為廣州城中的圖書，對於買書這件事，他是這麼說的：

〈撿官書呈同事諸人〉

一片羈懷半載餘，陳編日夜度居諸。他年若撿東行記，贏得隨舟萬
卷書。〔註14〕

〈檢印板書（《四書》板印出）聞同館鄰房理曲〉

片片梨鐫細繹尋，分明畫出聖賢心。个中自有無窮樂，安得旁人盡
解音。〔註15〕

除此之外，他在另一首〈過文石適杜湘舲余猷庭同在坐書遺〉，也有小註說明
他忙著檢買官書：

杜、余二人皆前次行价文字遊也，辰（時）以檢官書，不過文石已
一月矣，因書贈文石，兼柬同坐。〔註16〕

除了執行公務之外，因受季風的影響，范富庶在廣東停留的時間達六個多
月，在這段時間裡，他走過廣東許多角落，他在大船停於虎門港外時登上沙角
砲臺，並在此題詩。沙角砲臺建於清嘉慶五年（1800），道光十四年時改為瞭望
臺，並在沙角山頂增建望海樓；道光二十年鴉片戰爭時遭英軍毀損，道光二十
三年（1843）修復，咸豐六年（1856）再度被英軍炸毀，直到光緒年間才又重
新修復。〔註17〕當時外來船隻都必須停在沙角砲臺之外，再以小船進入廣州，
范富庶此時所見到的砲臺應為第一次修復過後的景象，他如此形容：

環障重重瞰碧流，石林天氣鎮生秋。層城榕樹乘涼處，笑看嘆兒萬
斛舟。〔註18〕

從詩中的「瞰」字可知當時砲臺的瞭望功能仍在，范富庶乃是登上瞭望臺往

〔註13〕范富庶〈自珠江泛舟至花地苹林園紀事〉一詩有註云：「公司買花木到此，花
地亦名花埭。」

〔註14〕范富庶：《蔗園全集》卷四《東行詩錄》，漢喃研究院圖書館藏書，編號：A.2692，
頁17a。

〔註15〕范富庶：《蔗園全集》卷四《東行詩錄》，漢喃研究院圖書館藏書，編號：A.2692，
頁17b。

〔註16〕范富庶：《蔗園全集》卷四《東行詩錄》，漢喃研究院圖書館藏書，編號：A.2692，
頁26a。

〔註17〕黎亦准：〈略談虎門沙角砲臺瀕海臺的加固和維護〉，《大眾文藝》，2009年14
期，2009年10月，頁196。

〔註18〕范富庶：〈舟泊虎門外登沙角砲臺題壁〉，見范富庶：《蔗園全集》卷四《東行
詩錄》，漢喃研究院圖書館藏書，編號：A.2692，頁10a。

下俯瞰，砲臺外停滿外國船隻，范氏以「嘆」這個略帶輕蔑的字形容所見的西方船隻，可以看出范氏對於西方勢力的看法。

外國船隻不能開進廣州的政策自 1830 年代李文馥至廣東任務時便有所記載，在 1842 年鴉片戰爭之後更趨嚴格，范富庶在詩中多次提及洋船不得開進城內的規定，如他在〈乘小舟往粵城紀見〉的小註中曾寫到「黃木灣在獵德江之下俗謂之黃埔，洋船例泊於此，洋人庸行不下數十」〔註19〕，在〈漫題〉中亦提及「船到粵惟進見、辭回二者例得入城而已。蓋自西洋滋事之後，始有厲禁」〔註20〕，原本只是針對西方船隻提出管制，但戰爭之後連對藩屬國的船隻也嚴加管控，顯示當時中國政府對外來船隻已無力管理，只能一昧禁止，限縮其活動範圍，對范富庶而言，船隻無法進港，實是一大憾事，因為番禺城內有許多風景近在眼前，卻不能入內賞玩，令他十分遺憾。

雖不能進番禺城內，范富庶還是盡量地參觀了當地的景點，他兩度參觀了南邊山村陳氏南雪草堂，也去了太平街嘉蘭山樓，更重要的是他曾在獵德江邊致奠紹治三年（1843）在該處失事的越南官兵。

范富庶在〈獵德江次致奠年前失事員弁誌感〉的小註中如此言：

> 紹治初年送犯辰（時）派員已上公館，武弁兵丁留船，因點燈簡火
> 藥誤落爐為所害後，凡船至粵者皆於獵德砲臺權寄火藥。〔註21〕

這場因點燈而誤炸船隻的意外，在當時引起軒然大波，根據《大南實錄》記載，當時張好合與阮居仕、黎止信、黃濟美、阮伯儀、阮久長、王有光及兵丁五十餘人先至廣州公館進行採辦任務，留下水師衛尉陳文樟等人留守船上，一日陳文樟將火藥函移置船尾，「忽轟發一聲，火焰衝天，俄瞬間船貨皆燼。樟與率隊武曰撿、潘文純、主事阮公繼及兵四十人皆死焉。」〔註22〕可見當時情況慘烈，因此也引起道光皇帝的注意，除了給予慰問銀錢之外，還派船護送倖存的張好合等人回國，而讓紹治帝未對張氏等人治罪，只貶官略施薄懲而已。在這之後，雖也有阮若山等人前往廣東任務，但由於沒有留下詩文紀錄，無法

〔註19〕范富庶：《蔗園全集》卷四《東行詩錄》，漢喃研究院圖書館藏書，編號：A.2692，
　　　　頁 12a。
〔註20〕范富庶：《蔗園全集》卷四《東行詩錄》，漢喃研究院圖書館藏書，編號：A.2692，
　　　　頁 15a。
〔註21〕范富庶：《蔗園全集》卷四《東行詩錄》，漢喃研究院圖書館藏書，編號：A.2692，
　　　　頁 11b。
〔註22〕阮朝國史館編修：《大南實錄》，東京：日本慶應義塾大學語言文化研究所複
　　　　印本，1977 年 1 月，第十三冊，總頁 5197～5198。

得知阮若山是否曾在獵德江上祭奠故人。但從范富庶的詩中可知,從此事之後,
所有到廣東的船隻,都必須先將船上火藥寄存在獵德砲臺,回國前再領回。

　　此外,他也曾去到廣州城西數里由石濂和尚(1633~1705)所建的長壽
寺,石濂和尚即大汕和尚,曾受阮主阮福周之邀前往越南弘法,之後回到廣
州,興建長壽寺,但長壽寺在光緒三十年(1904)時被拆毀,〔註23〕現已不
存,只能從范富庶的詩中窺見一二,他是這麼形容長壽寺的:

> 正寺之外,迴廊僧房數千餘,材木堅韌,堂廡宏敞。前面正堂上鐫
> 刻清帝康熙年號,我國先聖國號及大功德等朱字,計康熙二十九年
> 至今已二百年餘矣。〔註24〕

　　長壽寺不僅有正堂,還有迴廊跟僧房無數,可以想見當時寺址占地頗寬,
為當地名勝,加上石濂和尚與越南的因緣,更讓范富庶有親切之感。不過對
於長壽寺的描寫,在之前的使節詩中皆無,只有范富庶一人記錄下來,顯示
除了固定的行程記錄外,並非所有使節都會到同樣的地方遊玩。

　　除了賞玩當地名勝,范富庶的〈珠江紀見雜詠〉(十截),記錄了當時廣
州社會的種種景象,直筆書寫所見所聞,每首四句,一句七字,紀錄一件他
在街頭看見的景色,范富庶在每首詩後略加小註,將當時的廣州風貌一一記
錄下來,是研究十九世紀中期廣州社會史的絕佳題材之一。

　　范富庶首先書寫廣州的花田,他是這麼寫的:

> 劉王伯迹委荒城,妃子鄉魂剩素馨。芳草不隨人事改,朝朝花渡賣
> 花聲。(珠江之南有花渡,是花田賣花過此,五代末偽漢劉鋹據廣城
> 置花田,其愛妃塚在焉,此田素馨花香勝他處)〔註25〕

　　廣州素有花城之稱,近郊盛產各種花卉,花農在清晨露水未乾時採摘鮮
花,再以小船運到廣州城中販賣。屈大均曾有「廣州有花渡頭在五羊門南岸,
廣州花販每日分載素馨至城,從此上舟,故名花渡頭」〔註26〕之語,便是紀

〔註23〕案:《南海縣志》載:「(光緒)三十年,毀長壽寺以其地改建戲院及舖戶。」
　　　　但未說明拆毀原因,見(清)鄭葵修、桂坫纂:《南海縣志》卷二,宣統二年
　　　　刊本。

〔註24〕范富庶:《蔗園全集》卷四《東行詩錄》,漢喃研究院圖書館藏書,編號:A.2692,
　　　　頁18a。

〔註25〕范富庶:《蔗園全集》卷四《東行詩錄》,漢喃研究院圖書館藏書,編號:A.2692,
　　　　頁22b。

〔註26〕明‧屈大均:《廣東新語》卷27,北京:中華書局,1985年版,頁696。

錄廣州花田的景象。

　　清代文人方殿元、張錦芳、張維屏都曾創作詩詞歌詠花田的景象，而范富庶在詩中所融入的中國歷史典故，乃是來自於南漢主劉鋹（942～980），據傳劉鋹喜愛素馨花，在廣州三角市一帶廣植素馨，劉鋹的愛妃喜簪素馨，死後葬於此，故名此地為「素馨斜」，又名花田。〔註27〕使得古代詩人吟詠素馨花時，往往與美人同詠，屈大均的〈素馨斜〉即言：

> 花田舊是內人斜，南漢風流此一家。千載香消珠海上，春魂猶作素
> 馨花。〔註28〕

　　范富庶雖為越南文人，但在對於素馨的吟詠上，也與中國文人相似，將歷史典故融於詩作之中。

　　再看范氏詠海幢寺之作：

> 隔浦烟波望海幢，鐘聲和鶴過珠江。楊孚舊日松門雪，猶作餘寒入
> 梵窗。（嶺南無雪，唐辰〔註29〕楊子宅于河之南，門栽松而雪集其
> 上，今其宅為海幢寺，寺多樾陰，舊有鶴巢）〔註30〕

　　海幢寺是廣州古剎，為清初詩僧今無主持興建，1802年越南使者鄭懷德等人也曾遊海幢寺，並與寺中僧人唱酬。〔註31〕范氏在詩中所言「楊子」的典故其實是來自東漢的楊孚，而非范氏所言的唐代。楊孚，字孝元，東漢南海郡番禺人（今廣州海珠區）。早年致力攻讀經史，東漢章帝時參加「賢良對策」，獲封議郎。他反對窮兵黷武，反對貪污，也反對破壞儒家的喪禮；主張文治，贊成廉政和「三年通喪」，漢和帝採納他「孝治天下」的建議，下詔恢復舊禮。楊孚的《異物志》是中國第一部地區的物產專著，記載當時嶺南的物產和風俗。晚年從河南洛陽回鄉定居，相傳其移種到宅前的松樹在冬天竟有積雪，百姓認為是他的品行感動了上天，並稱他為「南雪先生」。〔註32〕

　　范氏雖然將楊孚的年代誤植為唐代，但其對於楊孚的歷史典故卻是十分熟悉，若非曾深入了解當地風俗，或曾與當地人來往，當不能如此理解，可

〔註27〕陳永正：《嶺南詩歌研究》，廣州：中山大學出版社，2008年2月，頁238。

〔註28〕陳永正：《嶺南詩歌研究》，廣州：中山大學出版社，2008年2月，頁238。

〔註29〕案：「辰」字應為「時」，因避嗣德帝阮福時諱，故改為辰。

〔註30〕范富庶：《蔗園全集》卷四《東行詩錄》，漢喃研究院圖書館藏書，編號：A.2692，頁22b。

〔註31〕關於鄭懷德與吳仁靜遊海幢寺詩文詳見本文第二章第三節。

〔註32〕吳永章：《異物志輯佚校注》，廣州：廣東人民出版社，1991年，頁6。

見范富庶雖然因罪被派往廣東「效力」，卻不隨意敷衍，認真地理解當地風俗文化，而能有如此描寫。

范氏對於廣東的深度理解也體現在其他詩作之中，如他描寫到天后宮進香的景象：

> 猶用唐明舊服裝，金輿繡韌鬥輝煌。花童玉女仙人樂，天后宮前去進香。（廣東商舶徧諸海國，故崇奉天后最謹，秋後作祀事，裝飾神像及輿馬護送，從樂人頗用唐明冠服）〔註33〕

天后乃是林默娘，福建地區通稱媽祖、天妃，為閩南地區的海神信仰，廣東地區以漁業及海上貿易為盛，因此亦信奉天后，越南與廣東交流頗豐，在越南本地也有華人奉請南下的天后神像，亦為當地民眾所信仰。〔註34〕

范氏再寫賽火神：

> 剪彩雕形巧逼真，香烟花器襖飛塵。西街歌舞東街醮，秋到年年賽火神。（城內外人烟如櫛，庸行以百萬數，常畏火患，八九月間盛社歌醮以賽火神）〔註35〕

火神信仰為廣東客家人的普遍信仰，而范富庶將之歸於當地商行眾多，畏懼火患，因而有送火神的遊行，此說應為范氏自我的推測之語，而非定論。

在此趟使程中，范富庶相較其他使節有更為獨特的體驗就是欣賞到咸豐皇帝選秀女的其中一個過程，當他在廣東時，恰逢咸豐三年的選秀時期，因而有「花轎紛紛出廣城，弓鞋微宛碧波生。瀋陽天遠君恩重，萬里秋帆一舸輕。（咸豐帝新立選八旗官女充掖庭，其秋廣東滿官裝舟船送其女十餘，回燕聞知彼人云）」之語。

范富庶此行雖未見到其他詩作書寫澳門，但他在〈珠江十截〉中簡短地描述了澳門和黃浦江上熱鬧的貿易，也敘及廣州城中的洋人風景，言：

> 瑪王羔城徧虎門濱，黃浦遙遙六約津。是處艚船密如織，西人一半雜東人。（西洋居粵有三，自瑪糕至黃埔沿流而上，則省城六約通津

〔註33〕范富庶：《蔗園全集》卷四《東行詩錄》，漢喃研究院圖書館藏書，編號：A.2692，頁 22b。

〔註34〕關於越南地區的天后信仰，可詳閱 Nguyễn Ngọc Thơ：Tín ngưỡng Thiên hậu vùng Tây Nam bộ（阮玉詩：《越南南部天后信仰研究》），H.: Nhà suất bản Chính trị Quốc gia，2017。

〔註35〕范富庶：《蔗園全集》卷四《東行詩錄》，漢喃研究院圖書館藏書，編號：A.2692，頁 23a。

所謂十三行也，洋商居貨彼人皆為扽籌與通販買水陸填塞）

潮痕石蹟射盤渦，驚起中流打漂歌。檣葆無風舟自蕩，洋船過去一
江波。（洋人船例泊黃浦，常以火機二艘載貨物，商客上城日夜往
來，聲勢桀傲，洋船所經無風自浪，珠江檣葆望之如飆）

馬鎗火器鬧通衢，鴉片洋烟若市脯。往往街頭開小學，細繙橫字誦
耶穌。（洋人所居火器鴉烟遍於市，此地從左道者譯其書為中國音
話，誆誘街市無賴子弟教之學習）〔註36〕

清代無論中外文人，對澳門的描述多著重在西人雜處的情形上，范富庶也不
例外，從詩句上來看，范氏並未登上澳門島，而是從虎門遠眺，看見遠方的
澳門舟船密布，粵洋雜處，加上十三行熱鬧的貿易往來，可見當時的澳門已
經是一個商貿聚集地，並且有許多西洋事物盛行於街頭，也因為貿易的繁盛，
使得西洋人在廣州已成常態，居住在廣州和澳門的洋人，除了商人之外，最
多的就是西洋傳教士了，范富庶描述他們在廣州開設小學，一面教授西方語
言一面傳教，但卻無人肯學，只有市井無賴因無處可去而前往學習，從中亦
可看出范氏對於西方傳教士的態度。

　　除了描寫廣州歷史風情與洋人風光之外，范富庶也敘及當地市井的貿易，
他寫茶樓，言及茶樓規模龐大，非富豪不能蓋成：

四辰嘉果滿茶樓，降荔紅柑品獨殊。聞道婆蘿更難得，木灣神廟只
憑株。（茶樓計里一二所構築，資本非數千兩不能，蓋富家助之會館
也。彩檻金聯，漆几瓈窗，昔人所謂旗亭貰酒可想也）〔註37〕

他也寫街上小販的叫賣聲：

營生小技盡規模，鳴鑼驅鑼響路衢。賣菜老傖街市暮，猶披書算究錙
銖。（四民日用之常規模纖悉皆有可觀，雖以賣菜之賤，亦置貨簿秤衡
以讐所得，他如剃髮者以鑼呼行，廚者以鑼呼其省，事類如此）〔註38〕

范富庶雖非有意識地記錄下廣州一景一物，但從隨筆之中仍可看出范氏所關心
的事物，從市井小民到名勝古蹟，都是他想要了解的對象，廣州特殊的粵洋雜

〔註36〕 范富庶：《蔗園全集》卷四《東行詩錄》，漢喃研究院圖書館藏書，編號：A.2692，
　　　　頁23a、23b。

〔註37〕 范富庶：《蔗園全集》卷四《東行詩錄》，漢喃研究院圖書館藏書，編號：A.2692，
　　　　頁23b。

〔註38〕 范富庶：《蔗園全集》卷四《東行詩錄》，漢喃研究院圖書館藏書，編號：A.2692，
　　　　頁24a。

居情形,也是他了解西方勢力進入中國的一個方式,對於他之後在處理法國入侵越南的問題上,亦有相當的幫助;而這些紀錄,對於後世而言,更重要的是紀錄當時的廣州社會風貌,讓吾輩能夠藉由范氏之手,理解1850年代的廣州。

二、范富庶與廣東文人的交流

范富庶在廣東期間,除了公務之外,也與當地的文人往來,其中往來最為頻繁的是廣州秀才黎寶(字文石)、黎亮(字鏡卿)兄弟及黎寶之子黎維樅〔註39〕,在《東行詩錄》中可看見好幾首范富庶與黎氏兄弟的唱和詩,在〈同阮著作、阮典簿諸人過黎氏山房話間,黎文石、鏡卿兄弟以詩相贈因即和答〉一詩中,范富庶言及與黎氏兄弟的相識經過:

> 文石年五十餘,風度頗稱老成,鏡卿亦在不惑之列,言詞溫雅,令人忘倦。二人各以秀才舉於鄉,兄弟同居書史之餘,兼善詩畫,聞本國船至,使其侄投刺相邀,因共敘會。〔註40〕

黎氏兄弟為何一知道越南船至便要邀請越南使者前往相聚的原因並未在范富庶的詩中說明,但在〈再書贈文石鏡卿〉的詩序中范富庶又提到「茶話間,黎氏以前次派員杜鑑湖名俊大〔註41〕、枚貞叔名德常東行留題見示」〔註42〕,可見黎氏兄弟並非第一次接觸越南使者,有可能是前次與越南使節的情誼深厚,因而得知有越使抵粵,便有投刺相邀之舉。

除上述兩首詩之外,范富庶還有〈鏡卿賀前詩再有所贈因次韻和畬〉、〈再步鏡卿贈阮著作諸人元韻贈鏡卿〉、〈鏡卿以懷舊遊山二作見示因次元韻奉畬〉、〈同武修撰過黎氏各攜產桂投贈文石兄弟以詩表貺走筆步荅〉、〈再用文石前韻即事贈鏡卿〉、〈鏡卿同舟往官船泊處回公館辰途間書贈〉、〈乘月過黎氏山房留呈文石鏡卿〉、〈步韻酬鏡卿秋試後書懷見遺諸作〉等八首詩與黎氏

〔註39〕 黎維樅,字簃廷,南海人,原籍新會。貢生候選,訓導學海堂學長兼越華書院十餘年,善駢文,工畫榜,所居曰蓮根館。語見吳道鎔:《廣東文徵作者考》,臺北:商務印書館,1971年10月臺一版,頁253。

〔註40〕 范富庶:《蔗園全集》卷四《東行詩錄》,漢喃研究院圖書館藏書,編號:A.2692,頁13b。

〔註41〕 杜俊大(?~?),號鑑湖,北寧省文江縣溫舍社人(今興安省文江縣)。關於杜俊大的身分地位及事業目前未明,只知他生活在十九世紀,曾於嘉隆十二年(1813)癸丑科考中鄉貢,並曾任侍郎。有詩文收錄於《黎朝賦選》。鄭克孟主編:《越南漢喃作家名號》,河內:社會科學出版社,2012年12月,頁153。

〔註42〕 范富庶:《蔗園全集》卷四《東行詩錄》,漢喃研究院圖書館藏書,編號:A.2692,頁13b。

兄弟相關，為范富庶在《東行詩錄》裡與中國友人相關的詩作中的最多數，
因為在廣東的頻繁往來，使得范富庶與兩人結下良好情誼，在范富庶回國之
後，仍與黎氏兄弟有書信往來，在《蔗園全集》中就有〈寄復穗城黎文石〉一
封，顯示雙方的情誼並未因空間的距離而消逝，十分難得。

　　除此之外，黎氏兄弟也是范富庶在廣東認識其他中國文人的媒介，他在
《東行詩錄》中紀錄了幾次與廣東文人相互應答的詩作，其地點都是在黎氏
山房，如〈鄰居文士余猷庭適在文石坐上亦以詩見贈次韻酬之〉、〈過文石適
杜湘舲、余猷庭同在坐書遺〉、〈張鏡池前有題獻風集後詩吐屬妍雅，恨未相
識，適正行价黎直軒同過文石坐上相遇書贈長句〉等詩中，紀錄了范富庶在
黎氏山房中結識了黎氏兄弟的鄰居余猷庭、杜湘舲和張兆蓉〔註43〕，余猷庭
和杜湘舲皆曾與紹治五年前往廣東任務的杜俊大和枚德常往來，〔註44〕因此
范富庶有「萬里秋風問鴈臣，雲間舊曲幾回新」〔註45〕的句子，替久未聯繫
的越南使節與廣東文人傳遞近況，延續他們的情誼。

　　而張兆蓉則是因在從善郡王阮福綿審（1819～1870）〔註46〕的《獻風集》

〔註43〕 東華續錄有陝西同知張兆蓉，咸豐七年於陝西遇匪，光緒年間因苛刻鄉民被
　　　　革職。張兆蓉，廣東南海縣人，附生，同治初年任鄜州直隸州知州；光緒五
　　　　年任乾州直隸州知州；光緒八年六月署任富平縣知縣。語見宋伯魯、吳廷錫
　　　　纂修：《續修陝西通志稿》，民國二十三年鉛印本，卷十四。
〔註44〕 《大南實錄》載：「（紹治五年）五月，解送清俘于廣東，先是清化弋獲清匪
　　　　二犯，生至闕下，遂命官兵乘靈鳳船解交廣東，以吏部郎中杜俊大補授鴻臚
　　　　寺卿，署吏科掌印枚德常補授翰林院侍讀學士，充正副行价衛尉充協領侍衛
　　　　黎止信、管奇胡登詢充正副辦。」，語見《大南實錄》正編第三紀，東京：慶
　　　　應義塾大學言語文化研究所，1977 年 4 月，卷 48，頁 161。
〔註45〕 范富庶：〈鄰居文士余猷庭適在文石坐上亦以詩見贈次韻酬之〉，《蔗園全集》
　　　　卷四《東行詩錄》，漢喃研究院圖書館藏書，編號：A.2692，頁 15b。
〔註46〕 阮福綿審，初名睍，字仲淵，又字慎明，號倉山，別號白毫子。阮聖祖第十
　　　　子，初生時右沒有一長白毫，體有四乳，腰有紫痣，左胸前有瘢，方一寸，
　　　　形似小印，瘢上生毛，世祖高皇帝聞而喜之，賜黃金十兩。性善啼，又多病……
　　　　乎有道士名雲者見之，曰：此太白金星降精也，穰之即愈。果如其言，四歲
　　　　初從宮中師氏學授孝經，七歲就傅於養正堂，幼學不事遊戲，每背讀期至百
　　　　餘紙。……稍長，出外講習經史諸書，無不該洽，又有山水之癖，日與名士
　　　　交由見聞日廣，詩集成自此始。……公聰敏嗜學，書籍之外無他好，聞有善
　　　　書，罄貲購之，學問淵博，詞意典雅，尤工於詩。其生平著述十四集：《納被
　　　　集》、《倉山詩集》、《倉山詩話》、《倉山詞集》、《淨衣集》、《式穀編》、《老生
　　　　常談》、《學稼誌》、《精騎集》、《歷代帝王統系圖》、《詩精國音歌》《讀我書抄》、
　　　　《南琴譜》、《歷代詩選》。語見《大南實錄》大南正編列傳二集，東京：慶應
　　　　義塾大學言語文化研究所，1981 年 9 月，卷五，頁 76～79。

上題詩，文字優美而受到范富庶的留意，進而設法結交。范富庶在此行前曾去拜訪阮綿審，受託「以所著及選詩，付倩清文人評閱」〔註47〕，因此范富庶在這趟使程中所結識的張鏡池以及顏、鍾、馮三位友人在黎氏山房文會中為范富庶隨身所攜帶的從善郡王《獻風集》題詩，但經查閱《大南實錄》中關於阮福綿審的記載，阮福綿審的作品中沒有一本書的書名為《獻風集》，很可能已經亡佚或是改換名稱，目前仍不得而知，因此「顏、鍾、馮」三位友人的姓名亦無從得知，只能知道這三人為廣東文人，無法進一步了解其生平。

　　根據劉玉珺的研究，請中國文人題序或點評詩集是越南文壇的一種風尚，有相當多的越南文人藉前往中國出使的機會，帶著自己或其他越南文人的作品向中國文人請序題詞，除了向中國文人展現自我的漢學素養之外，也是一種中越兩國的文化交流方式。〔註48〕范富庶此行替從善王攜詩集請中國文人題敘，而范富庶本人為這趟使程所寫的詩作，則是等到下回有越南使者往中國公幹時，再由他人攜詩前往中國，由中國文人題詩，因此從《蔗園全集》所收錄的序跋之中，還有黃資水、陳簡書跟史澄〔註49〕的跋語，但卻未在《東行詩錄》中看

〔註47〕范富庶：〈途間往候倉山公敬上短韻〉詩註，見於其作《蔗園全集》卷四《東行詩錄》，漢喃研究院圖書館藏書，編號：A.2692，頁3a。

〔註48〕劉玉珺：《越南漢喃古籍的文獻學研究》，北京：中華書局，2007年，頁355。

〔註49〕史澄原名淳，以避毅廟諱，更名，字穆堂，原籍江蘇溧陽，徙浙江會稽，曾祖積厚游幕至粵，父善長。澄幼慧，幼學受業於侯康之門，以僑寓久，占籍番禺補縣學生。道光十九年中舉人，聞捷痛哭悲先人不及見也。其天性篤厚多類此。二十年成進士改翰林院庶吉士，寓京授徒，供旅費散館，授編修。二十四年充會試磨勘官，二十五年充國史館協修，二十六年充順天鄉試同考官，二十九年充福建鄉試副考官，三十年充國史館纂修，旋充實錄館協修纂修，奉派赴裕陵恭書孝賢純皇后神牌，擢國子監司業。咸豐元年充山西鄉試正考官，二年派慕陵陪祀大臣授詹事府右春坊右中允兼日講起居注官，本衙門撰文，屢承克食文綺之賜。三年保送河工，發往南河效力。召見訓以實心辦事，勿染河工習氣，澄感激主知方圖報，稱會聞。五年掌教豐湖書院，旋主端溪及粵秀講席，在粵秀尤久，凡十八年，培植甚眾，與贊善何若瑤修縣志，與吏部主事李光廷修府志，均有名於時每夏製藥以救時證，後遂率以為常。又修府學、拓考棚、擴貢院、整圍防、清溢坦、微銀助餉十六萬，均悉心規畫。回籍數十年無儲蓄產業，晚歲於粵秀山麓得黎瑤石清泉精舍故址，先營家廟，於祠後築樓藏書，旁闢地蒔花種魚，名曰：繼園。本孟子為可繼也，意卒年七十七，著有《安和堂世範》二卷；《趙庭瑣語》八卷；《鑒古邇言》五卷；《史氏本源錄》一卷；《退思軒行年自記》四卷；《古今體詩》十卷；《繼園隨筆》一卷；《實錄館凡例》一卷。((清)梁鼎芬修、丁仁長纂：《(宣統)番禺縣續志44卷》卷二十，民國二十年重印本)

見任何范富庶與他們交遊或唱和的詩作，仔細檢視這三人的跋語或點評之後發現，他們根本是在范氏訪粵十餘年後才讀到范氏的作品，當然沒有交遊的紀錄。

跟黎氏兄弟一樣與越南使者建立良好情誼的還有梁毅菴。梁毅菴，名釗，字秉乾，廣東南海縣人。1833 年李文馥和黃炯、汝伯仕等人前往廣東任務，結識了梁毅菴，建立了良好的情誼，後來李文馥數度前往廣東任務，梁毅菴都與他有所接觸，兩人極為投契，李氏甚至還到家裡拜訪過梁毅菴的母親。在范富庶〈同武黃中過梁毅菴（名釗字秉乾）坐間遍訪我國前次派員李鄰芝（名文馥）黃件齋（名炯）諸公且有懷舊之情因書短律二首投贈〉〔註50〕一詩中言及二十年前梁毅菴與諸位越南使者的情誼，之後再訪范富庶而有詩唱和，梁氏還出示了當地詩社二題（〈贈拾字紙傭〉、〈閩中秋觀月〉）請范富庶聯吟，也許是要重溫昔日與李文馥等越南使者一同在花田「樓船會」的情景吧！

第二節　潘輝泳與范芝香使程詩集中的廣東

潘輝泳（Phan Huy Vịnh，1801～1876）〔註51〕，字涵甫，號柴峰，出生於外交官世家「潘輝氏」一族，其祖父潘輝益（Phan Huy Ích，1751～1822）〔註52〕、父親潘輝湜（Phan Huy Thực，1778～1848）〔註53〕和叔父潘輝注

〔註50〕范富庶：《蔗園全集》卷四《東行詩錄》，漢喃研究院圖書館藏書，編號：A.2692，頁 18a。

〔註51〕潘輝泳（Phan Huy Vịnh，1800～1876），字含甫，號柴峰，安山縣瑞溪社人（今河內市國威縣），先生原籍天祿縣收穫社人（今河靜省石河縣石州社）。潘輝泳為阮聖祖明命九年（1828）戊子科舉人，並且補上兵部主事；紹治朝，先生任廣平按察；嗣德朝，先生任刑部與禮部尚書兼國史館總裁，並且任出使中國正使。著有：《如清使部潘輝泳詩》、《柴峰駰程隨筆》。鄭克孟主編：《越南漢喃作家名號》，河內：社會科學出版社，2012 年 12 月，頁 415。

〔註52〕潘輝益（Pham Huy Ích，1751～1822），又名裔，後改名公蕙，後因避鄧氏蕙諱，遂改名輝益。號裕庵，又號德軒，字謙受甫和之和。天祿縣收穫社人（今河靜省石河縣石州社），潘輝益鄉試解元，又中會元，黎顯宗景興三十六年（1775）乙未科第三甲同進士出身，他曾任翰林院修撰、山南區參政；西山朝時期曾任刑部左侍郎、侍中御史、禮部尚書、瑞彥侯爵，並被派往中國出使，阮朝時，他回鄉教書，並未任官。著有：《裕庵吟錄》、《裕庵詩文集》、《裕庵文集》等。見鄭克孟主編：《越南漢喃作家名號》，河內：社會科學出版社，2012 年 12 月，頁 96～97。關於潘輝益的生平及詩文研究，可見《潘輝益詩文》，社會科學出版社，1978。

〔註53〕潘輝湜（Phan Huy Thực，1778～1848），字渭沚，號春卿，又號圭岳。原鄉河靜省天祿縣收穫社，後搬遷至山西省國威府安山縣瑞溪社（今河內市國威

（Phan Huy Chú，1782～1840）〔註54〕都曾出使中國，〔註55〕潘輝益在西山光中三年（乾隆 55 年，1790）出使中國時，曾途經廣東；〔註56〕潘輝注在北使詩《輶軒叢筆》中也有對於廣東的紀錄，但他實際上並未到過廣東，原因是他的使程與阮朝一般歲貢行程路線相同，自越南出發後經廣西、湖南、湖北直達北京，並未途經廣東，其《輶軒叢筆》中大量有關中國地方的描述多半節選自他人詩文集，可看作是他出使中國的閱讀筆記，而非實際的訪查紀錄。〔註57〕

嗣德五年（1852），潘輝泳奉命擔任嗣德六年至八年（清咸豐三年至五年，1853～1855）答謝部正使，出使中國，關於這趟使程，《大南實錄》的紀錄是這樣的：

> （嗣德五年九月），命二部使如清，吏部左侍郎潘輝泳充答謝（二年邦交禮成）正使，鴻臚寺卿劉亮、翰林院侍讀武文俊充甲乙使，禮部左侍郎范芝香充歲貢（開年癸丑貢例）正使，侍讀學士阮有絢、侍講學士阮惟充甲乙使（答謝使部二年正派嗣停滯是使行併遣）〔註58〕。

> （八年八月），前如清二使部潘輝泳、范芝香等以道梗（清國有兵），日久（三年）未回。帝每念之，乃賜使臣及隨行人父母錢米各有

縣柴山社）。潘輝益之子，弟潘輝注。曾任諒山協鎮、禮部尚書，1817 年，任如清副使，著有《使程雜詠》。見鄭克孟主編：《越南漢喃作家名號》，河內：社會科學出版社，2012 年 12 月，頁 598～599。

〔註54〕 潘輝注（Phan Huy Chú，1782～1840），字霖卿，號梅峰，原名潘輝浩，原鄉河靜省天祿縣收穫社，後搬遷至山西省國威府安山縣瑞溪社（今河內市國威縣柴山社）。潘輝注為潘輝益之子，早有文名，但兩度赴試皆只中秀才，因此在家教書著述。明命時，受邀入國子監任編修長，後升任廣南協鎮，又被貶為翰林侍讀。先生兩度出使中國，晚年告老回鄉教書。著有：《華軺吟錄》、《華程續吟》、《梅峰遊西城野錄》等。見鄭克孟主編：《越南漢喃作家名號》，河內：社會科學出版社，2012 年 12 月，頁 286～287。

〔註55〕 越南學界曾針對潘氏家族的北使作品為文討論，詳見阮黃貴（Nguyễn Hoàng Quý）：〈潘輝一族與使程詩〉（Dòng Họ Phan Huy Sài Sơn Và Những Tập Thơ Đi Sứ），《漢喃學通報》（Thông Báo Hán Nôm Học），河內：漢喃研究院，2003 年，頁 457～463。

〔註56〕 案：關於潘輝益的此趟使程關於廣東的紀錄詳見本論文第二章第一節。

〔註57〕 詳見潘輝注：《輶軒叢筆》序言，收入《越南漢文燕行文獻集成（越南所藏編）》，上海：復旦大學出版社，2010 年，第十一冊，頁 1。

〔註58〕 阮朝國史館編修：《大南實錄》，東京：日本慶應義塾大學語言文化研究所複印本，1979 年 4 月，第十五冊，總頁 5858。

差，今在貫親人紀自出關日至是各追領該等俸例十之八，俾滋養
瞻。〔註59〕

（八年十一月），潘輝泳、范芝香等奉使至自清帝以該二使部萬里跋
涉三載艱危，特厚加賞賜並宴勞之，既乃賞授輝泳刑部右參知，芝
香工部右參知兼充史館纂修；劉亮戶部左侍郎、阮惟鴻臚寺卿辦理
吏部、武文俊翰林院侍講學士，……再召內閣臣謂曰：該二使部為
國忘家，久勞於外，上有倚閭之親，下有候門之子，心之憂矣。于
今三年豈不懷歸王事靡鹽？室家之情人誰無之？他人有心，予忖度
之，其自正副使至隨行通驛（應為譯）人等俟恭候正旦令節事清，
準各假限回貫省探以慰其情，限銷即就供職。（貫屬承天四直者假十
五日限，家貫懸遠者一月限，正副使去回各給驛）〔註60〕

從上面兩段紀錄我們可以很清楚地知道，潘輝泳的這趟使程堪稱是「坎坷之
旅」，先是原本應該在嗣德二年就出發的答謝部貢使，延宕到嗣德五年方與歲
貢部「兩貢並行」，出發之後又遇「清國有兵」而在中國輾轉了三年之久，終
於在嗣德八年十一月安全返抵越南國土。那麼，「清國有兵」又是怎麼一回事
呢？《越南漢文燕行文獻》在《駰程隨筆》的簡介中言：

潘輝泳此行，適逢中國發生震驚中外的太平天國運動，故其與前此
越南使臣燕行的最大不同，一是經行路線頻繁改變，二是返程時多
處受阻，在中國滯留三年纔由海路返回越南。這些在《駰程隨筆》
中均有真實而詳確的反映。〔註61〕

《駰程隨筆》共收錄潘輝泳此行一百七十餘首的北使詩作〔註62〕，但只有最
後五、六首作於廣東，分別是〈梧州發棹〉、〈粵東江館漫述〉、〈粵館接廣安來
文恭讀硃筆喜作〉、〈初春游花地歷謁煙雨、海幢諸寺興作〉（附錄〈粵東學生
陳立卿次韻送別〉）、〈陳立卿錄呈賡復武宅卿游花地之作仍用元韻答贈〉（附

〔註59〕阮朝國史館編修：《大南實錄》，東京：日本慶應義塾大學語言文化研究所複
印本，1979 年 4 月，第十五冊，總頁 5953。

〔註60〕阮朝國史館編修：《大南實錄》，東京：日本慶應義塾大學語言文化研究所複
印本，1979 年 4 月，第十五冊，總頁 5967～5968。

〔註61〕語見《越南漢文燕行文獻集成》第十七冊《駰程隨筆》出版說明，頁 223～
224。

〔註62〕劉春銀、王小盾、陳義主編之《越南漢喃文獻目錄提要》誤作「壬子年（1852）
至癸丑年（1853）使華時所作」，臺北：中央研究院中國文哲研究所，2002 年
12 月，頁 755。

〈陳生錄呈原筆〉）和〈渡海〉等詩作。

　　從〈梧州發棹〉的詩後小註和在廣東的最後一首詩〈渡海〉的註可知，潘輝泳一行人從乙卯年（1855）「四月十三日自梧州開船，十六日抵廣東省城津次」，再到「十月初十日開船，十一日出虎門，十四日經澳門放洋」為止，可知他自廣西啟程後，再經海路回越南之前，在廣州待了半年之久，這與范富庶在粵停留時間長度類似，但范富庶是直接前往廣東執行公務，潘輝泳一行人卻是在飽受顛簸之後終於來到廣東等待船隻回國，心境大不相同，詩作的數量自然也不一樣。

　　在這段時間裡，也許是確定可以回到母國而情緒較為安定，在接到自廣安發來的嗣德皇帝親筆硃批後，潘輝泳寫下這樣的詩句：

> 海濱飛雁過江潯，一啟緘函喜懼深。遠价自慚紆睿軫，異邦誰料捧綸音。雲平萬里朝天路，月挂三秋練闕心。為報西風送歸棹，慶筵需及綴朝簪。〔註63〕

經過三年的顛簸，潘輝泳一路上仍不放棄記錄所見所聞，直到廣東等船的同時，將消息傳至越南，得到嗣德皇帝的親筆撫慰，對潘輝泳來說，能夠得到皇帝的安慰，之前所受的辛苦都不算什麼了，而將來回國之後等待他的是「慶筵」與「綴朝簪」又怎麼不令他欣喜？

　　接獲硃批之後，潘輝泳才有心情與乙副使武文俊（Vũ Văn Tuấn，1806～？）〔註64〕等人遊覽花地參觀煙雨、海幢諸寺，並和粵東學生陳立卿有詩文唱和，這位陳立卿，潘輝泳詩註有云「立卿，陳邦達，南海縣人，母貫河內省轄」，言下之意似指他的母親是越南人，而鄧輝𤊰在《鄧黃中詩抄》中則言陳邦達「廣東人，與弟邦雄皆能詩文」〔註65〕，從這個地方看來，陳邦達確

〔註63〕潘輝泳：〈粵館接廣安來文恭讀硃筆喜作〉，收入葛兆光、鄭克孟主編：《越南漢文燕行文獻集成（越南所藏編）》第十七冊，上海：復旦大學出版社，2010年，頁351～352。

〔註64〕武文俊（1806～？），號白山，又號宅卿，嘉陵縣八長社人（今河內市）。武文俊為明命18年（1837）丁酉科舉人，紹治三年（1843）癸卯科第三甲同進士。曾任各職官如次：翰林院編修、河中知府、侍講、史館纂修、銜侍讀並出使中國。著有《周原學步集》。鄭克孟主編：《越南漢喃作家名號》，河內：社會科學出版社，2012年12月，頁524。

〔註65〕語見鄧輝𤊰：《鄧黃中詩抄・次鴻臚寺少卿辦理戶部雲麓阮恂叔賀陳邦達壽母原韻為壽》小註，鄧輝𤊰：《鄧黃中詩抄》，卷九，漢喃研究院圖書館館藏編號：VHv.833/1-6，刻本。

定是廣東人，並且與弟弟陳邦雄都是文人，與越南使節多有往來，當時廣東人往來越南者眾，如曾與范富庶、鄧輝𤐓往來甚密的行人李茂瑞，便是中越混血兒，因此陳邦達或與李茂瑞相同，亦為中越混血兒，但目前所見證據仍不足，還需要進一步追索。

　　而從《大南實錄》的記載中我們也可以知道，除了答謝部潘輝泳、劉亮、武文俊之外，另外還有由范芝香、阮有絢、阮惟所組成的歲貢部，兩部同行，因此若能檢閱范芝香等人的使程記錄，當可補充此行的另一面向。在《越南漢文燕行文獻集成》第十七冊署名「阮朝·范芝香撰」的《志庵東溪詩集》中，看到了他作於廣東的幾首詩，分別為〈粵東館中接廣東來文恭讀硃諭喜作〉、〈夜聞鄰館理曲〉、〈粵東懷古〉、〈同遊花地次宅卿元韻〉、〈花地偶占〉（四絕）和〈次韻留贈陳生那達兼以誌別〉。根據陳益源先生的考證，《志庵東溪詩集》，漢喃研究院圖書館藏編號 A.391 號之抄本原題為「東作阮文理撰」，《越南漢文燕行文獻集成》考證此集第一、第二部分分別對應范芝香紹治五年（道光二十五年，1845）、嗣德五年（清咸豐二年，1852）兩度出使清朝，故改署作者為「阮朝·范芝香撰」，的確可信〔註66〕。問題是，此集書名中的「志庵」、「東溪詩集」，乃是東作阮文理〔註67〕的字號與作品，既然考證得知此集作者不是阮文理，那麼書名其實也不應該繼續援用《志庵東溪詩集》才是。而將 1855 年潘輝泳《駰程隨筆》、范芝香第二次使程詩集內與廣東有關的作品互校，可知後者之「接廣東來文」當是「接廣安來文」筆誤，而「陳生那達」亦是「陳生邦達」之訛。〔註68〕

〔註66〕詳見《越南漢文燕行文獻集成（越南所藏編）》第十七冊《志庵東溪詩集》出版說明，頁 75～76。又，范芝香第一次出使清朝著有《鄖州使程詩集》，該書亦收入《越南漢文燕行文獻集成（越南所藏編）》第十五冊。

〔註67〕阮文理，字循甫，河內壽昌人，……文理少志學，明命十三年擢進士第緣翰林編修，補順安知府，轉吏部員外郎，累遷郎中。紹治初除富安按察使，以事免，起復修文規，病歸，補常信教授，尋領興安督學，以素易理，嗣德十七年被召進京，命筮籌，又自念年老，陳誠附奏言海陽地面要害處，請設三屯以扼海汛，與南定四大海口實乃肥饒，請以辰開墾奏上，優旨遣回，隨引年請老，加翰林院著作致仕，年七十四卒。著有《東溪詩集》、《東溪文集》、《自家要語》。參見《大南實錄》第二十冊《大南正編列賺二集》卷三十一，頁 7941～7942。

〔註68〕陳益源：〈清代越南使節於中國廣東的文學活動——兼為《越南漢文燕行文獻集成》進行補充〉，《嶺南學報》復刊第六輯，上海：上海古籍出版社，2016年，頁 267～268。

　　在范芝香有關廣東的詩作中，與潘輝泳相同，在接到嗣德皇帝對於他們的慰問硃批時，同感欣喜，但與潘輝泳積極樂觀的態度不同，范芝香對於過去三年的顛簸十分感慨，言「三年信息苦難通」，直到接到萬里之外的聖諭，才知道「南溟早為借鵬風」，〔註69〕母國的皇帝並未放棄他們，早為他們找到回家的路。

　　在收到硃諭之後，范芝香才放下緊張的心情，與同行的使節武文俊同遊花地，並賦詩四首：

　　（其一）

　　招隱何當賦小山，山圍幽意偶相開。花如解語勘饒笑，三徑深秋返客還。

　　（其二）

　　荔灣曲曲水潺湲，雲鳥隨人過晚村。欲問園林誰主客，菊花無語向清樽。

　　（其三）

　　江城之景亦佳哉，荔渚名園滿地開。客至不逢春色豔，黃花偏解勘金罍。

　　（其四）

　　荔枝江上綠陰低，深竹閒園步欲迷。卻憶劉園黃花宛，問人人指白雲西。〔註70〕

　　從詩句中描述的花園其實並非春日繁花盛開的景象，但因為遊賞者范芝香的心境不同，即使只是流水與綠蔭，都讓他覺得景色宜人。

　　在交遊上，范芝香跟潘輝泳一起結識了陳邦達，並識得其弟邦雄，有「潘才陸思年方妙，季弟元兄品正高」之句，顯示對於兄弟二人的才華十分讚賞。

〔註69〕范芝香：〈粵東館中，接廣東來文，恭讀硃諭喜作〉，見范芝香使程詩集，收入葛兆光、鄭克孟主編：《越南漢文燕行文獻集成（越南所藏編）》第十七冊，上海：復旦大學出版社，2010 年，頁 204。

〔註70〕范芝香：〈又花地偶占四絕〉，見范芝香使程詩集，收入葛兆光、鄭克孟主編：《越南漢文燕行文獻集成（越南所藏編）》第十七冊，上海：復旦大學出版社，2010 年，頁 205～206。

小結

　　嗣德前期，西方勢力逐漸進逼，但此時的越南尚未明顯地感受到威脅，因此范富庶、潘輝泳與范芝香並未利用前往廣東之便，打聽西方勢力的現狀，而是貼近庶民的生活，與當地文人交流，並且記錄當時的廣州風貌，但潘輝泳及范芝香卻是因為受太平天國運動之累，幾經輾轉，延遲了兩年才回到越南，在這樣的情形之下，他們所能見到的廣東多以風物及表象為主，未能詳細的理解廣東真實的狀況。

　　而范富庶的廣東任務，有著承先啟下的作用，雖然此行仍如明命時期一般，以購買圖書及花木為主，顯示嗣德初期依舊延續著明命皇帝一直以來的貿易政策，藉各種理由前往廣東進行貿易行為。范富庶也如同明命時期的李文馥一般，與當地文人交遊、賦詩，參加詩會等等，與廣東文人建立起深厚的友誼，而從廣東文人幾度向范富庶問起昔日曾往廣東任務的越南使者近況，也可以發現范富庶在廣東的交友圈也延續著前任使者的交友圈，繼續雙方的情誼；而從廣東文人的角度來看，因為前次與越南使者的良好互動，加上越南使者多為漢文素養深厚的文人，即使在語言不通的情形之下，也能使用漢字賦詩或筆談，而不受語言的限制。

　　總而言之，范富庶在這趟使程中雖名為「效力」，但他卻不因為是受罰而感到憂傷，反而以開闊的心胸記錄下在廣東的所見所聞，不僅讓後世窺得 1850 年代的廣州社會風景，也為這些史籍上默默無名的廣東文人留下一抹身影。

第五章　丈夫之志——嗣德中期越南使節鄧輝燻兩次廣東使程文學活動探析

　　越南阮朝開國皇帝阮福映（Nguyễn Phúc Ánh，1762～1820，年號嘉隆，1802～1820 年在位）因建國時曾得法國傳教士百多祿相助，建立阮朝，因此在位時對於天主教採取開放態度；但明命皇帝（阮福晈／Nguyễn Phúc Kiểu，1820～1841 年在位）深受儒家思想影響，對於天主教改採排斥態度，開始收緊法國傳教士在越南的活動範圍，到了紹治帝（阮福暶／Nguyễn Phúc Tuyền，1841～1847 年在位）和嗣德帝（阮福時／Nguyễn Phúc Thì，1847～1883 年在位）時，一律採行禁教政策，外國傳教士及本國教眾都受到政治的迫害。因而使法國藉保護傳教士為由，開始對越南展開入侵的行動。1860 年，嗣德皇帝再度重申禁止法國傳教士在越南傳教，並且殺害法國傳教士，[註1]引發法人不滿；1861 年，法國趁參與英法聯軍攻打中國勝利之餘，遂與西班牙聯軍進逼沱灢港，一舉攻下南圻嘉定、邊和與定祥三省，並在 1862 年迫使越南簽下〈壬戌和約〉，約定越南將嘉定、邊和、定祥三省割讓給法國，允許法國傳教士在越南自由傳教，開放土倫、廣安和巴刺為通商口岸，並且向法、西兩國分十年賠款四百萬銀元。[註2]但嗣德皇帝為了贖回嘉定、邊和

〔註1〕鄭永常：〈越法〈壬戌和約〉簽訂與修約談判，1860～1867〉，《成大歷史學報》第 27 期（2003 年 6 月），頁 99。

〔註2〕阮朝國史館編修：《大南實錄》，東京：慶應義塾大學言語文化研究所，1979年 10 月，第十六冊，卷 22，總頁 6153～6154。

跟定祥三省，在 1862 至 1868 年這六年間不斷與法國談判、折衝，但最終仍無法獲得改變，甚至賠上南圻另外三省，得不償失。〔註3〕而在這期間，嗣德皇帝一面與法國談判，一面向中國求援，並且企圖強化本國的戰力，向英國訂購戰船，以求自保。鄧輝𤏸（Đặng Huy Trứ，1825～1894）便是在此時被嗣德皇帝派往廣東探查西方勢力的活動情形，並前往香港接收訂購的戰船。〔註4〕這趟行程並未記錄在《大南實錄》中，但隨著越南漢喃研究院、中國復旦大學文史研究院合編的《越南漢文燕行文獻集成（越南所藏編）》〔註5〕的出版，我們可以窺見在這趟使程中，鄧輝𤏸在廣東的所見所聞及其交往的中國友人，但可惜的是《越南漢文燕行文獻集成》存在著擇選版本失當的缺失，鄧輝𤏸的廣東之行紀錄，其實散見在其作品集《鄧黃中詩抄》及《鄧黃中文抄》之中，燕行錄所收錄的《東南盡美錄》〔註6〕只是鄧氏與中國當地文人唱和的詩文節選而已，關於他在廣東的情形，《詩抄》跟《文抄》都有更詳盡的紀錄。

關於越南使節在廣東的文學研究，專文研究者並不多，夏露曾為文〈17～19 世紀廣東與越南地區的文學交流〉〔註7〕，從廣東人因戰亂移民至越南中南部開始，討論兩地之間的人員流動及文化的交流，其中「來廣東處理公務的越南文士的相關文學活動」一節，則是利用《越南漢文燕行文獻集成》中所提到的鄭懷德、李文馥與汝伯仕的廣東出使紀錄，描述越南使節與當地文人間的互動，並未提及鄧輝𤏸的廣東之行；陳益源先生則進一步針對《越南漢文燕行文獻集成》作一爬梳與整理，將整個清代越南派廣東公務或途經廣東的使節在廣東的一切文學活動都做了一番研究與概略的說明，其中關於

〔註3〕嗣德皇帝在這六年間的談判過程及其內心的掙扎，鄭永常根據史料已做了相當詳細的研究，詳見鄭永常：〈越法〈壬戌和約〉簽訂與修約談判，1860～1867〉，《成大歷史學報》第 27 號（2003 年 6 月），頁 99～128 及氏著：〈越南阮朝嗣德帝的外交困境，1868～1880〉，《成大歷史學報》第 28 號（2004 年 6 月），49～88。

〔註4〕鄧輝𤏸：《鄧黃中詩抄》（越南漢喃院藏本，編號：VHv.833/1-6），卷七。

〔註5〕葛兆光、鄭克孟主編：《越南漢文燕行文獻集成（越南所藏編）》，上海：復旦大學出版社，2010 年 5 月。

〔註6〕鄧輝𤏸：《東南盡美錄》，收入葛兆光、鄭克孟主編：《越南漢文燕行文獻集成（越南所藏編）》，第十八冊，頁 1～68。

〔註7〕夏露：〈17～19 世紀廣東與越南地區的文學交流〉，收入王三慶、陳益源主編《東亞漢文學與民俗文化論叢（二）》（臺北：樂學書局，2011 年 12 月），頁191～218。

鄧輝煿在廣東的文學活動，陳先生只有初步地提出鄧氏在廣東所交遊的中國友人姓名，並指出鄧氏有許多作品曾在廣東印刷，對於中越書籍交流的研究有很大的價值。〔註8〕

　　李標福〔註9〕和越南學者陳德英山（Trần Đức Anh Sơn）〔註10〕也都注意到鄧輝煿在廣東的活動，李標福著重在鄧氏與中國文人的交遊，但文本只侷限在《東南盡美錄》中，也沒有針對鄧氏的中國友人做出討論，十分可惜。陳德英山則是從歷史與經濟層面剖析鄧輝煿的廣東之行，從鄧氏的作品結合史料文獻，說明鄧輝煿此行對於越南嗣德朝經濟發展的貢獻，但對於文學活動著墨較少。因此本文將從鄧輝煿的作品中有關廣東的部分，作一爬梳與檢視，探查鄧氏在廣東的任務及目的，從中觀察其與中國文人間的交遊情形，補充《越南燕行錄》的不足，並且發掘鄧氏面對西方新式武器及技術之後，其思想的轉變。

第一節　鄧輝煿的第一次廣東行

一、鄧輝煿生平

　　在了解鄧輝煿的廣東任務之前，我們必須先問，鄧輝煿是誰？鄧輝煿字黃中，號醒齋，承天廣田人（今承天順化省廣田縣）。他出生於書香世家，其父祖皆有文名，大伯鄧文和（1791～1856）官拜尚書，二伯鄧文職（1795～1847）為太醫院御醫，鄧輝煿的父親鄧文重（1798～1849）雖然屢試不中，考了五次仍只是一個秀才，但卻是一個很好的老師，有許多學生都金榜題

〔註8〕陳益源：〈清代越南使節於中國廣東的文學活動——兼為《越南漢文燕行文獻集成（越南所藏編）》進行補充〉，《嶺南學報》復刊第六輯，上海：上海古籍出版社，2016年，頁247～275。

〔註9〕李標福：〈寓粵使臣鄧輝煿與清人之交誼及其他〉，《五邑大學學報》（社會科學版）第17卷第2期（2015年2月），頁28～32。

〔註10〕陳德英山（Trần Đức Anh Sơn）：〈嗣德朝鄧輝煿在廣東的兩次公務〉（Hai Chuyến Công vụ Quảng Đông của Đặng Huy Trứdưới triều Tự Đức），《峴港社會經濟發展雜誌》（Phát triển Kinh tế- Xã hội Đà Nẵng）第29期（2012年），頁48～57；氏著：〈嗣德朝鄧輝煿在廣東的兩次公務（1865及1867～1868）〉（Hai Chuyến Công vụ Quảng Đông của Đặng Huy Trứdưới triều Tự Đức（1865 và 1867-1868））《峴港社會經濟發展雜誌》（Phát triển Kinh tế- Xã hội Đà Nẵng）第30期，（2012年）頁47～55。

名。〔註11〕他的兒子輝燵則是「少穎異，有神童名」〔註12〕，紹治七年（1847）鄉試及第後，連中會元，但在殿試時卻因用字欠謹而被黜七年之後再拔解，嗣德初年歷任各地知縣，因為為官清廉又為民著想，因此都獲得很好的名聲。

1856 年，鄧輝燵獲派前往峴港視察軍務，此時正值法國入侵越南之時，鄧氏看見法國的侵略野心之後，認為唯有對法一戰方能解決問題，因此他毫不猶豫地站到了主戰派這邊來；〔註13〕之後鄧輝燵又升任廣南布政使，因為在當地設立義祠獲得嗣德皇帝的讚賞，因而升為戶部辦理兼鴻臚寺卿，加上與當地華人有良好的互動，因而得到前往廣東公幹的機會。嗣德十九年（1866）五月，鄧輝燵自廣東回國之後，回任戶部辦理，因為在廣東見識到當地商業蓬勃發展，故而上書請設平準使司，言及「經商末技而益國裕民，乃是朝廷大政，期間節目繁多，必須諳熟諸地方行政及一切去來要路，乃能建議可底於行」，〔註14〕嗣德皇帝同意他的建言，因而指定他為首任平準使司，並且前往海外籌辦各項事務，但平準使司很快就因為嗣德皇帝認為國家不應該與民爭利而停辦。不過這並不影響鄧氏報效國家的決心，嗣德廿年（1867），他再度獲派前往廣東採買新思想及軍事相關書籍、武器和機械等。這次鄧輝燵在廣東待了長達兩年的時間，也因此更加理解西方思潮，他認為要拯救越南必須引進新的思想。嗣德廿二年（1869）回國之後，他隨即投入北圻的抗法軍務活動中，直到嗣德廿七年（1874）逝世，他都沒有離開過河內。

他一生的著作頗豐，著有《黃中文抄》、《鄧黃中詩抄》、《四十八孝紀事新編》、《辭受要規》、《越史聖訓演音》、《五戒演歌》；又鑴刻《從政遺規》、《二味集》等部，其藏版現在還留在河內。

二、嗣德十八年的廣東任務

　　嗣德十八年（同治四年，西元 1865 年）及嗣德二十年（同治六年，西元

〔註11〕（越）黎氏蘭著，于向東、林洋譯：〈鄧輝燵〉，收入黃心川主編：《東方著名哲學家評傳：越南卷、猶太卷》，濟南：山東人民出版社，2000 年，頁 276。

〔註12〕阮朝國史館編修：《大南實錄》東京：慶應義塾大學言語文化研究所，1982 年 10 月，第二十冊，卷 20，總頁 7813。

〔註13〕（越）黎氏蘭著，于向東、林洋譯：〈鄧輝燵〉，收入黃心川主編：《東方著名哲學家評傳：越南卷、猶太卷》，頁 277。

〔註14〕阮朝國史館編修：《大南實錄》第 16 冊，卷 34，總頁 6413～6414。

1867 年），鄧輝㷸兩度被派往中國廣東執行公務，第一次只在廣東待了將近半年，第二次則長達兩年的時間。許文堂曾在〈十九世紀清越外交關係的演變〉〔註 15〕一文中整理了清代越南派往中國的使節紀錄，從正式的朝貢到「赴廣東公務」的臨時行程都被詳細地整理成一個表格，其中卻未記錄鄧輝㷸的相關行程；無獨有偶，筆者檢視《大南實錄》中嗣德十八年到嗣德二十年的紀錄，亦未見有關鄧輝㷸被派往廣東的紀錄，這令我們不禁要問，鄧氏是不是真的去了廣東？檢視鄧輝㷸的作品後發現，他曾在《東南盡美錄》中〈拾芥園梁惠存（南海佛山鎮人，五雲樓梁逸堂從弟）書贈〉一詩的附註中言：

> 余赴粵曾以鄧黃中詩抄、四十八孝詩畫、辭受要規、鄧惕齋言行錄、栢悅集諸部書付梓，皆出於惠存一人之手。〔註 16〕

除此之外，廣東人蘇偉堂在鄧氏所著的《鄧黃中詩抄》中的序文亦言：

> 乙丑歲秋日，先生以事來粵，余得與把盞於羊城旅次，詩酒言志，相得甚歡。暇日出其詩集微序於余，余朗誦一週，覺司契因心，鍊鋼繞指，清新雋逸，美不勝收。〔註 17〕

從這些紀錄中我們可以發現，鄧輝㷸不僅去了廣東，還跟當地文人有所來往，並且還在當地刻印了許多作品，而在他的《鄧黃中詩抄》中的第七草和第八草，更是詳細記錄著他在廣東的所見所聞，因此我們可以很肯定地說，鄧輝㷸確實曾在嗣德十八年到廣東去，但他到廣東做什麼？又為何而去？既然是前往廣東公幹，為什麼在《清史稿》或《大南實錄》中都沒有見到相關的紀錄呢？

越南的如清貢行，一直以來都有著請封、告哀和歲行例貢三種正式形式，再加上不定期的護送漂流軍官回國或送回匪盜等非正式的公務行程，但礙於太平天國之亂所成的時局動盪，越南自清咸豐五年（1855）潘輝泳（Phan Huy Vịnh，1800〜1876）〔註 18〕、范芝香（Phạm Chi Hương，？〜

〔註 15〕許文堂：〈十九世紀清越外交關係之演變〉及「越南遣使大清一覽表」，收入許文堂編：《越南、中國與臺灣關係的轉變》（臺北：中央研究院東南亞區域研究計畫，2001 年 12 月），頁 120〜127。

〔註 16〕鄧輝㷸：《東南盡美錄》，收入葛兆光、鄭克孟主編：《越南漢文燕行文獻集成（越南所藏編）》第十八冊，頁 38。

〔註 17〕鄧輝㷸：《東南盡美錄》，收入葛兆光、鄭克孟主編：《越南漢文燕行文獻集成（越南所藏編）》第十八冊，頁 42。

〔註 18〕潘輝泳，字含甫，號柴峰，燕山縣瑞溪社人（今河內市國威縣）。原籍天祿縣收穫社（今河靜省石河縣石珠社），阮聖祖明命九年（1828）戊子科舉人，並

1871）〔註 19〕等二部如清使團返越之後，至同治七年（1868）黎峻（Lê Tuấn，？
～？）、阮思僩（Nguyễn Tư Giản，1822～1890）〔註 20〕、黃竝（Hoàng Bình，？
～？）「四貢並進」〔註 21〕之前，中、越間有長達十幾年的正常貢使被迫停
止，而此時越南北方有後黎朝遺民作亂，中部又有法西聯軍進逼峴港，國內
動盪不安，嗣德皇帝一方面想要探查西方勢力在中國的活動，並且了解中
國的態度；越南國內以范富庶（Phạm Phú Thứ，1820～1880）〔註 22〕、阮長
祚（Nguyễn Trường Tộ，1828～1871）〔註 23〕等人為主的「主戰派」也認為

補任兵部主事。至紹治朝，任廣平按察；嗣德朝，任刑部與禮部尚書兼國史
館總裁，並獲派如清正使。著有《如清使部潘輝泳詩》、《柴峰騑程隨筆》。語
見（越）鄭克孟（Trịnh Khắc Mạnh）主編：《越南漢喃作家名號》（Tên tự tên
hiệu các tác gia Hán Nôm Việt Nam）（河內：社會科學出版社，2012 年 12 月），
頁 415。

〔註 19〕范芝香，字士南，號眉川，堂安縣汝署社（今海陽省平江縣）人。阮聖祖明
命九年（1828）戊子科舉人，曾任：知縣、寧泰總督、太原布政、工部右參
知，並兩度獲派如清使，與朝鮮使節會面。著有《眉川使程詩集》，並參與《大
南實錄前編》編纂工作。語見（越）鄭克孟主編：《越南漢喃作家名號》，頁
309～310。

〔註 20〕阮思僩，原名阮文富，受紹治帝改名阮思僩。字洵叔，號石農，又號雲麓。
北寧省東千縣榆林社（今河內市東英縣梅林社）人。紹治三年（1843）癸卯
科舉人，阮憲祖紹治四年（1844）甲辰科第二甲進士出身，曾任：內閣提政、
海安軍贊理，並獲充如清使團，回國後升任吏部尚書，後被左遷，改在章美
（今屬河東省）任山房使，後又被升為寧泰總督後退休。任官期間，阮思僩
參與阮長祚群體，上呈許多維新改革條陳予朝廷，但未獲回應。當法國入侵
越南時，與阮長祚同為主戰派，並與裴文禩共同抗法。著有《阮洵叔詩集》、
《石農詩集》、《石農文集》、《燕軺詩文集》等。語見（越）鄭克孟主編：：
《越南漢喃作家名號》，頁 443。

〔註 21〕「四貢」指的是咸豐七年（1857）、咸豐十一年（1861）、同治四年（1865）、
同治八年（1869）這四次越南到中國四年一度的歲貢。見陳益源先生〈清代
越南使節於中國廣東的文學活動——兼為《越南漢文燕行文獻集成（越南所
藏編）》進行補充〉，「明清文學與文論」國際研討會暨《嶺南學報》復刊號發
佈會（廣州中山大學主辦，2015 年，3 月），頁 18。

〔註 22〕范富庶，字教之，又字叔明，號蔗園、竹堂、竹隱，鉛福縣東盤社人（今廣
南省奠盤）。范富庶考中會元後隨即參加阮憲祖紹治三年（1843）癸卯科會試，
並考取進士，先生曾任潘清簡出使法國使團副使。先生曾任：翰林院編修、
翰林院侍讀、資義知府、禮部員外郎、清化與河靜按察、清化與河靜參知、
戶部侍郎、禮部尚書兼戶部尚書、海安總督、兵部參知，死後追贈協辦大學
士。著有：《蔗園別錄》、《蔗園全集》、《西浮詩草附諸家詩錄》等。語見（越）
鄭克孟主編：《越南漢喃作家名號》，頁 151～152。

〔註 23〕阮長祚，乂安省興源縣人，為越南近代著名思想家、翻譯家及改革家，因終

唯有建立一個強大的軍隊方能抗法，因此必須到國外採買武器和學習相關技術，而廣東便是一個極佳之地。〔註24〕

嗣德皇帝為了遣使前往中國，不斷上書中國皇帝，希望能如期進行歲貢，但中國在太平天國之亂後又接著咸豐皇帝病逝，同治皇帝幼齡即位等時局動盪，遲遲不肯發下同意書，嗣德皇帝只好改採「秘密任務」的方式，在不驚動中國官方的情形下，派人前往中國廣東，並且到達香港及澳門兩地。〔註25〕因此鄧輝熠有了薙髮改扮成清國人前往廣東的公務行程。

為什麼鄧輝熠可以得到皇帝的青睞，成為此行公務的主要人選呢？他除了天性聰穎之外，也曾在越南華商李茂瑞〔註26〕家中教書，跟許多華人來往，因此學會廣東話，加上同為主戰派的范富庶大力推薦，言：「此事無人可比鄧輝熠」〔註27〕，因此鄧氏便成為此行的不二人選。

嗣德十八年閏五月，鄧輝熠受命與內務郎中朱文科（Chu Văn Khoa）搭乘廣東人呂賢佐的商船準備前往廣州公幹，〔註28〕為了配合船期，鄧輝熠只有十多天歸省辭行，他首先回鄉祭拜宗祠、社祠，然後在福來寺薙髮改裝成清人打扮，對於改裝一事，他雖然自我安慰這是例行公事，但仍不免有所顧忌，言：

> 從來東行有結髮垂辮者，從清俗也。然必待出洋後令清人熟手為之，

身信奉天主教而未參加科舉，但屢次上奏改革條陳，是維新改革派的主要人物。阮長祚一生為越南改革奔走，認為唯有全面學習西方科技及知識方能救國，但未獲當時保守的朝廷所接受。1867年，阮長祚終獲嗣德帝同意前往法國聘請技師並購買新式機器，但由於種種原因，嗣德帝「辦工廠、造機器」的計畫未獲實現，阮長祚也回到乂安省的家鄉，於1871年因病去世。參考李雅娟著：〈阮長祚〉，收入黃心川主編：《東方著名哲學家評傳：越南卷、猶太卷》，頁235～238。

〔註24〕陳德英山（Trần Đức Anh Sơn）：〈嗣德朝鄧輝熠在廣東的兩次公務〉，頁51。

〔註25〕陳德英山：〈嗣德朝鄧輝熠在廣東的兩次公務〉，頁52。

〔註26〕案：李茂瑞，一名紹榮。鄧輝熠在文章中多次提及其名，並言其為廣南道清鄉人行人司七品行人謹信司主事李泰鵠之子，其先福建人，遷廣東後南遊居明鄉。（見鄧輝熠：《鄧黃中詩抄·李紹榮兄寄贈牡丹二盆因誌佳祝（有小解）》，漢喃院藏本，編號：VHv.833/1-6）李茂瑞與鄧輝熠交情深厚，其二人的交遊請見第三節。

〔註27〕陳德英山（Trần Đức Anh Sơn）：〈嗣德朝鄧輝熠在廣東的兩次公務〉（Hai Chuyến Công vụ Quảng Đông của Đặng Huy Trứdưới triều Tự Đức），《峴港社會經濟發展雜誌》（Phát triển Kinh tế- Xã hội Đà Nẵng）第29期（2012年），頁52。

〔註28〕鄧輝熠：《鄧黃中詩抄·有東行之命》，第七草，頁42。

余則不忍是也。〔註29〕

鄧氏受儒家思想影響深厚，認為身體髮膚受之父母，不可毀傷，但因公務所需，只好請佛寺的老僧幫忙，以求神佛護佑的心情剃髮，來免除自身對於剃髮的罪惡感。

六月二十二日，鄧輝燆與使團自大占港出海，行經海南、大洲、七洲，六月二十八日抵達香港，一路上鄧氏每到一地便做一首詩記錄行程，這也是越南使節的習慣，他們必須記錄使程中的所見所聞，回國之後呈給皇帝御覽。鄧輝燆在這趟航程中見到西方戰船停泊在海上，此時的鄧氏未曾與西方勢力交手，因此有「虛實洋情猶未識，臣心萬里日如年」的感嘆。

六月二十八日，鄧輝燆抵達香港的第一件事就是跟著阮增阮（Nguyễn Tăng doãn，？～1879）〔註30〕去看造船廠，這是因為在嗣德十八年（1865）元月，嗣德皇帝派內造員外郎黃昶（Hoàng Sường，？～？）率黎斌（Lê Bân，？～？）等九位工匠前往嘉定跟洋人學習製造火船的技巧，但西方技術對未經西式教育的越南官員來說還是太難，二月，英人未士叻（Withseller，？～？）表示願意帶領黃昶等人前往香港學習造船技術，因此一行人於三月前往香港，並造得火船一艘。鄧輝燆與阮增阮此行除了探查西方勢力活動之外，有一個很重要的任務就是要將修整好的火船開回越南。

在造船廠中，鄧輝燆見識到西方新式的蒸汽船，並且在試駕之後更覺西方技術的奧妙，因此便在〈試駛我國新製暗機大銅船追誌（有小引）〉詳細敘述了蒸汽火輪船的構造及其動力方式：

> ……抽引之機櫃中嘗載冷水以浸汽漕，因汽漕透櫃而過，遇有冷水凍其漕體，則漕中水汽立凝為水，凝水之後其勢尚熱即由汽漕倒行而上，復灣于前聚於添水櫃中，直與添水筒相接，熱水由是瀉入甄中。若添冷水於滾水之中，其滾必止；今用熱水添入其法為尤妙。其實甄內滾水受熱化汽，由汽作工，工畢復化為水，由水復歸於甄，

〔註29〕鄧輝燆：《鄧黃中詩抄・詣福林寺拜佛薙髮》，第八草，頁14。

〔註30〕阮增阮，字子高，廣治海陵人。紹治七年（1847）領鄉薦，嗣德初以候補攝蓬山縣坐事，從部效贖；開復充內閣行走。十八年（1865）領謹信司員外郎，派同廣南布政使鄧輝燆如廣東探查遠情，尋擢主事領戶部員外郎，又派往法國都城。二十三年（1870）同管督黎輝往香港澳門公幹。……三十二年以病卒於官，命送歸葬，敕省臣賜祭。語見阮朝國史館編修：《大南實錄》第 20 冊，卷 36，總頁 8013。

輪轉不竭而未嘗有所耗散也。〔註31〕
這個蒸汽機的原理其實是鄧氏抄錄了英國醫生合信（Benjamin Hobson，1816
～1873）〔註32〕於咸豐五年（1855）在廣州出版的《博物新編》〔註33〕，這
本書有系統地介紹了西方科學新知，影響了近代中國科技知識的發展。鄧氏
在文章中大幅的引用《博物新編》中關於蒸汽機的原理及知識，顯見他對於
新知並不排斥，甚至有意識地在吸收各種新知識。

　　在驗過輪船之後，船由黃昶先行駕回越南，鄧輝𤐠則繼續留在廣東處理
後續事宜，此時在嘉定又有法國人駕船求售，因為船身損壞，因而將船開到
香港修復，鄧輝𤐠必須等候新船到來才能離開，因此鄧氏一直到十一月才結
束他的第一次廣東之行，返回越南。

　　這次近半年的使程中，鄧輝𤐠見識到了西方科技，並且從他引用了《博
物新編》中的材料可以發現他一定曾經仔細地閱讀了全書，但不知為何，翻
查鄧氏的詩文作品後發現，除了〈試驗我國新製暗機大銅船追誌（有小引）〉
中曾引述《博物新編》的文字外，並未發現其他提及此書的隻字片語，在中
國廣蒐各種書籍，但卻沒有將《博物新編》重新出版或帶回國內的紀錄。筆
者推測，這是鄧氏所受的儒學教育所致，他雖然認為必須選派能人學習西方

〔註31〕 鄧輝𤐠：《鄧黃中詩抄・試驗我國新製暗機大銅船追誌（有小引）》，第八草，
　　　　葉16。
〔註32〕 合信，英國醫生兼傳教士，1816 年生於英國北安普敦郡的威弗德；1873 年卒
　　　　於英國倫敦。1839 年受倫敦布道會派遣攜眷來華傳教，曾於澳門、香港的醫
　　　　師行道會所主持的醫院行醫，1848 年，合信在廣州西關外金利埠開設了惠愛
　　　　醫館，主要協助病人戒除鴉片；收治病人無數，王韜稱讚他醫術高明，治病
　　　　「無不應手奏效」，因此贏得了當地人民的信賴，使惠愛醫館門庭若市，「合
　　　　信氏之名遂遍粵東人士之口」。他也有意向中國人介紹西醫知識；編譯了《博
　　　　物新編》和《全體新論》，並培養陳亞璜、陳亞泉、何敬文等中國助手協助行
　　　　醫，有良好成效。1857 年，第二次鴉片戰爭爆發，惠愛醫館被焚，合信避走
　　　　上海，旋即主持倫敦會在上海的仁濟醫館。在此期間，他以更大的熱情從事
　　　　譯述，與管嗣復合譯《西醫略論》、《婦嬰新說》和《內科新說》三種書。1858
　　　　年底，合信因健康原因離開上海，次年返回英國。
〔註33〕 《博物新編》共分三集，第一集為物理、化學及氣象知識，分為〈地氣論〉、
　　　　〈熱論〉、〈水質論〉、〈光論〉和〈電氣論〉數篇。其中〈地氣論〉介紹近代
　　　　化學知識，如氫氣、氧氣的製法，硫酸、硝酸和鹽酸的性質與製法等；〈水質
　　　　論〉介紹了元素理論，〈熱論〉篇中論述了蒸汽機的原理及其應用。第二集〈天
　　　　文論〉，介紹了哥白尼、牛頓學說，並提到 1846 年新發現的海王星；第三集
　　　　〈鳥獸論〉則是介紹世界各地的動物。

技術,但從根本上而言,他仍然認為儒學經典與兵書、農耕類書才是根本之道,因此不重視《博物新編》中的知識。

除了勘驗輪船之外,鄧輝㷸也在此時結識參將盧為霖〔註 34〕,盧氏不僅曾參與過戰爭,同時也在上海督辦火船十餘年,〔註 35〕在鄧氏前往廣東之時,盧氏亦正在廣東招募水勇,因而得以相識。鄧氏也趁機向盧氏討教武器的購買事宜,二人相談甚歡。臨別前,盧雨人送給鄧輝㷸一槙小影,鄧氏也回贈一把紈扇及一部千字文四體法帖。〔註 36〕

由此可見,鄧輝㷸在廣東的任務相當明確,他一方面勘驗輪船,見識西方新技術,另一方面有目的的結識中國友人,蒐集軍事及武器等相關資訊,以便回國之後能以具體的意見上書朝廷,抵抗法國的侵略。

回到越南之後,因見到香港及廣州貿易繁盛,鄧輝㷸本著「公私兼有利,國家增實力」、「物暢其流,此大道理不可忽視」〔註 37〕的思想,認為唯有發展經濟貿易才能使國家富強,因此上書朝廷,請求增設平準使司,負責國內外的貿易,提振經濟發展,但遭到保守勢力的反對,經過范富庶、阮廷嗣的斡旋,嗣德皇帝終於同意設立平準使司,〔註 38〕但只讓他實驗一段時間,若

〔註 34〕 盧為霖,字沛然,號雨人。性慧而好動,臨事有機智。年十九,隨應翔勦賊,力戰桂湘閩保千總,咸豐年間歷經多場戰役,皆大捷。同治元年,以肅清揚州功晉都司,調守瓜州要隘。十一月補川沙營都司,二年隨勦燕子磯等處,肅清江面復回川沙任攝參將,篆是秋,以傷疾作乞養,歸居二年,父命復出,旋陞任浙江寧波游擊,記名參將。時湖州賊眾新破分道四竄,為霖率眾逆擊敗之,進敗偽王洪仁政於石浦口,特授定海參將。七年隨勦捻匪亂平,回寧波游擊本任。光緒元年七月卒於鳳山營,次年四十一事聞贈總兵銜。為霖儒雅能詩,善畫墨梅,嘗有句云:自笑生平三樣癖,美人名士與梅花。性倜儻好遊,有壯遊圖冊,尤留心海防,手繪有中國沿海形勢圖一卷。節自《廣東省東莞縣志卷 72‧列傳》,民國十年鉛印本,成文出版社印行,頁 2784〜2786。

〔註 35〕 鄧輝㷸:《東南盡美錄‧贈參將盧雨人》,收入葛兆光、鄭克孟主編:《越南漢文燕行文獻集成(越南所藏編)》,第十八冊,頁 13。

〔註 36〕 鄧輝㷸:《東南盡美錄‧贈參將盧雨人》,頁 14。

〔註 37〕 (越)黎氏蘭著,于向東、林洋譯:〈鄧輝㷸〉,收入黃心川主編:《東方著名哲學家評傳:越南卷、猶太卷》,頁 287。

〔註 38〕 《大南實錄》記載:「(嗣德十九年五月)辦理戶部鄧輝㷸奏請設平準使司,且言經商末技而益國裕民乃是朝廷大政,期間節目繁多,必須語熟諸地方行政及一切去來要路乃能建議,可底于行,乃令前往察辦,因以輝著充領平準使司。」語見阮朝國史館編修:《大南實錄》第十六冊,卷 34,總頁 6413〜6414。

是成效不彰，就得裁撤。〔註39〕

　　鄧輝燸在河內設立平準使司，負責全國的財政，並借用私人的金錢投資，以公司的方式經營，頗有成效，但朝廷保守勢力以「不與民爭利」為由，加上鄧氏遭人密告過度購買北寧省的稻米，以致當地人民無糧可食，因此嗣德帝再度下令停止平準司的運作，鄧輝燸則再度被派往廣東公幹。〔註40〕

第二節　鄧輝燸的第二次廣東行

　　嗣德二十年（1867）六月，鄧輝燸再度改換清人裝扮從南定搭船前往廣東，但這次鄧氏一行人因受颱風影響，改由澳門登岸，進入廣東省界。這次使程，他依舊住在李茂瑞家中，但也許是公務繁忙，又遇颱風肆虐，鄧輝燸一抵達廣東便生了病，這場病讓他纏綿病榻足足達九個月之久，期間多次延醫救治，仍未見起色。但也因為這場病，讓他開始認真思考越南國勢，因此假托一位「野池先生」來訪，實則自述對國家未來的改革方案。在這篇〈病中得野池主人賜教詩以誌之有序〉中，鄧氏先從中越兩國的食衣住行等物質上的不同談起，然後再言中國的自強運動已有上海機器局負責建造戰船，向西方學習技術，並且設立同文館，延請西人傳授各種知識。然後再談日本、朝鮮兩國面對西方勢力時截然不同的應對，最後提出對越南的改革方案，言：

> 貴國（指越南）年前派人往港學習機技購辦輪船與選武生、設屯堡諸善事，所以自彊自治者，愚已窺見一斑。惟泰山不辭土壤，故能成其高；河海不擇細流，故能就其深，天下之恥，莫恥於不若人。……足下素有大志，貴國皇上派往外國歷閱江山，凡諸國自彊自治之道，散見於天津京報、廣州中外新聞七日，錄者無不收拾行囊悉以達諸宸聽，且以告諸大臣有可采者，采之涓埃雖小，亦足補海山之萬一。臣子之道，知無不言，忠之至也，若以越俎為嫌，區區會計只求什

〔註39〕陳德英山：〈嗣德朝鄧輝燸在廣東的兩次公務（1865 及 1867～1868）〉（Hai Chuyến Công vụ Quảng Đông của Đặng Huy Trứ dưới triều Tự Đức（1865 và 1867-1868）），《峴港社會經濟發展雜誌》（Phát triển Kinh tế- Xã hội Đà Nẵng）第 30 期（2012 年），頁 48。

〔註40〕陳德英山：〈嗣德朝鄧輝燸在廣東的兩次公務（1865 及 1867～1868）〉（Hai Chuyến Công vụ Quảng Đông của Đặng Huy Trứ dưới triều Tự Đức（1865 và 1867-1868）），《峴港社會經濟發展雜誌》（Phát triển Kinh tế- Xã hội Đà Nẵng）第 30 期（2012 年），頁 49。

一之力以塞吾責，恐非足下之所以為足下也。〔註41〕

在這篇文章中，鄧氏不僅收集東亞各國面對西方勢力的經驗，並且提出他認為最全面的越南改革方案，那就是「更新自強」，但可惜的是，越南朝廷並未採納他的建言。

因為這場病，使鄧輝𤏸在中國停留的時間長達一年半，除了繼續收集西方情報之外，也經由李茂瑞牽線，找上一個武器走私商，購買過山砲和子彈等新式武器〔註42〕；也結識了商人楊啟智〔註43〕，他為鄧氏找來了《康熙耕織圖》、《金湯借箸十二籌》等書，讓鄧氏能重新刊刻。

鄧輝𤏸在這次使程中，除了結識商人以便購買武器、刊刻書籍之外，也認識了幾位官場中人，如廣東巡撫蔣益澧〔註44〕，便是其中之一。鄧氏曾聽聞蔣益澧以武官轉任文職，並且治理得當，頗得民心。〔註45〕他藉唱和蔣氏的〈病中述懷〉表達對蔣益澧的推崇，也抒發自己初至廣東便纏綿病榻數月的心情。

另外還有曾經參與太平天國之役的張殿雄〔註46〕，鄧輝𤏸其實並未真的見到張殿雄，只是從友人蘇偉堂〔註47〕手中借閱過張殿雄的詩集，並且從中

〔註41〕 鄧輝𤏸：〈病中得野池主人賜教詩以誌之有序〉，收入鄧輝𤏸：《鄧黃中詩抄》，漢喃院圖書館藏本，編號：VHv.833/1-6，第十草，葉27。

〔註42〕 陳德英山：〈嗣德朝鄧輝𤏸在廣東的兩次公務（1865 及 1867～1868）〉（Hai Chuyến Công vụ Quảng Đông của Đặng Huy Trứ dưới triều Tự Đức（1865 và 1867-1868）），頁49。

〔註43〕 案：楊啟智，字慧卿，廣東南海縣人，正史上並未載其事蹟。

〔註44〕 蔣益澧（1833～1874），字薌泉，湖南湘鄉人，清朝湘軍人物，參與征討太平天國戰事，曾任浙江巡撫、廣東巡撫等官。參考《清史稿·列傳》，漢籍電子文獻資料庫，上網時間2015年12月30日。

〔註45〕 鄧輝𤏸：《鄧黃中詩抄》，漢喃院圖書館藏本，編號：VHv.833/1-6，第十草，葉26。

〔註46〕 張殿雄，字鑾坡，龍山人，弱冠從征江南。同治二年，隨大軍克復九洑洲，進圍金陵，以功授潮州黃岡協副將，履任後整頓營伍，壁壘一新。黃岡俗好械鬥，殿雄善為排解，爭立息，又捐廉設緝，捕治土匪，居民賴安，旋移鎮羅定。光緒十一年，兩廣總督張之洞奏劾殿雄委帶輪船勇不足額，以參將降補；初官黃岡時，蘇杭失陷，人心皇皇，餉源無着，大府開辦長江釐務令殿雄派兵船護送，商旅餉賴以集。性好文事，著有《鑾坡詩集》去黃岡日賦詩留別，一時和者頗眾，有《黃岡留別唱酬詩》一卷。語見〔民國〕周之貞修、周朝槐纂：《順德縣志24卷》順德縣志卷十九，民國十八年刻本。

〔註47〕 蘇娘，字偉堂，廣東人，在香港經商，鄧氏曾借居其家，兩人來往甚密，蘇氏曾為鄧氏《鄧黃中詩草》做序文。

挑選幾首詩歌唱和，鄧氏亦言：

> ……顧僕拙於詩，尤拙於和，何足以當此陽春高曲，念情深伐木不
> 敢以腹儉辭，輒弗自揣，僅摘統師轉戰長江得勝、克復南京、全師
> 奏捷、送春宮怨、水煙筒五首依韻相和，再題贈一首精繕成本賚交
> 蘇列兄，早因鴻便遞上轅門，希惟鑒正用，表紙上論。心雖不相見，
> 有如面談以寫。僕客中渴懷焉耳，幸而珠江捧節，天假奇逢，顧所
> 盼焉。〔註48〕

他認為以詩作應答，便如同見面一般。而從他所挑選唱和的詩作來看，
鄧氏特意選擇與太平天國戰役相關的詩作，除了讚揚張殿雄的軍功，表達對
於張殿雄軍職的推崇之外，其實也是從中獲取關於那場戰爭的訊息，可謂用
心良苦。

鄧輝燡於嗣德二十一年（1868）十二月回到越南，結束他第二次的廣東
使程。回國之後，鄧輝燡在河內創立「智中堂」印刷廠和「感孝堂」攝影館，
分別印製中國的新式兵書與引進新式攝影技術。〔註49〕

這兩趟使程，不僅讓鄧輝燡打開了眼界，也瞭解面對西方勢力的侵略，唯
有強化自身的國力方能對抗，但深受傳統儒家思想影響的鄧氏，認為只需要學
習西方技術和船堅炮利，發展越南的經濟便能成功抵抗侵略。雖然如此，但仍
受到越南朝廷中的保守勢力反對，最後鄧輝燡仍壯志未酬，病死於河內任上。

第三節　鄧輝燡在中國的交遊

鄧輝燡的兩次廣東使程結識了不少中國友人，除了前述的中國官員之外，
在《東南盡美錄》、《栢悅集》和《鄧黃中詩抄》中還可看見許多鄧氏與當地文
人或商人來往的紀錄。《栢悅集》乃是在越南家鄉的弟弟鄧輝燦在嗣德二十一
年的恩科中舉，讓遠在廣東的鄧輝燡十分欣喜，賦得一首七律傳示廣州諸友，
並言「關山萬里得此佳音，千古韻事也，無一言相慶耶？」〔註50〕因而獲得

〔註48〕鄧輝燡：《東南盡美錄》，收入《越南漢文燕行文獻集成（越南所藏編）》第十
　　　　八冊，頁24～25。

〔註49〕王嘉：〈淺析鄧輝著之革新思想〉，收入北京外國語大學亞非學院編：《亞非研
　　　　究》（第1輯）（北京：時事出版社，2007年10月），頁304。

〔註50〕鄧輝燡〈栢悅集序〉，見鄧輝燡編：《栢悅集》，漢喃院圖書館藏本，編號：A.2459，
　　　　頁1。

諸友響應，共有二十七首恭賀詩，鄧輝𤏇依照詩人所獲的功名順序排列，自
進士高學瀛到無功名的楊啟智，加上自賦的那首七律，編成《栢悅集》出版。

　　從身分上而言，鄧輝𤏇所來往的中國友人並不侷限在官場階層，他自己
也感嘆「卒不能與諸士夫同此樂」，只因「人臣義無外交也」〔註51〕。雖然如
此，他還是盡量與當地友人來往，從士大夫到商人，都是他的交往對象，他
也從中獲得各種商業或西方勢力的資訊，他所來往的對象依照不同的身分或
鄧氏與他們來往的目的不同，可分為姻親故舊、文人雅士、官場中人及商界
友人等四種類型，但彼此之間相互牽連，不能一以論之，但求行文方便，仍
以這四種類型分述之。

（一）姻親故舊

1. 李茂瑞

　　在鄧輝𤏇所來往的對象中，有一位堪稱是他在中國的橋梁，那就是越南
華僑李茂瑞，李茂瑞又名紹榮，其先祖為福建人，後來遷居廣東，之後又定
居越南中部的廣南省，成為越南人口中的明鄉人。其父李泰鵠有越南官職，
任行人司謹信司主事，〔註52〕李茂瑞雖未任官職，但個性豪爽，與許多越南
名臣都有往來，如魏克循〔註53〕、范富庶、阮祥溥〔註54〕等等。鄧輝𤏇曾於

〔註51〕鄧輝𤏇：《東南盡美錄》序文，收入《越南漢文燕行文獻集成》第十八冊，頁7。
〔註52〕鄧輝𤏇〈乙丑七夕適到粵李紹榮座上蘇心畬題贈〉序言，見鄧輝𤏇：《東南盡
　　　美錄》，收入《越南漢文燕行文獻集成（越南所藏編）》第十八冊，頁10。案：
　　　《大南實錄》曾言：「紹治七年正月，以行人司八品行人李泰陞補謹信司額外
　　　主事，仍領行人司。泰廣南清商，累派如東採買得力，故有是命。」（《大南
　　　實錄》正編第三紀卷64，第十四冊，總頁5568），李泰與李泰鵠是否為同一
　　　人仍待查證之。
〔註53〕魏克循（Nguy Khắc Tuần，1799～1854），字善甫，河靜省宜春縣春員社人。
　　　阮聖祖明命二年（1821）辛巳科舉人，明命七年（1826）丙戌科第三甲同進
　　　士出身。先生曾任：布政使、巡撫、總督、後升任戶部尚書。嗣德七年病逝，
　　　追贈協辦大學士。著有《魏公善甫詩集》、《春園詩集》等。語見（越）鄭克
　　　孟主編：《越南漢喃作家名號》（河內：社會科學出版社，2012年12月），頁
　　　465。
〔註54〕阮祥溥（Nguyễn Tường Phổ，1807～1856），字廣叔，一字希仁，號恕齋，廣
　　　南省奠盤府延福縣沾河總府錦鋪社人（今廣南省先福縣）。阮憲祖紹治元年
　　　（1841）辛丑科舉人，並於紹治二年（1842）考中壬寅科第三甲同進士出身。
　　　先生曾任：翰林院編修、弘安知府、新安知府、奠盤教授，後升任廣南督學。
　　　著有《恕齋詩集》（今未見）。見（越）鄭克孟主編：《越南漢喃作家名號》（河
　　　內：社會科學出版社，2012年12月），頁483～484。

「己酉秋（嗣德二年，1849）館其家」，教導李茂瑞的兒子、弟弟跟姪子，因此建立起忘年之交〔註55〕。他稱李茂瑞為契兄，〔註56〕二人是否真有義結金蘭之舉尚不得而知，但兩人交情深厚是可以確定的。鄧輝燧曾在《東南盡美錄》中言：

> 余與紹榮相友善二十有一稔，於茲，余奉差到粵，人地生疎，公私
>
> 事無大小一以委之，悉就緒。〔註57〕

一個可以「公私事無大小一以委之」的朋友，不難看出他們之間的情誼。李茂瑞不只幫鄧輝燧介紹中國友人如蘇道芳、梁介南、湯雉山與湯警盤父子，還將庶母的義女黃氏嫁給鄧輝燧當小妾，並且在鄧氏隨使團回國時短暫地幫她照顧黃氏母子，再送她們搭自己的船回到越南。

2. 潘樹標兄弟

潘海士、潘乾士、潘樹標三人為叔姪，是鄧輝燧第十六名小妾，潘佩環的家人，鄧氏在〈恭進潘家祠堂〉的序文中詳細交代了潘氏家族的族譜，言：

> 潘家廣東南海縣河清鄉大族，我第十六姚姬佩環潘氏珊父族也，是
> 族原籍江南，遠祖天祿公登宋紹熙進士，嘉定初服官廣南，其子拔
> 茹公偕男其昌隨侍，其昌字茂基，號有盛，先是宋室，為金人所弱，
> 元人亦稱帝於幹難河，有盛知有禍亂，見粵地險僻，干戈鮮及，欲
> 家焉。嘉定四年天祿公致仕，同拔茹公還籍，有盛寓粵。未幾，元
> 滅金勢益盛，度中原不可支，擇地於南海之河清鄉而隱焉，子子孫
> 孫日就蕃衍約五千餘人，更二十一傳。至天錫字翰典號福山始南往
> 居河內庸清河村，屬壽昌縣。子七，長曰國士字碧華，二曰賢士字
> 達華，三曰明士字智華，四曰朝士字宣華，五曰貴士字培華，六曰
> 海士字裕華，七曰乾士字利華。達華、智華、培華蓋我南國婦陳氏

〔註55〕案：鄧輝燧曾於嗣德二十一年新年所寫的詩〈新年題贈李紹榮〉中言：「君紹榮六十有二，我黃中四十有四。」可知二人年紀差了十八歲，堪稱忘年之交。（鄧輝燧：《東南盡美錄》，收入《越南漢文燕行文獻集成（越南所藏編）》第十八冊，頁62。

〔註56〕鄧輝燧：《鄧黃中詩抄·李紹榮兄寄贈牡丹二盆因誌佳祝（有小解）》，漢喃院圖書館藏本，編號：VHv.833/1-6，第七草，葉33。

〔註57〕鄧輝燧：《東南盡美錄》，收入《越南漢文燕行文獻集成（越南所藏編）》第十八冊，頁59。

所出也，達華號潛菴，姚姬其第四女也，男六，今存者長曰樹標，字紀照，乃東人何氏所生，六曰樹格，字誠照，乃我南人鄧氏所生，姚姬同母兄也。姚姬以丙寅冬十一月歸於我，丁卯冬十月舉第十三女。〔註58〕

潘氏家族的遷徙過程如同廣大越南華人的遷移，從江浙地區一路往南，先停留在廣東，之後再南遷至越南。而潘氏一族也常與當地越南人通婚，從鄧輝㷒的紀錄中就可以發現，他的岳父潘達華和小妾潘佩環其實都是中越混血兒，都是「南國婦」所生；而在鄧氏的詩文集之中，有關潘氏家族的詩作多為祝賀詩或題贈詩，如〈贈潘六郎樹格自東來〉〔註59〕、〈賀潘六郎新婚〉、〈帶阮和合賀潘六郎新婚〉、〈代官店列弇賀潘六郎新婚〉〔註60〕等，潘六郎為潘佩環的哥哥樹格，在廣東鄧氏並未與他相見，只見到他的兄長跟伯父；而在《栢悅集》中所收錄潘海士、潘乾士以及潘樹標對於鄧輝㷒弟弟鄧輝燦中舉的祝賀詩中看來，潘氏家族雖未任官職，但仍以詩書傳家，並未偏廢：

潘裕和（海士南海縣人第十六姚姬潘佩環第六叔）
御屏山上壽星高，濟美君家有鳳毛。唐榜姓名題淡墨，堯樽涓滴沐恩膏。蟾宮攀桂英年富，牛渚浮槎客思豪。天為國家多一士，生靈疴癢共爬搔。〔註61〕

潘利和（乾士潘姚姬第七叔）
奎斗精英聚一堂，大家機杼大文章。四旬聖節山河壽，第九文魁姓字香。喜見錦衣榮故里，佇看牙笏滿書床。願將忠孝交相勉，語錄皇恩日月長。〔註62〕

潘紀照（樹標潘姚姬嫡兄）
武鄉文里接芳鄰，奕葉簪纓代有人。文運偶然逢聖節，世科今復出

〔註58〕鄧輝㷒：《東南盡美錄》，收入《越南漢文燕行文獻集成（越南所藏編）》第十八冊，頁81。
〔註59〕鄧輝㷒：《鄧黃中詩抄》，漢喃院圖書館藏本，編號：VHv.833/1-6，第九草，葉8。
〔註60〕鄧輝㷒：《鄧黃中詩抄》，漢喃院圖書館藏本，編號：VHv.833/1-6，第九草，葉68。
〔註61〕鄧輝㷒編著：《栢悅集》，漢喃院圖書館藏本，編號：A.2459，頁12b～13a。
〔註62〕鄧輝㷒編著：《栢悅集》，漢喃院圖書館藏本，編號：A.2459，頁13b～13b。

儒珍。季方不是難為弟，王國何妨利用賓。棠萼相輝堪志喜，莫嫌
書劍老風塵。〔註63〕

這三首賀詩雖然文采不出眾，用典也不多，但整體中規中矩，可以看出
潘家詩書傳家的風氣。

（二）文人雅士

在嗣德十八年李茂瑞家的七夕宴會上，鄧輝燇同時認識了蘇道芳、梁介
南、湯雉山與湯警盤父子，其中蘇、梁二人與鄧輝燇的來往紀錄較多，湯氏父
子的紀錄較少，來往的情誼如何，只能藉由有限的資料一一爬梳。

蘇道芳，字心畬，番禺縣人，在廣東省的地方志上不見其姓名，只知他
為道光庚戌科秀才〔註64〕，與晚清嶺南著名畫家居廉有詩畫往來，曾為《瑤
溪二十四景詩》作序，並撰有《蘇味菴詩集》二卷。〔註65〕當蘇道芳「得晤
鄧使君……茶話間，聞悉君為安南碩彥」，鄧氏還「出其著作見示」，蘇氏「讀
之粲然」，說他「井然具有法則」，〔註66〕並且賦詩相贈，言：

珠海星輝七夕秋，皇華初駐日南舟。此行定載支機石，爭說當年博
望侯。〔註67〕

蘇道芳把鄧氏比作漢代出使西域的張騫，認為他這次到廣東的使程就像張騫
一樣，能為國立下功勞，留載史冊。鄧氏也做詩相和：

南來使節入新秋，萬里重洋一葉舟。獨此良宵逢上客，卻憐李廣不
封侯（蘇有才學，未領鹿鳴宴）。〔註68〕

雖然是第一次見面，鄧氏亦欽佩蘇道芳的才學，為後者未能科舉中第而
感到遺憾。之後當鄧輝燇於嗣德二十年再度前往廣東時，依然保有跟蘇道芳
的情誼，鄧氏的弟弟輝燦考中舉人時，蘇道芳還應邀賦詩祝賀。不僅如此，
鄧輝燇將第一次使程在廣東得到中國的《二十四孝》，回國加工成《四十八孝

〔註63〕鄧輝燇編著：《栢悅集》，漢喃院圖書館藏本，編號：A.2459，頁 13b～14a。

〔註64〕鄧輝燇編：《栢悅集》，越南漢喃研究院圖書館藏本，編號：A.2459，頁 3。

〔註65〕李標福：〈寓粵使臣鄧輝燇與清人之交誼及其他〉，《五邑大學學報》（社會科
學版）第 17 卷第 2 期（2015 年 2 月），頁 29。

〔註66〕鄧輝燇：《東南盡美錄》，收入《越南漢文燕行文獻集成（越南所藏編）》第十
八冊，頁 44。

〔註67〕同上註，頁 12。

〔註68〕鄧輝燇：《東南盡美錄》，收入《越南漢文燕行文獻集成（越南所藏編）》第十
八冊，頁 13。

詩畫》〔註69〕後，回到廣東委託梁惠存刻印成冊，也送了蘇道芳一本。蘇氏
讚許《四十八孝詩畫》比他在坊間所購得的《日本米庵書畫譜冊》還要精美，
「殊覺文藝猶為末技耳」！這也使得蘇道芳本來本著「人臣無外交」的心態，
不願與鄧氏來往，但經過這本講究孝道的書籍，讓蘇道芳了解鄧輝煋「其志
念大可敬」〔註70〕，因而保有兩人的情誼。

　　梁介南，字晉望，跟蘇道芳一樣都是番禺縣人，並同為道光庚戌科的秀才，
此時的梁氏正在李茂瑞家中教書，也許是同樣曾是李家的教師，鄧輝煋與梁介
南的來往更多，情誼也更深。一開始，梁介南同樣因為鄧氏的外國身分而「不
敢晉接」，但鄧氏多次主動接觸，使得二人「握手訂交，朝夕款洽」，後來鄧輝
煋在嗣德十九年完成任務後回國，梁氏因而有「河梁攜手，黯然久之，以為儔
侶之懽不可復觀矣」感嘆，幸而鄧氏於嗣德二十年再度前往廣東公幹，當時梁
氏依舊館於李家，聽聞鄧輝煋再度到廣東的消息，梁介南非常高興，因此交往
亦甚，「敘寒暄、談契闊，跌宕圖書之府，優游詩酒之場，相得益親，情深曩往，
友生之樂，古今人果不相及哉」。可惜鄧氏一年半之後再度離粵，臨行前向梁介
南索言相贈，梁氏只有發出「歲月不居，流光如矢行矣。鄧君一別，萬里其後
會更在何日也」的感嘆，在此之後的《鄧黃中詩集》中亦無與梁氏的往來詩文，
兩人的情誼便因此受到空間的限制，難以再續了。〔註71〕

　　湯雉山，廣東人，因曾住在李茂瑞家而與鄧輝煋相識，其長子警盤為廩
生，父子二人皆能詩文，但未有功名在身，在《東南盡美錄》中可見鄧輝煋應
和湯氏父子的詩，言：

> 夜燕湯雉山佳次謝原韻（湯廣東人，曾住李茂瑞家，因與余相識）
> 寶珠江上略知津，擬得凌波洗襪塵。今夕更抽燈蕊話，此君曾許杏
> 花鄰。重陽節近翁招客，兩姓歡成婦燕賓（是夕有員外郎阮子高、
> 李茂瑞、盧雨人同余赴燕，湯命其子二郎出新婦拜見，且以茶酒為

〔註69〕案：《四十八孝詩畫》乃是鄧輝煋據中國文人朱考亭、朱月槎所著同名書《二
　　　十四孝》編撰而成，關於本書的版本與考證可見許端容：〈河內漢喃研究院藏
　　　《四十八孝詩畫全集》考辨〉，華崗文科學報第22期（1998年6月），頁105
　　　～122。
〔註70〕鄧輝煋：《東南盡美錄》，收入《越南漢文燕行文獻集成（越南所藏編）》第十
　　　八冊，頁45。
〔註71〕本段關於梁介南的引文皆引自〈梁介南贈別〉，語見鄧輝煋：《東南盡美錄》，
　　　收入《越南漢文燕行文獻集成（越南所藏編）》第十八冊，頁46～47。

禮）。聲氣相投惟道味，淡交儘勝酒千巡。

次廩生湯警盤原韻二首（警盤雉山之長子，原韻今無可考）

君家詩禮舊門庭，翁喜召賓幕不扃。道味嚼餘忘酒味，客興臨處聚
文星。一山橋梓推材品，四壁圖書列錦屏。我獨風塵忙應答，愧無
臣力壯王靈。

髮未寧雙眼未花，吾生此地亦中華。茶烹菊圃香盈袖（菊圃在河北
亦五羊一勝景），纓濯珠江水見沙。因畏簡書仍作客，豫為來路暫成
家。知君素抱英雄志，肯向羊城一奏笳。〔註72〕

從這幾首詩看來，鄧輝燈與湯氏父子更偏向泛泛之交，除了這幾首應和詩之
外，並未找到其他紀錄，從鄧氏應答湯警盤的詩中更可以發現，鄧氏理解湯
警盤的鬱鬱不得志，也期待他能一展抱負，像是一個兄長對於後輩的鼓勵。

（三）商界友人

在廣東期間，鄧輝燈最常來往的對象便是商界朋友，從買書、刻書到購
買攝影器材、武器等等，都必須仰賴廣東的商賈協助，而這些朋友之中，留
下詩作紀錄的便有蘇偉堂、梁惠存家族、呂廷輝、黎華甫、楊啟智和葉棣新
等人，以下分述之。

1. 蘇烺、羅堯衢

蘇烺，字偉堂，廣東人，因為在香港開了一片店鋪，在鄧輝燈第一次抵達
廣東時，曾在香港借住蘇偉堂處，兩人相談甚歡，交情益深。鄧輝燈在《鄧黃
中詩抄》付印之時，還託蘇偉堂作序，在序文之中，蘇氏將鄧氏比作杜甫跟
李白，言：

乙丑歲秋日，先生以事來粵，余得與把襟於羊城旅次，詩酒言志，
相得甚歡。暇日出其詩集微序於余，余朗誦一週，覺司契因心，鍊
剛繞指，清新雋逸，美不勝收。期間山川之涉歷，風土之揄揚，出
入風議之雍容，民生國計之籌畫，一一見於吟詠，故抒忠敏則等於
杜工部，寫性靈則比於白香山，而筆致之圓熟，則擬諸宜僚之弄丸，
公孫之舞劍不是過也。〔註73〕

〔註72〕鄧輝燈：《東南盡美錄》，收入《越南漢文燕行文獻集成（越南所藏編）》第十
八冊，頁16～17。

〔註73〕鄧輝燈：《東南盡美錄》，收入《越南漢文燕行文獻集成（越南所藏編）》第十
八冊，頁42。

蘇偉堂的讚美雖然有點言過其實，但從中可看出蘇氏對鄧輝燡一介越使卻能有如此高的文學造詣，是相當佩服的。

羅堯衢為蘇偉堂的蒙師，同樣也是廣東人，經蘇偉堂介紹認識鄧輝燡，羅堯衢說跟鄧輝燡是「半年聚首說江山」，當時的中國亦處於動盪不安的時代，兩人同樣為國憂心，因而亦是相談甚歡。蘇偉堂曾將《鄧黃中詩抄》借給羅堯衢讀，羅氏讀之，讚美鄧輝燡有「江郎筆」，與蘇氏同樣讚賞鄧氏的才華。

2. 梁惠存家族、呂廷輝、黎華甫

梁惠存，根據鄧輝燡的紀錄，他是南海縣佛山鎮人，有一間書店名為「拾芥園」，鄧輝燡時常前往採購書籍，但實際上購買了那些圖書我們不得而知；而正因為梁氏為佛山鎮人，清代的佛山刻書業十分發達，越南有許多圖書都是在佛山刻印之後送回越南販售，〔註 74〕因此當鄧輝燡認識了梁惠存之後，便託他幫忙刻印書籍，因此他說：

> 余赴粵曾以《鄧黃中詩抄》、《四十八孝詩畫》、《辭受要規》、《鄧惕
> 齋言行錄》、《栢悅集》諸部書付梓，皆出於惠存一人之手。〔註 75〕

這幾本書除了《鄧惕齋言行錄》為鄧輝燡整理父親鄧文重的作品之外，其餘皆為鄧輝燡所撰或重新改編。鄧氏託梁惠存在中國刻印圖書，除了當時中國的印刷業較越南發達並且便宜之外，能就近在中國贈送給中國友人也是鄧氏的考量之一。除了梁惠存之外，梁氏的叔叔梁宜勉〔註 76〕也與鄧輝燡有所來往，但情誼不深。

呂廷輝和黎華甫二人跟梁惠存一樣都是廣東商人，呂廷輝為崑美行的主事，曾往來越南廣東兩地之間二十餘年，因此可以推斷呂廷輝可能主要從事兩地貿易，黎華甫則「素業織」，他曾言：

> （小號）黎倫福與貴國交易數十年於茲矣，公使來粵皆蒙枉顧，然
> 賓主之情素未洽也。同治六年歲次丁卯，吾鄧公到粵公餘過訪，相
> 見恨晚，旋以寶石珍珠囑售，深蒙允許，以僕為萬金可託之人，賜

〔註 74〕劉玉珺曾專文研究越南書籍在中國的刻印本，詳見劉玉珺：《越南漢喃古籍的文獻學研究》（北京：中華書局，2007 年 7 月），頁 124～128。

〔註 75〕鄧輝燡：〈拾芥園梁惠存（南海佛山鎮人，五雲樓梁逸堂從弟）書贈〉小注，見鄧輝燡：《東南盡美錄》，收入《越南漢文燕行文獻集成（越南所藏編）》第十八冊，頁 38。

〔註 76〕梁宜勉，字荔圃，監生，軍功六品頂戴奉政大夫。語見鄧輝燡：《東南盡美錄》，收入《越南漢文燕行文獻集成（越南所藏編）》第十八冊，頁 64。

　　匾額曰：忘年忘形。〔註77〕

黎氏很可能也是往來兩地的貿易商人，越南使節都會託他代為選購貨物，因此與使節的交情都很好，這同樣也發生在鄧輝㷫身上，鄧氏託其代為銷售寶石珍珠，變換現金，藉以購買所需的貨品。

3. 楊啟智

　　楊啟智字慧卿，廣東南海縣人，正史上並未記載他的生平，但從鄧輝㷫的紀錄中可以發現，他曾為鄧氏採辦新式攝影器材，〔註78〕讓鄧氏得以回國開設感孝堂相館；並且將家藏的《康熙御題耕織圖》轉送給鄧輝㷫，令鄧氏十分感動，回國之後還曾出示給越南友人品評，這也是另一種中越文化的交流了。

　　從上看來，鄧輝㷫在結識中國友人時，乃是有意識地結交，他為了不同的目的性而結交不同的朋友，只為了能夠獲得更多資訊。而這些中國友人，也以誠相交，除了詩文的交流之外，貿易上的往來和戰爭資訊的交換，都成為鄧氏與中國友人的談資，也讓他們建立了不一般的交情。

　　但面對「人臣無外交」的限制，鄧輝㷫仍然無法突破，結識更上層階級的中國官員或文人，只能依靠熟人的牽線而結識地方文人及商賈，這是較為可惜之處。

小結

　　鄧輝㷫在廣東的兩次出使，除了順利完成嗣德皇帝所交代的任務之外，也讓他打開了眼界，認為唯有在經濟、技術上強化國家，才能抵抗西方勢力的侵略。但這樣的革新思想並不為當時的越南朝廷所重，因此鄧氏鬱鬱而終，無法再為國家盡一份心力。但他這樣的革新思想吸引了越南的改革派，而後阮長祚、潘佩珠等改革家更進一步地將技術革新過渡到思想革新，而有後來的越南獨立運動。

　　而有目的地結識中國當地官員及商賈，也讓鄧輝㷫得以更精確地掌握情報及便利地購買所需的物品，而這些在正史上未能留下紀錄的地方商人，則

〔註77〕黎華甫：〈贈別〉序，見鄧輝㷫：《東南盡美錄》，收入《越南漢文燕行文獻集成（越南所藏編）》第十八冊，頁37。

〔註78〕鄧輝㷫：《鄧黃中詩抄‧題清漣氏小照二首》小引，漢喃院圖書館藏本，編號：VHv.833/1-6，第十二草，葉80。

藉由一個外來的使節的紀錄，在歷史的洪流中留下些許身影。

　　總之，鄧輝𤏸的廣東之行對越南、對鄧輝𤏸本身都具有相當的意義，研究越南使節的使程紀錄，不僅可以幫助我們理解中越關係，使節本身的交遊對象也成為文化交流的重鎮。

第六章　最後的使節——阮述《往津日記》中的廣東書寫

　　嗣德三十三年（光緒六年，1880 年），嗣德皇帝派阮述（Nguyễn Thuật，1842〜1911）、陳慶洊（Trần Khánh Tiến，？〜？）前往清國歲貢，行前嗣德皇帝「製詩並遠行歌，御書以賜之」，雖是例行歲貢，但從嗣德帝的舉動來看，可見他對此行的重視。因為當時越南北部「清匪未靜」，嗣德帝趁貢使之便，囑阮述轉交國書給廣西巡撫，請求中國派兵協助剿匪，李鴻章派出劉永福、唐景崧協助越南穩定情勢，阮述順利完成任務，並於嗣德三十五年（光緒八年，1882 年）四月回國述職，但在同年三月，法軍李葹利（Henri Laurent Rivière，1827〜1883）〔註 1〕軍隊攻佔河內，清廷再度派遣唐景崧前往越南了解情況。而在阮述二次奉命赴華以前，清方原則上已同意越南派專員長駐燕京，以便與總理衙門經常連絡，並同意協助越南派官員前往歐、美、日本各國考察。不過對於越方欲派領事入駐廣州，則清方未予明白答覆。〔註 2〕

　　唐景崧在《請纓日記》光緒八年（1882）十二月七日的日記中則提及嗣德帝派陳叔訒（禮部侍郎兼機密院）、阮述（內閣參知）來見當時正在富春（即順化）的他，並稱：「據云：派出阮述齎國書三本，隨馬大使赴廣東投遞，一呈臺轅，一祈轉咨禮部題奏，一祈轉達合肥傅相。」〔註 3〕因此阮述在八個月

〔註 1〕李葹利（Henri Laurent Rivière，1827〜1883），又譯李威利、李維業，法國軍官。

〔註 2〕（越）阮述撰，陳荊和編註：《阮述《往津日記》》，香港：香港中文大學，1980年，頁 9。

〔註 3〕唐景崧：《請纓日記》卷一，北京：線裝書局出版發行，2012 年，頁 20。

後再度前往中國，並寫下《往津日記》記錄了這段旅程。而在《越南漢文燕行文獻集成（越南所藏）》中，同樣有一部署名為阮述跟范慎遹（Phạm Thận Duật，1825～1885）所作的《建福元年往津日記》，陳益源先生曾為文言及，此二部書雖然記錄同樣的旅程，但內容繁簡不一，〔註4〕《建福元年往津日記》是呈給官方的使節紀錄，只需記錄行程與所見的人事物，而《往津日記》卻是阮述個人為這趟使程所寫下的筆記，因此更多了個人情感上的描述，本章以《往津日記》為主，《建福元年往津日記》為輔，試圖追索阮述在這趟使程中，對於廣東及香港的書寫，以及他在廣東所見的人事物，試圖描繪十九世紀末，一位越南使節眼中的廣東與香港。

在文獻研究上，由於陳荊和先生早在1980年代便出版了阮述的《往津日記》，比起其他越南使節文獻而言較受關注，如陳三井、孫宏年、王志強都曾為文研究，陳三井最先關注到阮述《往津日記》在歷史上的價值，從文獻學與歷史學上剖析《往津日記》在近代史研究上的地位，〔註5〕之後更關注阮述在中國的交遊，介紹阮述與中國新派人物的接觸；〔註6〕孫宏年則是從《往津日記中》看阮述面對西方事務的觀點切入，討論阮述《往津日記》中的新式事務書寫；〔註7〕王志強則連續寫了一系列的文章，從文獻學、文學及史學三種角度剖析《往津日記》一書，〔註8〕並且討論中法越三國的外交情形。王氏

〔註4〕陳益源師：〈清代越南使節於中國廣東的文學活動——兼為《越南漢文燕行文獻集成》進行補充〉，《嶺南學報》復刊第六輯，上海：上海古籍出版社，2016年7月，頁272。

〔註5〕陳三井：〈阮述《往津日記》在近代史研究上的價值〉，《國立臺灣師範大學歷史學報》第十八期，1990年6月，頁231～244。

〔註6〕陳三井：〈中法戰爭前夕越南使節研究：以阮述為例之討論〉，收入許文堂主編，《越南、中國與臺灣關係的轉變》，中央研究院東南亞區域研究計劃，民國90年12月，頁63～76。

〔註7〕孫宏年：〈阮述：悲壯使命中的優雅使者〉，《世界知識》，2010年第6期，頁66～67。

〔註8〕王志強關於阮述的系列文章有王志強：〈越南漢籍《往津日記》及其史料價值評介〉，《東南亞縱橫》，2010年第12期，頁71～74；王志強：〈越南漢籍《阮述〈往津日記〉》與《建福元年如清日程》的比較〉，《東南亞縱橫》，2012年第12期，頁56～59；王志強：〈從越南漢籍《往津日記》看晚清中越文化交流〉，《蘭臺世界》，2013年第3期，頁31～32；王志強：〈李鴻章與清代最後的越南來華使節〉，《蘭臺世界》，2013年第6期，頁67～68；王志強、權赫秀：〈從1883年越南遣使來華看中越宗藩關係的終結〉，《史林》，2011第2期，頁85～92。

並且於 2013 年出版專書《李鴻章與越南問題（1881～1886）》，從李鴻章對越南問題的認識和政策視角來考察中國與越南朝貢關係的終結過程，並關注中國、越南及法國在上述終結過程中的互動與博弈，試圖從東亞朝貢關係體制乃至中越宗藩關係的內部視角來解讀中越宗藩關係的變遷與終結，就是將中越關係史研究、中法關係史研究、李鴻章研究及近代中國對外關係史研究成功地整合為一個獨立的研究主題。〔註 9〕這幾篇前人的研究都提及了阮述在中國的交遊，但並未深入研究；而香港與廣東在這場使程中又在這位越南使節眼中留下了什麼印象，是本文所著重的方向，本文將從阮述的《往津日記》與他和范慎遹共同掛名的《建福元年如清日程》為本，討論香港及廣東在越南使節眼中的印象，並且論及他們與廣東文人的交遊情形。

第一節　《往津日記》與《建福元年如清日程》之異

嗣德三十五年（光緒八年，1882 年）十二月八日，阮述與范慎遹所組成的使團因中越政府針對法國入侵越南問題而被派往中國，以備李鴻章與法國駐華公使寶海談判時諮詢並且與中國商議法國問題。〔註 10〕關於這件事，除了中越雙方的史書都有記載之外，在李鴻章個人的文集中也有相關紀錄，言李鴻章致函兩廣總督曾國荃，傳諭在越南辦理招商局事務的局員唐廷庚：

> 商同越南派明幹大官一二人，於正杪來華備問。〔註 11〕

因此在《大南實錄》中如此記載：

> （嗣德）三十五年十二月，命刑部尚書范慎遹充欽差大臣，侍郎加參知銜阮述副之，往清國天津公幹，辦理戶部阮顥充欽派往廣東以遞信報。自河城有事，我經遺書東督裕（名寬）、曾（名國荃）祈為妥料，至是曾都委招商局唐廷庚、省屬馬復賁、周炳麟等同燕派唐景崧（主事進士出身，奉密旨來我國探察）來問現情並商應辦事（有云力征未見有餘理論或可排解）經派述充欽差偕清官往呈東督，祈

〔註 9〕王志強：《李鴻章與越南問題（1881～1886）》，廣州：暨南大學出版社，2013年 3 月，卷首介紹語。

〔註 10〕（越）阮述撰，陳荊和編註：《阮述《往津日記》》，香港：香港中文大學，1980年，頁 19。

〔註 11〕〈致總署　述越南往還文牘〉，光緒八年十二月二十三日，收入顧廷龍、戴逸主編：《李鴻章全集》，合肥：安徽教育出版社，2008 年，卷 33，頁 205。

為轉達，尋接李伯相電音，邀我國大臣二三人往天津詢問，並商議
法國之事，乃命慎遹等奉國書以行。〔註12〕

《光緒實錄》所述較為簡略，言：

署北洋通商大臣李鴻章奏，近聞法國外部易人，頓翻前議，並有將
該使寶海撤回之信，是越事會議無期。惟越南陪臣范慎遹、阮述已
來天津，亦可藉以查詢該國情實，已密商張樹聲相機因應。並將越
南國王咨函鈔送總理各國事務衙門查覈。〔註13〕

從這段引文可以知道，阮述與范慎遹二人之所以能前往中國，李鴻章的
態度很重要，1882 年 11 月，李鴻章派馬建忠與寶海商討越南事宜，清總理衙
門在得知訊息後，對此持正面態度。〔註14〕並且在 12 月 13 號發文照會寶海，
云：「本衙門查應議各條，均須俟兩國派定大員後，並應由越南國王遣派大員
三面會商，斟酌妥議。」〔註15〕但法國對於越南參加會談有所疑慮，認為「屬
邦未便會商」〔註16〕，中法兩國對於越南是否參加會談有不同的意見，因此
李鴻章在 12 月 27 日發函清總理衙門言：「至越員會商，在我國故無此體制，
在彼亦未必甘心，今若與說明帶同備問，似可兼顧越南一面。」〔註17〕李鴻
章將「三國共同會商」改成「帶同備問」，使法國同意中法談判時越南可以在
場。因此促成了阮述及范慎遹的出使。

這趟使程經過，我們可以從阮述的《往津日記》、阮述與范慎遹共同署名
的《建福元年如清日程》及《往使天津日記》〔註18〕中得知。根據許文堂〈范
慎遹《如清日程》題解〉〔註19〕的分析，《建福元年如清日程》共 126 頁，《往
使天津日記》只有 112 頁，雖然頁數不同，但其文字內容一致，只有字體大
小略有不同，而且《建福元年如清日程》還附有上海租界、香港跟天津三幅

〔註12〕《大南實錄正編第四紀》，卷六十八，嗣德三十五年十二月。
〔註13〕《光緒實錄》，北京：中華書局，2001 年，卷 160，頁 8。
〔註14〕王志強：〈李鴻章與清代最後的越南來華使節〉，《蘭臺世界》2013 年第 6 期，
　　　　頁 67。
〔註15〕郭廷以、王聿均主編：《中法越南交涉檔》，臺北：中央研究院近代史研究所，
　　　　1962 年，頁 10。
〔註16〕顧廷龍、戴逸主編：《李鴻章全集》，合肥：安徽教育出版社，2008 年，卷 33，
　　　　頁 201～202。
〔註17〕顧廷龍、戴逸主編：《李鴻章全集》，卷 33，頁 191。
〔註18〕《往使天津日記》，抄本，越南翰林院所屬漢喃研究所圖書館藏編號：A.1471。
〔註19〕許文堂：〈范慎遹《如清日程》題解〉，《亞太研究通訊》第 18 期，2002 年 12
　　　　月，頁 24～27。

簡圖，所以頁數稍多。〔註20〕阮述的《往津日記》抄本由法國的戴密微（P. Demiéville）於 1920 年代在河內發現孤本，之後由陳荊和於 1980 年整理出版，《建福元年如清日程》與《往使天津日記》的抄本皆存於漢喃研究院圖書館，2010 年上海復旦大學與越南漢喃研究院合作編輯《越南漢文燕行文獻集成（越南所藏編）》時，以《建福元年如清日程》為底本印刷出版；〔註21〕《往使天津日記》仍只有抄本存於漢喃院，並未印刷成冊。

　　而阮述的《往津日記》與《建福元年如清日程》無論是在內容、作者及所記的日程時間則大有不同之處，王志強從作者、版本及內容三個部分做了比較，〔註22〕以王文為基礎，筆者整理如下表：

	往津日記	建福元年如清日程
作者	阮述	范慎遹、阮述
版本	戴密微 1920 年代於河內所見孤本〔註23〕，後由陳荊和於 1980 年校對出版，書首有葦野老人序。	抄本存於越南漢喃研究所圖書館，館藏編號 A.929；後於 2010 年全文影印出版。
文體	日記體	日記體
類型	第一人稱私人日記	第三人稱官方紀錄
記錄期間	自嗣德三十五年十二月初八日（1883 年 1 月 16 日）至建福元年十二月廿九日（1884 年 1 月 26 日），共計 375 日，有紀錄者 325 日。	自嗣德三十五年十二月廿一日（1883 年 1 月 29 日）至建福元年十二月廿九日（1884 年 1 月 26 日），共計 362 日，有紀錄者 246 日。

〔註20〕許文堂：〈范慎遹《如清日程》題解〉，《亞太研究通訊》第 18 期，2002 年 12 月，頁 25。

〔註21〕范慎遹、阮述：《建福元年如清日程》，收入葛兆光、鄭克孟主編：《越南漢文燕行文獻集成》（越南所藏編）（上海：復旦大學出版社，2010 年）第 23 冊，頁 171～302。

〔註22〕王志強：〈越南漢籍《阮述〈往津日記〉》與《建福元年如清日程》的比較〉，《東南亞縱橫》2012 年第 12 期，頁 56～59。

〔註23〕龔敏曾為文〈阮述《往津日記》引發的學術因緣——以香港大學饒宗頤館藏戴密微、饒宗頤往來書信為中心〉中提及戴密微於 1920～1924 年間在河內的法國遠東學院從事學術研究，1924 年底約滿之後前往廈門大學任教，之後並未回到河內。若《戴密微傳》一文記載屬實，則戴氏獲得《往津日記》抄本的時間應該在其居住在河內的 1920～1924 年間，但《戴密微傳》記載是否屬實，目前為止未見相關的其他證明。見龔敏：〈阮述《往津日記》引發的學術因緣——以香港大學饒宗頤館藏戴密微、饒宗頤往來書信為中心〉，《社會科學論壇》2011 年第 3 期，頁 44～45。

行程紀錄	順化→峴港→瓊州→香港→廣州→香港→上海→天津→上海→香港→順化	越南順安→海防→瓊州→廣州→香港→上海→天津→上海→香港→順化
在粵時間	嗣德三十五年十二月廿三日至嗣德三十六年一月廿四日;嗣德三十六年十一月十五日至十二月初八日。共56天	嗣德三十六年一月十三日至廿四日;嗣德三十六年十一月十五日至十二月初八日。共36天。

　　從上表來看,《往津日記》與《建福元年如清日程》雖記錄著同樣的旅程,但在各方面來說卻有著極為不同之處。從體裁上來看,兩者雖然同樣皆為日記體,但阮述的日記皆以第一人稱「余」為主體敘述,並且在書首還有葦野老人綿寊(Nguyễn Phúc Miên Trinh,1820～1897)〔註24〕所做的序,稱讚《往津日記》「腹笥既富,手筆更超」堪與宋代范成大(1126～1193)《攬轡錄》〔註25〕、《驂鸞錄》〔註26〕相比擬。〔註27〕綿寊的詩文與其兄綿審(Nguyễn Phúc Miên Thẩm,1819～1870)〔註28〕齊名,是阮朝近代著名的評論家和詩人,能得到綿寊如此高的評價,使得《往津日記》在後世流傳中更添文學價值。

〔註24〕綏理王綿寊,全名為阮福綿寊,字坤章,又字季仲,號靜圃,又號葦野。明命帝第十一子,自幼博覽能文,與兄綿審(從善王,號倉山)為鄰,日與唱和,並與諸兄弟欣賞賦詩。嗣德四年(1851)宮中社尊學堂,綿寊奉命掌之。十八年(1865)兼尊人府右尊人,廿四年(1871)陞左尊人,卅五年(1882)陞右尊正。一八八三年嗣德帝去世,順化宮廷內訌,阮文祥、尊室說兩輔政擅行廢立,綿寊一時往靠法方庇護。兩輔政疑綿寊通敵,拘之,並安置廣義,其次子紅蓼(即栘軒)被害。同慶帝即位(1885)後,綿寊獲釋,回復公爵;成泰元年(1889)任為第一輔政親臣兼攝左尊正,年七十九而卒。著有《葦野合集》。參看《大南正編列傳》二集,卷六。轉引自陳荊和編註:《阮述《往津日記》》,頁67。

〔註25〕案:《攬轡錄》為范成大於乾道六年(金大定十年,1170)出使金朝所寫的使節報告,與《往津日記》同為日記體。

〔註26〕案:《驂鸞錄》乃乾道壬辰,范成大自中書舍人出知靜江府時,紀途中所見。其曰「驂鸞」者,取韓愈詩「遠勝登仙去,飛鸞不暇驂」語也。語見:《四庫全書目錄提要補正目錄》。

〔註27〕(越)阮述撰,陳荊和編註:《阮述《往津日記》》,香港:香港中文大學,1980年,頁17。

〔註28〕阮福綿審,初名晛,字仲淵,又字慎明,號倉山,別號白毫子。阮聖祖第十子,封從善王。早慧,善詩文,與綏理王綿寊齊名,嗣德皇帝曾讚曰:「詩到從、綏失盛唐」之句,曾與清使勞崇光以詩唱酬,崇光深為嘆賞。著有《倉山詩集》、《倉山詞集》等。見《大南正編列傳》二集,卷五,頁76～79。

　　而《如清日程》則為進呈給皇帝的官方文書，在文中多以「臣范慎遹」或「臣阮述」等謙稱詞自稱，明顯可看出官方紀錄的痕跡，其在文學史的評價上遠不如《往津日記》，許文堂曾言：「阮述之《往津日記》實為個人私記，雖備極文采，但終究與范慎遹之《如清日程》作為精繕進呈御覽之性質不同，即此官文書與私記之分野，使范慎遹之《如清日程》未能如阮述之《阮述〈往津日記〉》得到皇室詩人綿寊為之作序，亦未如阮著般流傳。」〔註29〕但以流傳方式來看，並非因為阮述的文采較佳而獲得廣大流傳的機會，而是當時戴密微只獲得《往津日記》的孤本，並且未有刊本，〔註30〕加上饒宗頤對於阮述生平的考證之後，認為其具有相當歷史及文學價值，才於1977年由陳荊和編輯出版。

　　從作者而言，《往津日記》以第一人稱書寫，因此作者可確定為阮述一人所作；而《如清日程》的作者署名為范慎遹與阮述，一般認為此乃二人合撰之作，但由於《如清日程》具有官方文書的性質，加上此行越南以刑部尚書范慎遹充欽差大臣，侍郎加參知銜阮述副之，〔註31〕並且在行程的前後皆以范慎遹的敘述為主，因此可以推斷范慎遹應該為《如清日程》的主要作者。

　　范慎遹（1824～1885）〔註32〕，字觀成，號望山，寧平省安墩縣安莫社人。嗣德三年（1850）庚戌科舉人，歷任越南重要官職，如國史館副總裁兼管國子監、機密院大臣、刑部尚書和戶部尚書等職務，〔註33〕深獲嗣德皇帝信任，因此得以獲派以正使身分前往中國；阮述，字孝生，號荷亭，廣南省禮陽縣河藍社人（今廣南省勝平縣河藍鎮）。阮述為嗣德20年（1867）丁卯科舉人，嗣德21年戊辰科副榜。曾任內閣侍郎，禮部左侍郎、戶部尚書、兵部尚書與吏部尚書、清化總督，後升太子少保、協辦大學士。〔註34〕在本次使華

〔註29〕 許文堂：〈范慎遹《如清日程》題解〉，《亞太研究通訊》第18期，2002年12月，頁24～25。

〔註30〕 （越）阮述撰，陳荊和編註：《阮述《往津日記》》，香港：香港中文大學，1980年，頁1。

〔註31〕 阮朝國史館編修：《大南實錄》，東京：慶應義塾大學言語文化研究所，1980年6月，第十九冊，卷六十八，總頁7174。

〔註32〕 關於范慎遹的卒年，學界曾有爭議，但最後因碑文的發現而確立，詳細論證情形可見許文堂：〈范慎遹《如清日程》題解〉，《亞太研究通訊》第18期，2002年12月，頁25。

〔註33〕 見鄭克孟主編：《越南漢喃作家名號》，河內：社會科學出版社，2012年12月，頁593～594。

〔註34〕 見鄭克孟主編：《越南漢喃作家名號》，河內：社會科學出版社，2012年12月，頁158～159。

之前，阮述曾於嗣德三十三年出使中國，加上與清官唐景崧、馬復賁早有往來，因此獲派前往中國。

從記錄時間來看，《往津日記》比《如清日程》早了十三天，原因是阮述與范慎遹並非同時出發，而是阮述先行於嗣德三十五年十二月八日（1833年1月16日）「以本銜充欽派，偕同機密院員外黎登貞、內閣侍講阮藉、筆帖式杜富肅，偕清官唐景崧、馬復賁前往廣東遞送國書」，〔註35〕從「欽派」二字可知阮述當時只是前往廣東遞送公文，並非正式出使。因為在光緒八年十二月時，越南政府已與唐廷庚商議在廣州設領事，「以便來往商賣，通報信息」，但越南長年以來皆為中國藩屬，若設領事則有中越兩國處於平等地位的問題，因此此議似未為得清方接受，所以改為欽派。事實上，阮述於光緒八年十二月廿三日抵港時，已有謝惠繼（述甫）為駐港欽派；而九年正月越南政府另派阮顒（珥南）隨范慎遹抵廣州，以為駐穗欽派。總之，光緒九年正月初六阮述在廣州接獲香港招商局信報，才知道范慎遹充任欽差正使，率領隨行人員偕唐廷庚抵港，且阮氏本人同時也獲任為欽差副使，以赴天津公幹。〔註36〕因而在《往津日記》與《如清日程》中有如此的時間差異。

阮述與黎登貞、阮藉、杜富肅等一行人原本只是先至廣南等候船班，並不急著前往中國，但因「清官接東督來函，報以接李中堂電音，使唐應星邀我國大臣前往天津備問之款密以相告」〔註37〕的緣故，使得阮述一行人於當晚便搭上海南籍的中國船前往香港，並且在香港等船前往天津；而在香港期間，又得知范慎遹亦獲派前往天津，他必須在廣州等待范氏前來會合，因而阮述較之范慎遹，在粵時間多出二十天。

在行文上，阮述較偏重自我感情的抒發，但范慎遹卻是受限於官方，因而只能客觀地記錄事務，如嗣德三十六年元月十五日的日記，阮述與范慎遹便對於同樣的行程卻有著不同的紀錄方式，阮述如此言：

> 十五日，馬鐵崖同撫院巡捕官王為楨、李汝璠、批驗廳博支清寓至

〔註35〕（越）阮述撰，陳荊和編註：《阮述《往津日記》》，香港：香港中文大學，1980年，頁19。

〔註36〕（越）阮述撰，陳荊和編註：《阮述《往津日記》》，香港：香港中文大學，1980年，頁9。

〔註37〕（越）阮述撰，陳荊和編註：《阮述《往津日記》》，香港：香港中文大學，1980年，頁19。

館慰問；請關我國朝服，相與嘖嘖稱美。臨別，又邀余與珥南至杏
花小飲，微醺而散。

是夕元宵，省城內外諸街，燈燭輝煌，遊者相接，笙歌之聲聒耳，
真繁華勝地也。〔註38〕

阮述與清朝官員一起喝酒、談天，還將自己的朝服借他們看；在阮述筆下，
當天的熱鬧情景躍然紙上，十分生動。但反觀范慎遹的記述，便不如阮述生
動了，范氏言：

十五日，委將臣等手版就唐道與馬復賁慰問，隨接馬復賁偕處撫差
官（王為預、李汝璠）批慰問驗，廳差官（支清）就館探慰，筆談
少頃辭別。〔註39〕

范慎遹單純記錄著當天的行程，平鋪直敘，而從這天的紀錄來看，范慎遹並
未記錄當天省城的元宵燈會，也沒有出去喝酒的紀錄，不知是否因為公務繁
忙，抑或是他自覺此行必須慎重，而無心飲樂呢？

類似這樣的記錄不只這一條，在這年元宵隔天十六日與十七日的記載中，
阮述寫下了前往香港機器局與觀音閣參觀時的所見所聞：

十六日；偕望山、珥南二公往觀機器局。局於同治十二年，（一八七
二）設總辦一、幫辦十，皆用華人。惟機器則購自外洋，亦似火船
機，凡鑄鍊、磨刮、鑽切各有其具，以機氣轉之，自能造作，甚為
輕便。局人引看所製礮彈（十心火砲，並水雷砲），新巧亞於洋人，
馬鐵崖云：「中朝諸省設局（福建、江蘇、直隸），均請洋人為之先
導，惟該局無之，皆總辦溫公精心獨運也。溫公名子紹（號弧園），
現二品頂戴，即補道銜；為人溫文，喜交接外國人。聞其平日亦未
嘗遊學外洋，獨留心觀書，臻此絕技，亦奇士也。〔註40〕

十七日，偕阮珥南、張琅珊（仲發）、阮夢仙遊粵秀山。山在城內稍
北，東西延袤三里，翠峰聳拔，山頂有觀音閣，香火頗盛。閣之東
北，越王臺故址存焉。左為鎮海樓，凡五層，高八丈（明洪武初，

〔註38〕（越）阮述撰，陳荊和編註：《阮述《往津日記》》，香港：香港中文大學，1980
　　　　年，頁26。

〔註39〕范慎遹、阮述：《越南漢文燕行文獻集成（越南所藏編）‧建福元年如清日程》，
　　　　第23冊，頁185～186。

〔註40〕（越）阮述撰，陳荊和編註：《阮述《往津日記》》，香港：香港中文大學，1980
　　　　年，頁26～27。

> 朱亮祖建。康熙二十五年（1686）巡撫王為槙重修），攀梯而上，天
> 風颯然。坐層霄，瞰滄海珠江一帶，環抱重城，煙樹參差，樓閣隱
> 見，帆檣往來於欄檻外，真粵東一大觀也。道士款茶訖，出筆墨請
> 留姓名，乃作小記許之，日暮回館。〔註41〕

但范慎遹卻只是草草數語帶過，十六日的日記他寫：

> 十六日，督臺飭南海縣機兵就館，使外更防。〔註42〕

十七日則完全無紀錄，與阮述的日記對照，他並未在同遊的名單之中，有可
能是心繫國家而無心遊玩或另有要務，但由於未見記錄，我們也只能徒做猜
想而已。

從這幾段紀錄來看，阮述的私記除了記事之外，也記下當時的心情及景
象，相較而言，阮氏的日記更具有文學價值。

不過范慎遹也並非完全簡筆，他在行程與隨行人員的紀錄上較阮述詳盡
得多，如嗣德三十六年元月廿二日，這天使節團準備自廣東搭船前往天津，
但須先從廣州搭船至香港，阮述在此日對使節團成員的紀錄只有簡略的紀錄
主要人員：

> 藩臺龔大人（印易圖，原臬使署理藩務）委員蔡長福就館送行，回
> 帖致謝。十二點鐘，偕望山公到招商局與應星、鐵崖諸公一齊下船
> （珥南仍留在粵，移寓何昭記處）。〔註43〕

但范慎遹卻是十分仔細的寫下所有隨行人員的名號：

> 二十二日巳牌，接署布政龔差官蔡長福就館送行，是牌支水腳銀（自
> 廣東搭至天津）交招商局認清。午牌臣阮顙並隨派（黎得、張仲友、
> 並隨兵隨人等）移往何昭記庸。臣范慎遹、臣阮述並隨派（阮文有、
> 黎貞、潘足、鄧德輝、阮進瑾並隨兵二名、家人四名、由阮藉並隨
> 丁一名已先遞公文回港，停留俟搭）整起箱擡就船。〔註44〕

這樣的差異同樣也在同年十一月十五日的日記中發現，阮述只是簡單記錄

〔註41〕（越）阮述撰，陳荊和編註：《阮述《往津日記》》，香港：香港中文大學，1980
年，頁27。

〔註42〕《越南漢文燕行文獻集成（越南所藏編）·建福元年如清日程》，第23冊，頁
186。

〔註43〕（越）阮述撰，陳荊和編註：《阮述《往津日記》》，香港：香港中文大學，1980
年，頁28。

〔註44〕《越南漢文燕行文獻集成（越南所藏編）·建福元年如清日程》，第23冊，頁
187～188。

行程：

> 十五日，未牌抵香港，於泰來棧暫住，即委杜富肅往欽派謝述甫寓
> 所探問。隨接述甫與欽派船務何文忠、阮文本抵棧探問。〔註45〕

但范慎遹卻是連時辰都詳細地記下：

> 十五日，船到香港津次，隨接泰來棧人，就船邀接。即委該棧代雇
> 船夫，裝起箱抬，就棧暫住，頃監委杜富足往欽派謝惠繼寓所探問，
> 酉牌接欽派謝惠繼、阮文本抵棧探慰。〔註46〕

從這幾項差異看來，如果說阮述的日記富有情感，頗具文學價值；那麼范慎
遹的日記便是理性自持，更具有史學價值了，吾人將兩者互相對照，則可以
更加完整的了解這次的使節團，也更能從中理解此行的艱難與歷史意義。

第二節　阮述眼中的廣東與廣東友人

　　這次行程，阮述與范慎遹自越南途經廣東前往天津與李鴻章會晤，回程
依舊在廣東稍作停留之後再換船回越南，廣州與香港作為交通薈萃之處，此
時的香港已為英國殖民地，對於中外訊息流通十分豐富，范氏與阮氏兩度在
此停留，除了改換船班之外，在此地收集情報，與相關人員見面，都是可觀
察的重點，而阮述對於廣東與香港的景物描寫，更可從中觀察越南使節眼中
的異國風景。以下將就景物書寫與人物交流兩方面分述之。

一、廣東風物

　　阮述雖然兩度出使中國，但卻是第一次踏上香港的土地，因此他用了六
百餘字的篇幅，鉅細靡遺的描述香港風物，從地形風貌談起，到英人殖民之
後香港從一個盜賊橫行的小島轉變成一個現代又西洋化的商港，「雖僻海隅，
而東鶼西鰈，無物不備，中土亦罕及也。……諸國來商各置領事，……蓋凡
所以助商興利者，無不規畫舉行，難以悉數。」〔註47〕在阮述眼中，香港是

〔註45〕（越）阮述撰，陳荊和編註：《阮述《往津日記》》，香港：香港中文大學，1980
　　　　年，頁 60。

〔註46〕《越南漢文燕行文獻集成（越南所藏編）‧建福元年如清日程》，第 23 冊，頁
　　　　258。

〔註47〕（越）阮述撰，陳荊和編註：《阮述《往津日記》》，香港：香港中文大學，1980
　　　　年，頁 22～23。本段引文皆出自同則日記，故不另註。

一個以商業為主的現代化城市，為了商業利益，可以做出許多改革與規畫。而除了商業規畫之外，阮述也提及花園及博物館等西方建築，這對他來說都是一個新的體驗；而道路整潔，日間車馬喧闐，晚上燈火通明的景象，也讓阮述有「真繁華境界！」的感嘆，並有「溯自經始至今，總四十餘年，英人之用力亦勤矣！」的嘆語。

不過雖然阮述驚訝於香港的繁華，對於所見的缺失亦直指其是，他認為香港租稅太重、物價太高，「居人多以奢靡相尚，鮮風雅之流；多狹斜之輩，酒樓妓館，夜費百金，近聞富商已多傾產。奸盜屢發，狡獪多歧，不知將來習尚更何如也」，他對於香港奢靡的風氣十分憂心，直言：「有心世局者，能不為長太息耶！」

阮述除了書寫對香港的初印象之外，也描述了自香港搭乘客輪前往廣州的情景，他仔細地寫下輪船的大小、航班、船主身分和船資：

> 船是英人、華人合股製造以渡客者。自港至省城四艘，每日夜各一艘，自港至澳門二艘，又自澳門至省城二艘。長約二十三丈，廣約五丈；上下二層，每層分前後艙，中置機器，製極工巧。自臥房几案以至廚側，無不淨潔。坐客可容千人（是日坐客七百人），銀價亦有差焉（上層，房中者，銀二員，在前艙者一員；下層者，四角）。〔註48〕

在這趟使程中，阮述一行人乘船的機會頗多，從阮述對於航程的記錄可知，當時來往於廣州與香港之間的客船多以雙層船為主，船價也不同，也可窺見當時香港的交通運輸方式。

除了生活及風景，書生本色的阮述也到廣東的五雲樓購買圖書，他言：「至五雲樓買書，樓已失火，移居他店，書籍亦多殘缺。」〔註49〕五雲樓是廣東著名書屋，在阮述之前，曾於 1865 年被派往廣東公務的鄧輝㷸也與五雲樓老闆梁逸堂相交〔註50〕，而到了阮述前往廣東時，原先的五雲樓卻已經失

〔註48〕（越）阮述撰，陳荊和編註：《阮述《往津日記》》，香港：香港中文大學，1980年，頁24。

〔註49〕（越）阮述撰，陳荊和編註：《阮述《往津日記》》，香港：香港中文大學，1980年，頁25。

〔註50〕案：鄧輝㷸曾在《東南盡美錄》中記有贈五雲樓的題字，還有與五雲樓老闆梁逸堂從弟相交的詩作，見鄧輝㷸：《東南盡美錄》，收入葛兆光、鄭克孟主編：《越南漢文燕行文獻集成》，第十八冊，頁38、頁52。

火，移往他處，二十年間景物已非，不免令人唏噓。

　　阮述在《往津日記》中翔實地記下所見所聞，但在范慎遹的《如清日程》卻較少見到對於廣東景物的描述，較為可惜。

二、廣東人物

　　在粵及在港期間，阮述與范慎遹除了與涉及中法談判的廣東官員來往之外，也有不少當地友人，其中最有名的當推《循環日報》創辦人王韜（1828～1897）了。王韜，原名利賓，江蘇吳縣（今蘇州）人，十八歲中秀才，之後屢試未中，二十二歲到上海，在英國教會創辦的「墨海書館」工作十三年，1863 年，因支持太平軍而被清政府以「通賊」的罪名，要求上海租界引渡，王韜只好在英國領事的幫助下逃往香港，並改名王韜，字仲弢，號紫詮，別號天南遯叟。〔註51〕對西方了解甚深的王韜，1874 年在香港創辦了《循環日報》，每日在頭版頭條上發表一篇論說文章，評論洋務並且宣揚變法自強的好處。〔註52〕

　　王韜一直對越南事務十分關注，在與阮述見面之前，他曾與范富庶通信，稱呼范富庶為總督，對於越南問題提出自己的看法，也得到范富庶的回應。〔註53〕也多次撰寫有關法越問題的文章，如〈越南通商禦侮說〉、〈越南當親法自存〉等，非常關心法國侵略越南一事，但未受中國當局重視。

　　阮述對於王韜知之甚詳，在尚未見到王韜之前便已聽聞他「遍遊歐洲各國。其於言語文字、人情風物，多習而知之，又能揣摩中外大局，發為議論，以寄懷抱」〔註54〕，兩人初次見面，王韜便歷數與幾位越南使節如陳希曾（字望沂）、黎調（字直軒）、潘炳（字九霞）的交情，並言神交范富庶許久但未能得見，顯示王韜與越南使節有一定的交情。阮述與王韜又言及法國對越事務，「纔片刻間，彼此談紙已盈寸矣」，王韜對於國際事務的了解，也讓阮述十分折服。在阮述自天津完成任務準備回國的途中，在上海轉船，趁機也探望了自港來滬養病的王韜，王韜還介紹了日本大將曾根俊虎（そねとしとら，1847

〔註51〕劉登翰主編：《香港文學史》，北京：人民文學出版社，1999 年 4 月，頁 51。
〔註52〕劉登翰主編：《香港文學史》，北京：人民文學出版社，1999 年 4 月，頁 52。
〔註53〕范富庶：〈寄香港王紫詮〉、〈寄香港王弢園〉，見范富庶：《蔗園全集》卷 24，越南漢喃研究院圖書館藏，編號：A.2692。
〔註54〕（越）阮述撰，陳荊和編註：《阮述《往津日記》》，香港：香港中文大學，1980 年，頁 23。

～1910）〔註55〕與阮述相識，阮述也對曾根氏所著之《法越交兵紀》〔註56〕
提出越南方的看法，並對書的內容作了潤正，曾根氏還送了幾件日本產的漆
盤及興亞會公報給阮述及范慎遹二人。

在中國官員方面，由於阮述與范慎遹分別自越南啟程，一路上皆由中國
官員護送來華，結識的中國官員不在少數，其中阮述先由馬復賁（？～？）

〔註55〕 曾根俊虎（Sone Toshitora，1847～1910）是日本早期之中國通，海軍大尉，
舊米澤藩士曾根敬一部之子。一八七一年（明治四年）進海軍，翌年任官。
一八七三年隨副島種臣外務卿赴中國。日本襲臺之役（一八七四年）奉派到
上海。以後時常來往中日間，一面從事情報活動，一面與孫文及其他中國開
明分子交遊。一八八四年中、法戰爭前後特別關心越南問題。因此託王韜介
紹來見范、阮兩越使。曾根氏一八八六年任參謀本部海軍部編纂見習課長，
一八八七年因筆禍離開海軍。曾根氏與《大東合邦論》（1893 年出版）之著
者樽井藤吉似早有接觸，素主張東亞民族之覺醒及大同團結，以在野中國通
之身份參與東邦協會及其他團體之活動。甲午戰爭後，暫時任官於臺灣總督
府。晚年甚為潦倒，一九一〇年患動脈瘤歿於東京大森。由曾根氏所編著之
書有《清國近世亂誌》（一八七九）、《清國各港便覽》（一八八二）、《清國漫
誌》（一八八三）及《法越交兵紀》（一八八六年），並有不少論文登載於《東
邦叢書》及《殖民協會雜誌》。參看平凡社《アジア歷史事典》卷五，一九六
〇，頁三九四，以及佐藤茂教「引田利張の經歷紹介と曾根俊虎に關すろ若
干の史料」《史學》卷四十五，第一號，頁九二～九五。轉引自（越）阮述撰，
陳荊和編註：《阮述《往津日記》》，香港：香港中文大學，1980 年，頁 73，
註 70。

〔註56〕 曾根嘯雲輯著，王韜仲弢刪纂，阮述荷亭校閱之《法越交兵記》（五卷）於明
治十九年（一八八六）十一月，由東京報行社出版，載有王韜（紫詮）、伍廷
芳、張滋昉、沈守琴、蔣同寅、沈嵩齡及幾位日本名人之序文。內容先介紹
越南之地理、物產、風俗、歷史沿革之後，概述阮朝初年至一八八〇年代之
法越關係，尤其重視法國侵寇越南之過程及清、越兩國對付法國之措置。下
引曾根氏序文之一段可揭露其基本立場：
「嗚呼歐人之以奴隸視臣人也久矣，今甚至難犬視之，馬牛視之，屈辱凌侮，
無所不至，豈可不痛心疾首也哉？余雖狂愚，實不能甘受其凌侮，意將有以
折其勢，滅其慾也，無他計，維連合亞洲諸邦，患難相救，緩急相接而已。
區區志願竊與王君紫詮有同心焉。今所以編此冊，專欲使我亞洲之志士詳識
清、越夙昔之關係係以及法、越隨往年之交際，及今開釁伊始，苟有勇士賢
人投袂往南，迅埽毒氣，固屏藩，護藩籬以再造越南。」王、伍兩氏序文及
本文並未提及阮述，但在卷之一，有關越南地理、風俗之部份。有阮述所加
之六條註文，以更正原文之錯誤。《法越交兵記》已成為稀覯本，不易見到，
但近年收入沈雲龍主編《近代中國史料叢刊》第六十二輯（文海出版社）。轉
引自（越）阮述撰，陳荊和編註：《阮述《往津日記》》，香港：香港中文大學，
1980 年，頁 73～74，註 72。

〔註57〕護送來華，范慎遹則由唐廷庚〔註58〕護送。之後兩人又在廣東及香港見到石應麒、石和鈞及石慶鈞父子。石應麒字清泉，廣東人，當時正在香港管越南學童學習英文事項，〔註59〕石和鈞則是擔任廣東水師炮船的管帶，相當於現在的艦長。〔註60〕另外還有廣東機器局的溫子紹、廣東招商局的張蔭孫和吳俊熊、曾經前往越南試辦招商局的廣東舉人周炳麟以及對越南事務著墨甚深的唐景崧等官員，皆與范、阮二人相熟。阮述對他們雖以筆談，但總能相談甚歡，大自國際情勢，小自異國風俗，皆能侃侃而談，不愧是越南著名的外交官。

　　除了王韜所介紹的曾根俊虎之外，阮述與范慎遹在香港也遇到住在同一個旅店的英國人麥士尼（William Mesny，1842～1919）〔註61〕，麥士尼長期居留中國，也為中國官員做事，對於中法越三國之間的交涉有一定的了解，他對阮述表示中國對於越南事務猶豫不決，恐怕不能壓制法國，請越南政府

〔註57〕馬復賁，桐城人也，三俊之子，復震之弟。方太平軍三踞安慶，陷桐城，三俊以孝廉方正督義勇，圖規復，戰死周瑜城而復震，後由北洋大臣李鴻章檄授操江兵艦，管帶均，別有傳。復賁骯髒不諧於時，應試不第，溫溫無所見長。走依其兄，天津會越南以法蘭西蹴其土地，紾奪其國權，使來告急，朝命李鴻章舉使南嚴者往覘之，鴻章遍詢所屬無敢應命，復賁告於兄，上書請行，鴻章喜，許以歸□必疏薦顧。復賁無官階，乃札畀雙月候選同知以行，時光緒七年辛巳也，復賁少有大志，使酒任俠不羈，好讀書，慕班超宗愨，為人至是。單騎挾兩健僕道廣西出鎮南關，終日行深，菁萬山中狼虎叫嘷，蝮蛇遍地，兩僕皆觸瘴癘死，復黃卒抵其國都東京，宣中朝君相意旨。壬午冬，越南王遣便臣二隨復賁至三津乞援師，鴻章已丁內艱，張樹聲署直督，中朝方以朝鮮閔妃大院君案先發制日本策善後，不暇南顧，滇督劉長佑兩疏論越事關繫滇桂巴蜀，宜亟引兵救，不報樹聲以鴻章前諾，擬奏保復賁五品京堂用會。有讒復賁於樹聲者，曰：復賁嗜酒無賴，好狎妓，不宜京朝官，樹聲遂毀其疏，復賁竟以同知終。（民國）安徽通志館輯《（民國）安徽通志稿157卷》安徽通志列傳稿，民國二十三鉛印本。

〔註58〕唐廷庚（1835～1896）字建廉，號應星。唐廷樞胞弟。唐家人（今珠海市唐家灣鎮）。長期擔任招商局廣東、上海、福州分局總辦。曾協助唐廷樞編寫成中國學習英語的第一部詞典和教科書《英語全集》。

〔註59〕《大南實錄正編第四紀·卷五十六》，嗣德三十四年二月條。

〔註60〕孫宏年：〈阮述：悲壯使命中的優雅使者〉，《世界知識》，2010年第6期，頁67。

〔註61〕威廉·麥士尼（William Mesny，1842～1919），字問象，貴州省在同治七年（1866）已請洋匠麥士尼為能至黔修造開花大砲，並教習施放（王爾敏，《清季兵工業的興起》，近代史研究專刊，民67年，頁124）當時麥氏似為雲貴總督岑毓英慕客。（陳荊和編註：《阮述《往津日記》》，頁74。

要早做打算。阮述對此並未在日記中表示任何意見，只是在隔兩日再度前往麥士尼房中慰謝，也許是委婉地向他表示些什麼，但我們仍不得而知。

小結

　　阮述與范慎遹在這趟艱辛的使程中，為不負皇命，奔波於廣東、上海、天津等地。此行在政治上的結果雖然不盡如人意，但對范慎遹與阮述而言卻是一場難得的旅程。在廣東與香港這一段使程中，阮、范二人不僅見識到西方的船堅炮利，也見到在英國的統治下香港的繁華景色，在阮述心中留下深刻的印象。而與熟悉西方事務的王韜、溫子紹等人的筆談，兩人對於越南當時的處境也有了進一步的理解，若非嗣德皇帝在二人回國之前便已病逝，想必對於法國侵略一事，能有另番作為亦未可知。

第七章　結　論

一、越南使節在廣東

　　自十八世紀末至十九世紀末，共有十一位越南使節前往或經過廣東，其任務各不相同。但從中可以觀察到使節交流對象的轉變，從單純只與當地文人來往到增加當地商賈、出版商，再到當地與西方技術相關的中國官員，可以發現越南使節到廣東的目的逐漸改變，他們藉由前往廣東之便，實則逐漸往探查西方勢力活動靠攏，從單純的貿易行為到經由廣東商人的協助購買西方武器或戰船，可見西方勢力也逐漸影響著越南。

　　與當地文人交流或刻印圖書，都使中越文化交流更進一步，越南使節的書中留下廣東地方文人的身影，也是當初所始料未及的。而這之中的中越交流，隨著使節文獻的逐步公開，相信之後仍大有可為，讓我們能夠更深刻地刻畫出十九世紀廣東在異國使節筆下，所呈現的風貌。

　　綜觀這十一位使節在廣東的紀錄，大致可分為幾個方面來談：

　　從時間上言，十八世紀末到十九世紀初期，越南處於分裂動亂時期，此時中國國力相對強大，因此在路線的安排、廣東景點的選擇及交遊對象等，都受到中國的影響，這種情形在十八世紀末西山朝阮光平及阮偍的使程中特別明顯，他們的交遊對象僅限中國官員，沒有與當地文人來往的紀錄。

　　到了阮朝初期，吳仁靜藉由自身為廣東人的身分，受命前往廣東尋訪黎主的下落，這倘使程在《清實錄》上未見記載，因此吳仁靜個人的行程自由度大大提高，可以在廣東與舊友來往，還能參與當地詩社的交流。而1802年的廣東任務中，則又回到與中國交涉的情形，因此行程上再度受到中國控管，

少與當地人接觸。

　　到了 1830 年代的明命年間，越南政局穩定，國力提升，明命皇帝熱中與外國貿易，並渴求中國書籍，因此每年藉由各種理由前往廣東貿易，《大南實錄》中有紀錄者即多達十一次，但並非每次皆留下詩文紀錄，只有李文馥連續四年被派往廣東任務，留有詩文。可知明命皇帝所交代的多以購買圖書、花木等貿易任務，在廣東景點的紀錄上也偏重書局、商行及名勝，此時李文馥已觀察到廣東出現大量的西方貿易船隻，但中國並未改變大國思維，仍以朝貢貿易面對各國。在李文馥眼中，西方現代又進步的各種建築及物品，也對當時的越南使節產生極大的衝擊，但仍著重於裝飾性的玻璃、溫度計等物品，而非技術。此時李文馥的交遊對象則不限於官員，與十九世紀初處處受到中國掌控不同。

　　這樣的廣東任務延續至嗣德前期的范富庶，其廣東任務亦為購買圖書、花木等，但到嗣德後期，派往廣東的使節卻改為購買西方武器或談判，顯示西力東漸，越南亦不能例外，中國國力漸衰，自身難保，越南只能自尋生機，因而轉向自行在廣東購買西方戰船及各種武器，希冀自我保護，對抗西方勢力。

　　從使節的選派上言，途經廣東的朝貢使節為越南正式派出的使節，多精通詩文，漢文素養極高，但受到的限制也較多；而單獨前往廣東任務的使節，在明命及嗣德前期，則以獲罪官員為主，稱為「效力」，以前往廣東任務將功折罪，雖同樣具有深厚的漢學素養，但在官方文件上則不稱為「使節」，但自由度則相對較高。

　　在交遊對象上言，這十一位使節在廣東的交遊對象具有重複性，不論是單一使節與中國文人的屢次交往，如李文馥與繆艮、陳任齋、梁毅菴之間的情誼；或是不同使節與同一中國文人的往來，如范富庶、杜俊大與黎文石兄弟，阮述、范富庶與王韜等，這樣的情形使得越南使節與中國文人之間形成一個特定的交遊圈，中國文人因為曾經與其中一位越南使節接觸，因此再遇到其他的越南使節時，也願意伸出友誼之手，協助後來的使節打入原本的群體或是辦理各種事務。而李文馥的三度廣東之行，除了為他與廣東文人之間建立深厚的友誼，也讓廣東文人對越南人留下深刻的印象，之後再有越南官員往粵，多能接受良好的招待。

　　除此之外，中越混血的廣東人與往來中越兩地的廣東商人，在越南使節

的廣東任務上扮演著重要的角色，他們一方面協助越南使節採購當地貨物之外，另一方面也協助使節們融入當地的文人社群，與其交遊。如介紹鄧輝燧與廣東友人相識的李茂瑞，與范富庶、杜俊大相識的黎文石兄弟等，皆是如此。在中國文人習慣「不與外臣交」的規範下，這些熟悉兩國風物的廣東商人或混血兒，恰恰承擔起仲介者的作用，協助越南使節打入廣東文人群體，在文學活動或是官方任務上都能有良好的成果。

在使節詩文紀錄上而言，途經廣東前往北京的正式外交使節多能留下詩文紀錄，但關於廣東的詩作則不是使節詩的重點，數量較少，以記錄名勝古蹟為主，如廣東飛來寺、海幢寺等地，較為特別的是 1802 年鄭懷德紀錄了十三行潘同文花園的遊賞經歷，其餘使節皆無相關記載。而同樣途經廣東的潘輝泳與范芝香使團，則是因為太平天國事件飽受驚嚇，因此無心遊覽，只留下與當地中越混血兒的交遊，而無賞玩景點的詩作紀錄。

專程前往廣東任務的越南官員，則不一定留下詩文紀錄，同行者或一至兩位留有詩文，或是全無紀錄，顯示專程前往廣東任務的越南官員使程詩為個人作品的紀錄，與正式外交使節的使程詩必須呈報朝廷不同，因此自由度更高，也可見到使節當時的心境轉變及各種見聞，如李文馥對 1830 年代澳門及廣州的描述，范富庶對 1850 年代的廣東庶民生活的描寫等等，都是對於當時廣州生活的描述，也令我們看見當時的廣州社會。

對於當地的廣東文人而言，若非使節書寫在詩文中留下他們的身影，則許多廣東地方文人將消失在歷史的洪流之中，但正因為使節筆下的廣東文人不一定留於方志之中，也增加了後世研究的困擾，只能藉相互唱和的詩文窺見他們的身影及才華，是研究上的小小阻礙。

但從越南使節書寫廣東的詩作中也可以發現與中國詩人書寫廣東的不同之處，他們在詩文上更重視歷史典故的書寫，除了可以看出越南使節深厚的漢文素養之外，也可以看出越南使節對於中國文化的理解遠勝中國文人對於越南的理解，雖然也有如王韜這樣對越南問題有個人看法的文人之外，從越南使節與廣東當地文人的交流來看，中國人對越南的認知遠不如越南人對中國的理解。

總而言之，這十一位使節筆下的廣東、香港及澳門，正處於十九世紀西方勢力入侵前後時，所面臨的重大轉變，當時的廣東開始出現傳教士、西方建築及西方事物，但人民仍處於傳統社會之中，從使節的描述之中，除了為

廣東文學史作補充之外，最大的價值仍在於異國之眼下的廣東詮釋，也是本文的目的所在。

二、未來與展望

　　本論文對於越南使節在廣東的文學活動研究上，不僅補強嶺南、香港、澳門文學史上的不足，也增加了當地文人重現於歷史之中。但由於歷史文獻的不足，仍然無法將文人群體一一考證，有許多越南使節在廣東的實際情形也因為越南使節文獻未能得見而無法全面性的考察，是本論文的不足之處，希冀未來隨著歷史文獻的逐漸出土，越南使節文獻的發掘，能有更豐富、更全面的統整與研究，讓越南使節在廣東的身影能夠更清晰地呈現在後世研究者的眼中。

參考書目

壹、原始文獻及史料

1. 中央研究院近代史研究所編：《中法越南交涉檔（三冊）》，臺北：中央研究院近代史研究所，1983 年。

2. 中國第一歷史檔案館，遼寧省檔案館，北京大學圖書館：《清實錄（全60冊）》，北京：中華書局，1986 年。

3. 中國第一歷史檔案館、澳門基金會、暨南大學古籍研究所合編：《明清時期澳門問題檔案文獻匯編》，北京：人民出版社，1999 年。

4. 王彥威、王亮編：《清季外交史料》，故宮博物院影印本。

5. 王錫祺編纂：《小方壺齋輿地叢鈔續編》，臺北：廣文書局，1964 年 1 月

6. 王韜：《弢園尺牘》，臺北：文海出版社，1983 年。

7. 王韜：《弢園文新編》，香港：三聯書店，1998 年。

8. 汝伯仕：《粵行雜草》，《越南漢文燕行文獻集成（越南所藏編）》，上海：復旦大學出版社，2010 年，第十三冊。

9. 佚名：《北京縣城五十七詠》，越南翰林院所屬漢喃研究所圖書館藏本，編號：A.2230。

10. 佚名：《廣東省府州縣名演歌》，越南翰林院所屬漢喃研究所圖書館藏本，編號：A.1961。

11. 吳士連等編，〔日〕引田利章校訂：《大越史記全書》，東京：填上堂出版，1884 年。

12. 吳仁靜：《拾英堂詩集》，《越南漢文燕行文獻集成（越南所藏編）》，上海：復旦大學出版社，2010 年，第九冊。

13. 李文馥：《二十四孝演歌》，越南翰林院所屬漢喃研究所圖書館藏本，編號：VHv.1259。

14. 李文馥：《三之粵集草》，《越南漢文燕行文獻集成（越南所藏編）》，上海：復旦大學出版社，2010 年，第十三冊。

15. 李文馥：《粵行續吟》，越南翰林院所屬漢喃研究所圖書館藏本，編號：A2685/2、A.300。

16. 李文馥：《鏡海續吟》，《越南漢文燕行文獻集成（越南所藏編）》，上海：復旦大學出版社，2010 年，第十四冊。

17. 阮述原著，陳荊和編註：《阮述〈往津日記〉》，香港：中文大學出版社，1980 年。

18. 阮偍：《華程消遣集》，《越南漢文燕行文獻集成（越南所藏編）》，上海：復旦大學出版社，2010 年，第八冊。

19. 阮朝國史館編纂，《欽定大南會典事例》，越南翰林院所屬漢喃研究所圖書館藏本，編號：VHv.1680/1-94。

20. 阮朝國史館編纂，《欽定大南會典事例續編》，越南翰林院所屬漢喃研究所圖書館藏本，編號：VHv.2793/1-30。

21. 武輝瑨、吳時任、潘輝益：《燕臺秋詠》，《越南漢文燕行文獻集成（越南所藏編）》，上海：復旦大學出版社，2010 年，第七冊。

22. 武輝瑨：《華程後集》，《越南漢文燕行文獻集成（越南所藏編）》，上海：復旦大學出版社，2010 年，第六冊。

23. 姜公韜：《中國通史：明清史》，北京：九州出版社，2010 年。

24. 段浚：《段先生詩集》，越南翰林院所屬漢喃研究所圖書館藏本，編號：A.2822。

25. 段浚：《海派詩集》，越南翰林院所屬漢喃研究所圖書館藏本，編號：A.310。

26. 段浚：《海煙詩集》，《越南漢文燕行文獻集成（越南所藏編）》，上海：復旦大學出版社，2010 年，第七冊。

27. 范芝香：《志庵東溪詩集》，《越南漢文燕行文獻集成（越南所藏編）》，上

海：復旦大學出版社，2010 年，第十七冊。

28. 范富庶：《蔗園全集·東行詩錄》，越南翰林院所屬漢喃研究所圖書館藏本，編號：A.2692。

29. 范慎遹、阮述：《建福元年如清日程》，《越南漢文燕行文獻集成（越南所藏編）》，上海：復旦大學出版社，2010 年，第二十三冊。

30. 唐景崧：《請纓日記》，北京：線裝書局出版發行，2012 年。

31. 張登桂等纂：《大南實錄》，東京：日本慶應義塾大學言語文化研究所，1961～1981 年。

32. 清代詩文集彙編纂委員會：《清代詩文集彙編》，上海：上海古籍出版社，2010。

33. 清官修：《大清會典事例》，商務印書館，1909 年版。

34. 曾根俊虎：《法越交兵紀》，明治十九年出版，臺北：文海出版社影印本，1971 年。

35. 雲南省歷史研究所：《《清實錄》越南、緬甸、泰國、老撾史料摘抄》，昆明：雲南人民出版社，1986。

36. 趙爾巽：《清史稿》，臺北：新文豐出版公司，1981。

37. 潘叔直編：《國史遺編》，《東南亞史料專刊之一》，香港：香港中文大學新亞研究所東南亞研究室排印本，1965。

38. 潘清簡等奉敕撰，《欽定越史通鑒綱目》，越南翰林院所屬漢喃研究所圖書館藏本，編號：R.591。

39. 潘輝泳：《駰程隨筆》，《越南漢文燕行文獻集成（越南所藏編）》，上海：復旦大學出版社，2010 年，第十七冊。

40. 潘輝益：《星槎紀行》，《越南漢文燕行文獻集成（越南所藏編）》，上海：復旦大學出版社，2010 年，第六冊。

41. 潘輝益：《柴山進士潘公詩集》，越南翰林院所屬漢喃研究所圖書館藏本，編號：A.2822。

42. 鄧輝𤏸：《東南盡美錄》，《越南漢文燕行文獻集成（越南所藏編）》，上海：復旦大學出版社，2010 年，第十八冊。

43. 鄧輝𤏸：《栢悅集》，鄧季祠堂藏版，嗣德二十年印本，越南翰林院所屬漢喃研究所圖書館藏本，編號：A.2459。

44. 鄧輝燶:《鄧黃中文抄》,鄧季祠堂藏版,越南翰林院所屬漢喃研究所圖書館藏本,編號:VHv.834/1-4。

45. 鄧輝燶:《鄧黃中詩抄》,鄧季祠堂藏版,嗣德戊辰年印本,越南翰林院所屬漢喃研究所圖書館藏本,編號:VHv.833/1-6。

46. 鄧輝燶:《辭受要規》,越南翰林院所屬漢喃研究所圖書館藏本,編號:A.491、VHv.252。

47. 鄭懷德:《艮齋詩集》,香港:新亞研究所,陳荊和整理編輯排印本,1962年10月出版。

48. 鄭懷德:《艮齋觀光集》,《越南漢文燕行文獻集成(越南所藏編)》,上海:復旦大學出版社,2010年,第八冊。

49. 繆艮:《中外群英會錄》,越南翰林院所屬漢喃研究所圖書館藏本,編號:A.138、A.3039。

貳、近人論著

一、專書

(一) 中文

1. 于向東主編:《東方著名哲學家評傳·越南卷》,濟南:山東人民出版社,2000年。

2. 于在照:《越南文學史》,廣州:世界圖書出版社,2014年。

3. 王志強:《李鴻章與越南問題(1881～1886)》,廣州:暨南大學出版社,2013年。

4. 包樂史:《看得見的城市:全球史視野下的廣州、長崎與巴達維亞》,臺北:蔚藍文化出版社,2015年3月。

5. 朱雲影:《中國文化對日韓越的影響》,南寧:廣西師範大學出版社,2007年。

6. 余定邦、喻常森等著:《近代中國與東南亞關係史》,廣州:世界圖書出版有限公司,2015年3月第一版。

7. 李塔娜著,李亞舒、杜耀文譯,《越南阮氏王朝社會經濟史》,北京:文津出版社2000年。

8. 林子雄:《翰墨書香》,廣州:廣東經濟出版社,2014年。

9. 邵循正:《中法越南關係始末》,臺北:文海出版社,1976 年。

10. 珍‧莫里斯(Jan Morris)著,黃芳田譯:《香港:大英帝國殖民時代的終結》"Hong Kong",臺北:馬可孛羅文化出版,2006 年。

11. 孫宏年:《清代中越宗藩關係研究》,哈爾濱:黑龍江教育出版社,2006 年。

12. 徐善福、林明華:《越南華僑史》,廣州:廣東高等教育出版社,2011 年 1 月。

13. 高明士:《唐代東亞教育圈的形成──東亞世界形成史的一側面》,臺北市:國立編譯館,1984 年。

14. 張海林:《王韜評傳》,南京:南京大學出版社,1993 年。

15. 梁嘉彬:《廣東十三行考》,廣州:廣東人民出版社,1999 年。

16. 許文堂、謝奇懿編:《大南實錄清越關係史料彙編》,臺北:中央研究院東南亞區域研究計畫,2000 年。

17. 許文堂主編:《越南、中國與臺灣關係之轉變》,臺北:中央研究院東南亞區域研究計劃出版,2001 年。

18. 陳正宏:《東亞漢籍版本學初探》,上海:中西書局,2014 年 10 月。

19. 陳重金著、戴可來譯:《越南通史》,北京:商務印書館,1992 年。

20. 陳益源:《中越漢文小說研究》,香港:東亞文化出版社,2007 年。

21. 陳益源:《越南漢籍文獻述論》,北京:中華書局,2011 年。

22. 陳益源:《蔡廷蘭及其海南雜著》,臺北:里仁書局,2006 年。

23. 陳慶浩、鄭阿財、陳義主編:《越南漢文小說叢刊》第二輯,臺北:學生書局,1992 年。

24. 陶鎔、陳以令:《中越文化論集》,臺北:國防研究院,中華大典編印會合作,1968 年。

25. 葉春生:《嶺南俗文學簡史》,廣州:廣東高等教育出版社,1996 年 6 月。

26. 熊月之:《西學東漸與晚清社會》,上海:上海人民出版社,1994 年。

27. 褚斌杰:《中國古代文體概論》,北京:北京大學出版社,1990 年。

28. 趙文林、謝淑君:《中國人口史》,北京:人民出版社,1988 年。

29. 劉玉珺:《越南漢喃古籍的文獻學研究》,北京:中華書局,2007 年。

30. 劉春銀、王小盾、陳義主編:《越南漢喃文獻書目提要》,臺北:中央研

究院中國文哲研究所，2002 年。

31. 劉登翰主編：《香港文學史》，北京：人民文學出版社，1999 年。

32. 鄭煒明：《澳門文學史》，山東：齊魯書社，2012 年 6 月。

33. 鄭瑞明：《清代越南的華僑》，臺北：嘉新水泥公司文化基金會，1976 年 5 月。

（二）越南文

1. 吳世龍（Nguyễn, Thế Long）：《古代出使與接待使節故事》（Chuyện Đi Sứ, Tiếp Sứ Thời Xưa），河內：文化通訊出版社，2001 年。

2. 阮光勝介紹與翻譯（Nguyễn, Quang Thắng giới thiệu, biên dịch）：《荷亭阮述作品》（Hà Đình Nguyễn Thuật Tác Phẩm），胡志明市：胡志明市綜合出版社，2005 年。

3. 范邵、陶芳平（Phạm Thiều, Đào Phương Bình）：《使程詩》（Thơ Đi Sứ），河內：社會科學出版社，1993 年。

4. 范長康（Phạm, Trường Khang）：《越南使臣》（Các Sứ Thần Việt Nam），河內：文化通訊出版社，2010 年。

5. 茶嶺組（Nhóm Trà Lĩnh）：《鄧輝：生平與作品》（Đặng Huy Trứ - Con Người Và Tác Phẩm），胡志明市：胡志明市出版社，1990 年。

6. 鄧越水（Đặng, Việt Thủy）：《117 位越南使節》（117 Vị Sứ Thần Việt Nam），河內：人民軍隊出版社，2009 年。

7. 黎阮（Lê Nguyễn）：《阮朝及其歷史問題》（Nhà Nguyễn Và Những Vấn Đề Lịch Sử），河內：人民公安出版社，2009 年。

8. 鄭克孟（Trịnh Khắc Mạnh）主編：《越南漢喃作家名號》（Tên tựtên hiệu các tác gia Hán Nôm Việt Nam）河內：社會科學出版社，2012 年 12 月。

9. 陳氏冰清主編（Trần Thị Băng Thanh (chủ biên)）：《越南十五至十七世紀文學》（Văn Học Thế Kỷ Xv-Xvii），河內：社會科學出版社，2004 年。

10. 賴原恩（Lại Nguyên Ân chủ biên）：《越南文學詞典》（Từ Điển Văn Học Việt Nam），河內：教育出版社，1999 年。

11. 阮皇親（Nguyễn, Hoàng Thân）：《范富恕詩文》（Thơ Văn Phạm Phú Thứ），峴港：峴港出版社，2011 年。

12. 阮皇親（Nguyễn, Hoàng Thân）：《范富恕與《蔗園全集》》（Phạm Phú Thứ

Với Giá Viên Toàn Tập），峴港：文學出版社，2011 年。

13. 坪井善明（Yoshiharu, Tsuboi）：《面對法國與中國的大南（1847～85）》（Nước Đại Nam Đối Diện Với Pháp Và Trung Hoa (1847～1885)），胡志明市：青年出版社，2011 年。

二、期刊與專書論文
（一）中文

1. 〔美〕羅賓・維瑟（Robin, Visser）、樂鋼主編：〈朝貢與創作──越南使節燕行詩文研究意涵探析〉，《東亞人文》，2014 年卷，頁 255～271。

2. 〔越〕〈越華逸話：越南、中國使臣出使故事〉，《南風雜誌》漢文版，第 135 期。

3. 〔越〕〈擬錢某官奉往北使〉，《南風雜誌》漢文版，第 185 期。

4. 于向東：〈西方入侵前夕越南阮朝的外洋公務〉，《歷史研究》，2012 年第 1 期，頁 124～42。

5. 王嘉：〈淺析鄧輝著之革新思想〉，北京外國語大學亞非學院編：《亞非研究》（第 1 輯），北京：時事出版社，2007 年 10 月，頁 303～309

6. 王志強、權赫秀：〈從 1883 年越南遣使來華看中越宗藩關係的終結〉，《史林》，2011 年第 2 期，頁 85～91+189。

7. 王志強：〈李鴻章與清代最後的越南來華使節〉，《蘭臺世界》，2013 年第 6 期，頁 67～68。

8. 王志強：〈從越南漢籍《往津日記》看晚清中越文化交流〉，《蘭臺世界》，2013 年第一月期，頁 31～32。

9. 王志強：〈越南漢籍《阮述〈往津日記〉》與《建福元年如清日程》的比較〉，《東南亞縱橫》，2012 年第 12 期，頁 56～59。

10. 王志強：〈越南漢籍《往津日記》及其史料價值評介〉，《東南亞縱橫》，2010 年第 12 期，頁 71～74。

11. 王禹浪、程功、劉加明：〈近二十年中國《燕行錄》研究綜述〉，《哈爾濱學院學報》，2012 年第 11 期，頁 1～12。

12. 王偉勇：〈中越文人「意外」交流之成果──《中外群英會錄》述評〉，《成大中文學報》，2007 年第 17 期，頁 117～52。

13. 王晨光：〈明清越南使節燕行檔案中的中國風貌〉，《浙江檔案》，2014 年

第 7 期，頁 51～53。

14. 何仟年：〈越中典籍中的兩國詩人交往〉，《揚州大學學報：人文社會科學版》，2006 年第 10 期，頁 49～53。

15. 李慶新：〈清代廣東與越南的書籍交流〉，《學術研究》，2015 年第 12 期，頁 93～104。

16. 李標福：〈寓粵使臣鄧輝燎與清人之交誼及其他〉，《五邑大學學報》（社會科學版）第 17 卷第 2 期（2015 年 2 月），頁 28～32。

17. 沈玉慧：〈乾隆二十五～二十六年朝鮮使節與安南、南掌、琉球三國人員於北京之交流〉，《臺大歷史學報》第 50 期，2012 年 12 月，頁 109～153。

18. 阮氏銀、陳益源：〈擦身而過——越南李文馥與臺灣蔡廷蘭的詩緣交錯〉，《臺灣古典文學研究集刊》，2009 年第 2 期，頁 77～100。

19. 夏露：〈17～19 世紀廣東與越南地區的文學交流〉，收入王三慶、陳益源主編《東亞漢文學與民俗文化論叢（二）》（臺北：樂學書局，2011 年 12 月），頁 191～218。

20. 夏露：〈李文馥廣東、澳門之行與中越文學交流〉，《海洋史研究》第五輯，上海：社會科學文獻出版社，2013 年 10 月，頁 148～165。

21. 孫宏年：〈阮述：悲壯使命中的優雅使者〉，《世界知識》，2010 年第 6 期，頁 66～67。

22. 孫宏年：〈從傳統到「趨新」：使者的活動與清代中越科技文化交流芻議〉，《文山學院學報》，2010 年第 1 期，頁 39～44。

23. 孫宏年：〈清代中國與鄰國「疆界觀」的碰撞、交融芻議——以中國、越南、朝鮮等國的「疆界觀」及影響為中心〉，《中國邊疆史地研究》，2011 年第 4 期，頁 12～22。

24. 孫建黨：〈「華夷」觀念在越南的影響與阮朝對周邊國家的亞宗藩關係〉，《許昌學院學報》，2011 年第 6 期。

25. 張京華：〈三「夷」相會——以越南漢文燕行文獻集成為中心〉，《外國文學評論》，2012 年第 1 期，頁 5～44。

26. 許文堂：〈十九世紀清越外交關係之演變〉，《中央研究所近代史研究所期刊》，2000 年第 34 期，頁 269～316。

27. 許文堂:〈范慎遹《如清日程》題解〉,《亞太研究通訊》,2002 年第 18 期,頁 24～27。

28. 許端容:〈河內漢喃研究院藏《四十八孝詩畫全集》考辨〉,《華崗文科學報》第 22 期,1998 年,頁 105～122。

29. 郭漢民:〈王韜與香港〉,《湖南教育學院學報》,第 15 卷第 4 期,1997 年,頁 1～4。

30. 陳文:〈安南後黎朝北使使臣的人員構成與社會地位〉,《中國邊疆史地研究》,2012 年第 2 期,頁 114～126。

31. 陳文:〈安南黎朝使臣在中國的活動與管待──兼論明清朝貢制度給官名帶來的負擔〉,《東南亞縱橫》,2011 年第 5 期,頁 78～84。

32. 陳三井:〈中法戰爭前夕越南使節研究:以阮述為例之討論〉,收入許文堂主編,《越南、中國與臺灣關係的轉變》,中央研究院東南亞區域研究計劃,民國 90 年 12 月,頁 63～76。

33. 陳三井:〈阮述《往津日記》在近代史研究上的價值〉,《國立臺灣師範大學歷史學報》第十八期,1990 年 6 月,頁 231～244。

34. 陳益源、凌欣欣:〈中國古籍在越南的傳播與接受──據北書南印板以考〉,《國際中國學研究》2009 年第十二輯。

35. 陳益源、賴承俊:〈寓粵文人繆艮與越南使節的因緣際會──從筆記小說《塗說》談起〉,《明清小說研究》,2011 年第 2 期,頁 212～26。

36. 陳益源:〈中國明清小說在越南的流傳與影響〉,《上海師範大學學報(哲學社會科學版)》2009 年第 38 卷第 1 期。

37. 陳益源:〈周遊列國的越南名儒李文馥及其華夷之辯〉,《越南漢籍文獻述論》,北京:中華書局,2011,頁 225～236。

38. 陳益源:〈清代越南使節在中國的購書經驗〉,《越南漢籍文獻述論》,北京:中國書局,2011 年,頁 1～48。

39. 陳益源:〈清代越南使節於中國廣東的文學活動──兼為《越南漢文燕行文獻集成》進行補充〉,《嶺南學報》復刊第六輯,上海:上海古籍出版社,2016 年,頁 247～278。

40. 陳益源:〈越南李文馥筆下十九世紀初的亞洲飲食文化〉,《越南漢籍文獻述論》,北京:中華書局,2011 年,頁 263～282。

41. 陳益源：〈越南漢文學中的東南亞新世界——以 1830 年代初期為考察對象〉，《深圳大學學報：人文社會科學版》，2010 年第 1 期，頁 119～25。

42. 陳荊和：〈艮齋鄭懷德其人其事〉鄭懷德，《艮齋詩集》（香港：新亞研究所，陳荊和整理編輯排印本，1962 年 10 月出版），頁 6～21。

43. 陳荊和：〈阮朝初期の「下洲公務」に就いて〉，《創価大学アジア研究所》，1990 年第 11 期，頁 75～76。

44. 陳國寶：〈越南使臣對晚清社會的觀察與評論〉，《史學月刊》，2013 年第 10 期，頁 55～67。

45. 陳國寶：〈越南使臣與清代中越宗藩秩序〉，《清史研究》，2012 年第 2 期，頁 63～75。

46. 陳慶浩：〈越南漢喃籍之出版與目錄〉，收入磯部彰編：《東アジア出版文化研究こはく》，東京：知泉書館株式會社，2004 年 12 月，頁 330～345。

47. 陳雙燕：〈試論歷史上中越宗藩關係的文化心理基礎〉，《歷史教學問題》，1994 年第 2 期。

48. 彭茜：〈試論國內學界對越南來華使節及其漢詩的研究〉，《東南亞縱橫》，2013 年第 8 期，頁 52～55。

49. 湯熙勇：〈船難與海外歷險經驗——以蔡廷蘭漂流越南為中心〉，《人文及社會科學集刊》第二十一卷第三期，臺北：中央研究院人文社會科學研究中心，2010 年 9 月，頁 467～499。

50. 黃子堅〈李文馥與其《西行見聞紀畧》：一個越南儒家看東南亞海島〉，黃麗生編：《東亞海域與文明交會：港市‧商貿‧移民‧文化傳播》，基隆市：國立臺灣海洋大學海洋文化研究所，2008 年。

51. 黃俊傑、阮金山：〈越南儒學資料簡介〉，《臺灣東亞文明研究學刊》，2013 年。

52. 黃俊傑：〈作為區域史的東亞文化交流史——問題意識與研究主題〉，《臺大歷史學報》第 43 期，2009 年 6 月，頁 187～218。

53. 黃純艷：〈論華夷一統思想的形成〉，《思想戰線》，1995 年第 2 期。

54. 楊萬秀：〈關於《越法凡爾賽條約》的問題〉，《學術論壇》，1981 年第 3 期。

55. 葛兆光：〈朝貢、禮儀與衣冠——從乾隆五十五年安南國王熱河祝壽及請

改易服色說起〉,《復旦學報(社會科學版)》,2012 年第 2 期,頁 1～11。

56. 詹志和:〈越南北使漢詩與中國湖湘文化〉,《中南林業科技大學學報(社會科學版)》,2011 年第 6 期,頁 147～50。

57. 雷慧萃:〈淺析越南獨特的詩歌體裁——六八體和雙七六八體〉,《東南亞縱橫》,2004 年第 8 期。

58. 廖寅:〈宋代安南使節廣西段所經路線考〉,《中國歷史地理論叢》,2012 年第 2 期,頁 95～104。

59. 廖肇亨:〈使於四方,不辱君命:淺談明清東亞使節文化書寫〉,《中央研究院週報》,2013 年 1330 期,頁 6～7。

60. 劉玉珺:〈中國使節文集考述——越南篇〉,《首都師範大學學報:社會科學版》,2007 年第 3 期,頁 29～35。

61. 劉玉珺:〈越南使臣與中越文學交流〉,《學術交流》,2007 年第 1 期,頁 141～46。

62. 劉序楓:〈18～19 世紀朝鮮人的意外之旅:以漂流到臺灣的見聞記錄為中心〉,《石堂論叢》55 輯,韓國:東亞大學校石堂學術研究院,2013 年 3 月,頁 65～102。

63. 劉序楓:〈近世東亞海域的偽裝漂流事件:以道光年間朝鮮高閑祿的漂流中國事例為中心〉,《韓國學論集》第 45 輯,首爾:漢陽大學校韓國學研究所,2009 年 5 月,頁 103～154。

64. 劉序楓:〈清代中國의外國人漂流民의救助와送還에대하여—朝鮮人과日本人의사례를중심으로—〉(The Rescue and Repatriation of Foreign Drifters by Qing China: Focusing on Cases Involving Koreans and Japanese),《東北亞歷史論叢》第 28 號,首爾:東北亞歷史財團,2010 年 6 月,頁 131～168。

65. 劉序楓:〈清代檔案與環東亞海域的海難事件研究—兼論海難民遣返網絡的形成〉,《故宮學術季刊》,臺北:國立故宮博物院,2006 年,第 23 卷第 2 期,頁 91～126。

66. 劉序楓:〈漂泊異域—清代中國船的海難紀錄〉,《故宮文物月刊》365 期,臺北:國立故宮博物院,2013 年 8 月,頁 16～23。

67. 鄭永常:〈越法〈壬戌和約〉簽訂與修約談判,1860～1867〉,《成大歷史

學報》第 27 號（2003 年 6 月），頁 99～128。

68. 鄭永常：〈越南阮朝嗣德帝的外交困境，1868～1880〉，《成大歷史學報》第 28 號（2004 年 6 月），頁 49～88。

69. 鄭瑞明：〈華僑鄭懷德對越南的貢獻〉，《師大歷史學報》第 4 期（臺北，1976.4），頁 221～240。

70. 戴可來、于向東著，〈關於法國入侵越南的專題史料《洋事始末》〉，《東南亞縱橫》，1998 年第 1 期，頁 34～40。

71. 羅長山：〈越南陳朝使臣中國使程詩文選輯〉，《廣西教育學院學報》，1998 年第 1 期，頁 205～211。

72. 龔顯宗：〈自《艮齋觀光集》看越、清兩國交涉與七省風物〉，《臺灣古典文學研究集刊》第 1 期，（臺北，2009.6），頁 377～392。

73. 龔顯宗：〈華裔越南漢學家、外交家鄭懷德〉，《歷史月刊》第 150 期（臺北，2000.7）頁 107～112。

（二）越南文

1. Philippe 張（Philippe Truong）：〈鄧輝　在廣東定做的祭祀陶瓷初探〉（Đồ Sứ Tế Tự Do Đặng Huy Trứ Đặt Làm Tại Trung Quốc），《順化：古與今》（Huế xưa và nay），2006 年第 78 期，頁 11。

2. 佚名：〈使華閒詠〉（Sứ Hoa Nhàn Vịnh），《南風雜誌》（Nam Phong tạp chí），1921 年第 48 期，頁 482～85。

3. 佚名：〈鄭懷德〉（Trịnh Hoài Đức），《知新》（Tri Tân），1941 年第 7 期，頁 12～13。

4. 佚名：〈黎光定〉（Lê Quang Định），《知新》（Tri Tân），1941 年第 8 期，頁 10～11。

5. 李春鐘（Lý Xuân Chung）：〈武輝瑨與朝鮮使臣新發現的兩首唱和詩〉（Hai Bài Thơ Xướng Họa Giữa Vũ Huy Tấn Với Sứ Thần Triều Tiên Mới Được Phát Hiện），收入漢喃研究院（Viện nghiên cứu Hán Nôm）：《漢喃學通報》（Thông Báo Hán Nôm Học），河內：漢喃研究院，2005 年，頁 110～117。

6. 阮氏美幸（Nguyễn Thị Mỹ Hạnh）：〈阮朝與清朝邦交關係中的朝貢活動〉（Hoạt Động Triều Cống Trong Quan Hệ Bang Giao Giữa Triều Nguyễn (Việt

Nam) Với Triều Thanh (Trung Quốc)〉,《中國研究》（Nghiên cứu Trung Quốc），2009 年第 7 期，頁 65～74。

7. 阮氏鳳（Nguyễn Thị Phượng）：〈阮促詩研究〉（Về Văn Bản Thơ Nguyễn Đề），《漢喃雜誌》（Tạp chí Hán Nôm），2001 年第 88 期，頁 63～65。

8. 阮氏營（Nguyễn Thị Oanh）：〈嘉隆時期越南儒學〉（Tìm Hiểu Về Nho Giáo Việt Nam Dưới Thời Vua Gia Long），《從跨領域視角研究越南儒學》（Nghiên Cứu Tư Tưởng Nho Gia Ở Việt Nam Từ Hướng Tiếp Cận Liên Ngành），河內：世界出版社，2009 年，頁 189～218。

9. 阮黃貴（Nguyễn Hoàng Qúy）：〈潘輝一族與使程詩〉（Dòng Họ Phan Huy Sài Sơn Và Những Tập Thơ Đi Sứ），《漢喃學通報》（Thông Báo Hán Nôm Học），河內：漢喃研究院，2003 年，頁 457～463。

10. 阮董芝（Nguyễn Đổng Chi）：〈李文馥——阮朝出色的外交鬥爭筆斗〉（Lý Văn Phức Ngòi Bút Đấu Tranh Ngoại Giao Xuất Sắc Thời Nguyễn），《文學》（Văn học），1980 年第 2 期，頁 52～58。

11. 阮肇（Nguyễn Triệu）：〈吳仁靜〉（Ngô Nhân Tĩnh），《知新》（Tri Tân），1941 年第 6 期，頁 15～16。

12. 武宏維（Võ Hồng Huy）：〈阮促的《華程消遣後集》〉（Quế Hiên Nguyễn Nễ Với Hoa Trình Tiêu Khiển Hậu Tập），《文學藝術》（Văn học nghệ thuật），2010 年第 316 期。

13. 金英（Kim Anh）：〈潘輝注的一篇賦之研究〉（Bài Phú "Buông Thuyền Trên Hồ" Của Phan Huy Chú），《漢喃雜誌》（Tạp chí Hán Nôm），1992 年第 1 期，頁 84～86。

14. 范俊慶（Phạm Tuấn Khánh）：〈鄧輝 使程和一份尚未公佈的資料〉（Chuyến Đi Sứ Của Đặng Huy Trứ Và Một Tư Liệu Chưa Được Công Bố），《科學與工藝通訊》（Thông tin Khoa học và Công nghệ），1995 年第 3 期。

15. 范黃軍（Phạm Hoàng Quân）：〈《往使天津日記》和《往津日記》略考〉（Lược Tả Về Sách "Vãng Sứ Thiên Tân Nhật Ký" Của Phạm Thận Duật Và "Vãng Tân Nhật Ký" Của Nguyễn Thuật），《研究與發展雜誌》（Tạp chí Nghiên cứu và Phát triển），2008 年第 6 期，頁 110～17。

16. 高自清（Cao, Tự Thanh）：〈鄭懷德的二十首喃文使程詩〉（Hai Mươi Bài Thơ Nôm Lúc Đi Sứ Của Trịnh Hoài Đức），《漢喃雜誌》（Tạp chí Hán Nôm），

1987 年第 1 期，頁 86～93。

17. 陳氏詩（Trần Thị The）:〈使程詩文的形成、發展與特徵〉（Vài Nét Về Sự Hình Thành、Phát Triển Và Đặc Điểm Của Thơ Đi Sứ），《河內師範大學科學學報》（Tạp chí khoa học, đại học sư phạm Hà Nội），2012 年第 57 期，頁 52～57。

18. 陳玉映（Trần Ngọc Ánh）:〈西山朝外交初探：重要思想與歷史教訓〉（Ngoại Giao Tây Sơn – Những Tư Tưởng Đặc Sắc Và Bài Học Lịch Sử），《峴港大學科學與工藝雜誌》（Tạp chí khoa học và công nghệ，Đại học Đà Nẵng），2009 年第 1 期。

19. 陳德英山（Trần Đức Anh Sơn）:〈清代越南使團的貿易活動初探〉（Hoạt Động Thương Mại Kiêm Nhiệm Của Các Sứ Bộ Việt Nam Ở Trung Hoa Thời Nhà Thanh），收入世界出版社（Nhà xuất bản Thế giới）:《歷史遺產和新的切入點》（Di Sản Lịch Sử Và Những Hướng Tiếp Cận Mới），河內：世界出版社，2011 年。

20. 陳德英山（Trần Đức Anh Sơn）:〈嗣德朝鄧輝 在廣東的兩次公務（1865 及 1867～1868）〉（Hai Chuyến Công vụ Quảng Đông của Đặng Huy Trứdưới triều Tự Đức (1865 và 1867~1868)）《峴港社會經濟發展雜誌》（Phát triển Kinh tế- Xã hội Đà Nẵng）第 30 期，（2012 年）頁 47～55。

21. 陳德英山（Trần Đức Anh Sơn）:〈嗣德朝鄧輝 在廣東的兩次公務〉（Hai Chuyến Công vụ Quảng Đông của Đặng Huy Trứdưới triều Tự Đức），《峴港社會經濟發展雜誌》（Phát triển Kinh tế- Xã hội Đà Nẵng）第 29 期（2012 年），頁 48～57。

22. 華鵬（Hoa Bằng）:〈關於武輝瑨〉（ÔngVõ Huy Tấn），《知新》（Tri Tân），1942 年第 40 期，頁 17～18。

23. 華鵬（Hoa Bằng）:〈武輝瑨及其《華程隨筆》〉（Võ Huy Tấn Và Tập Hoa Trình Tùy Bút），《知新》（Tri Tân），1942 年第 37 期。

24. 華鵬（Hoa Bằng）:〈武輝瑨及其《華程隨步集》〉（Ông Võ Huy Tấn Và Tập Hoa Trình Tùy Bộ），《知新》（Tri Tân），1942 年第 35 期，頁 6～7。

25. 華鵬（Hoa Bằng）:〈武輝瑨及其《華程隨步集》〉（Ông Võ Huy Tấn Và Tập Hoa Trình Tùy Bộ），《知新》（Tri Tân），1942 年第 36 期，頁 8～9。

26. 黃春憾（Hoàng Xuân Hãn）:〈北行叢記〉（Bắc Hành Tùng Ký），《史地集

刊》（Tập san sử địa），1969 年第 13 期，頁 3～32，181～183。

27. 黃芳梅（Hoàng Phương Mai）：〈越南阮朝遣使清朝的使團介紹〉（Về Những Phái Đoàn Sứ Bộ Triều Nguyễn Đi Sứ Triều Thanh (Trung Quốc)），《漢喃雜誌》（Tạp chí Hán Nôm），2012 年第 6 期，頁 51～68。

28. 潘魁（Phan Khôi）：〈透過《法越交兵記》看一位日本史學家眼裡的越南民族〉（Dân Tộc Việt Nam Dưới Mắt Một Sử Gia Nhật Bản (Lấy Trong Sách "Pháp-Việt Giao Binh Ký")），《香江》（Sông Hương），1937 年第 31 期，頁 1～8。

29. 黎光長（Lê Quang Trường）：〈鄭懷德使程詩初探〉（Bước Đầu Tìm Hiểu Thơ Đi Sứ Của Trịnh Hoài Đức），《漢喃學通報》（Thông Báo Hán Nôm Học），河內：漢喃研究院，2007 年。

30. 寶琴（Bửu Cầm）：〈阮朝嘉隆到嗣德遣使中國的使團〉（Các Sứ Bộ Do Triều Nguyễn Phái Sang Nhà Thanh (Từ Triều Gia Long Đến Đầu Triều Tự Đức)），《史地集刊》（Tập san sử địa），1966 年第 2 期，頁 46～51。

三、會議論文

（一）中文

1. 李慶新：〈貿易、移殖與文化交流：15～17 世紀廣東人與越南〉，《第二屆海外華人研究與文獻收藏機構國際會議》，香港：香港中文大學，2003 年。

2. 陳正宏：〈法國所藏越南漢文燕行文獻述論〉，《燕行使進紫禁城——14 至 19 世紀的宮廷文化與東亞秩序學術研討會》，北京：故宮博物院、故宮學研究所，2014 年，頁 69～74。

3. 湯熙勇：〈人道、外交與貿易之間——以朝鮮、琉球及越南救助清代中國海難船為中心〉，臺北「第九屆中國海洋發展史學術研討會」論文，中央研究院中山人文社會科學研究所，2003 年 3 月 12～14 日。

4. 鄭幸：〈清代越南使臣入京路線述略〉，《燕行使者進紫禁城學術研討會會議論文集》，北京：故宮學研究所主辦，2014 年 6 月 28～29 日，頁 444～453。

（二）越南文

1. 于在照：〈越南燕行漢詩與中代中越文化交流〉（Thơ Bang Giao Chữ Hán Việt Nam Trong Sự Giao Lưu Văn Hóa Việt Nam Và Trung Quốc Trên Lịch

Sử Trung Đại），收錄在《地區和國際視野下的越南文學研討會》論文集（Hội thảo quốc tế Văn học Việt Nam trong bối cảnh giao lưu văn hóa khu vực và quốc tế），河內：文學院，2006 年。

2. 杜氏美芳（Đỗ Thị Mỹ Phương）：〈黎光定《華原詩草》初探〉（Hoa Nguyên Thi Thảo Của Lê Quang Định - Những Vần Thơ Đi Sứ Tươi Tắn, Hào Mại），《第一屆語文系青年學術研討會》（Hội thảo Khoa học trẻ I, khoa Ngữ Văn），河內：河內師範大學，2013 年。

3. 杜秋水（Đỗ Thu Thủy）：〈越南中代外交的三大基本特徵〉（Ba Đặc Trưng Cơ Bản Trong Hoạt Động Ngoại Giao Văn Hóa Việt Nam Thời Trung Đại），收錄在《融入國際時期的對外文化研討會》論文集（Văn hóa đối ngoại thời kỳ hội nhập），2011 年。

4. 阮德昇（Nguyễn Đức Thăng）：〈西山朝越南與中國的使程詩初探〉（Thơ Văn Bang Giao Việt Nam Và Trung Quốc Dưới Triều Tây Sơn），收錄在《越南與中國的文化、文學關係國際學術研討會》論文集（Hội thảo quốc tế "Việt Nam - Trung Quốc: Những quan hệ văn hóa, văn học trong lịch sử"），胡志明市：胡志明市人文社會科學大學、湖南師範大學，2011 年。

5. 黎光長（Lê Quang Trường）：〈阮朝儒士鄭懷德出使中國的心理演變〉（Trịnh Hoài Đức Và Tâm Sự Nho Thần Triều Nguyễn Trên Đường Đi Sứ Trung Quốc），收錄在《越南與中國的文化、文學關係國際學術研討會》論文集（Kỉ yếu Hội thảo khoa học quốc tế Việt Nam và Trung Quốc: những quan hệ văn hóa, văn học trong lịch sử,tháng 9-2011），胡志明市：胡志明市人文社會科學大學、湖南師範大學，2011 年。

四、學位論文

（一）中文

1. 于向東：《古代越南的海洋意識》，廈門：廈門大學博士論文，2008 年。

2. 于燕：《清代中越使節研究》，山東：山東大學碩士論文，2007 年。

3. 史蓬勃：《清代越南使臣在華交遊述論——以《越南漢文燕行文獻集成》為中心》，山東師範大學碩士論文，山東，2014 年。

4. 后玉潔：《越南光中三年使團燕行文獻的研究與整理》，西南交通大學碩士論文，廣西，2016 年。

5. 李貴民：《越南阮朝明命時期（1820～1840）海軍與對外貿易》，臺南：國立成功大學歷史系博士論文，2013 年。

6. 李標福：《清代越南使臣在華活動研究——以《越南漢文燕行文獻及成》為中心》，暨南大學歷史系碩士論文，廣州：2015 年。

7. 汪泉：《清朝與越南使節往來研究》，廣州：暨南大學碩士論文，2008 年

8. 阮氏美香：《鄭懷德《艮齋詩集》研究》，高雄：國立中山大學中文系博士論文，2016 年 7 月。

9. 阮氏海：《越南阮代阮攸《三本漢詩》研究》，高雄：國立中山大學中文系碩士論文，2014 年 7 月。

10. 阮黃燕：《《西廂記》、《玉嬌梨》與越南文學》，臺南：國立成功大學中文系碩士論文，2009 年 7 月。

11. 阮黃燕：《1849～1877 年間越南燕行錄之研究》，臺南：國立成功大學中國文學系博士論文，2015 年。

12. 周亮：《清代越南燕行文獻研究》，廣州：暨南大學碩士論文，2012 年。

13. 邱彩韻：《十九世紀馬來群島和越南的交會與互動——以越南使節作品為討論對象》，臺南：國立成功大學中文系博士論文，2015 年 7 月。

14. 張玉梅：《論越南六八體、雙七六八體詩與漢詩的關係》，上海：華中師範大學碩士論文，2008 年。

15. 張恩練：《越南仕宦馮克寬及其《梅嶺使華詩集》研究》，暨南大學碩士論文，2011 年。

16. 張茜：《清代越南燕行使者眼中的中國地理景觀》，上海：復旦大學碩士論文，2012 年。

17. 陳鈺祥：《清代粵洋與越南的海盜問題研究》，臺中：東海大學歷史學系碩士班論文，2005 年 12 月。

18. 楊大衛：《越南使臣李文馥與 19 世紀初清越關係研究》，廣州：暨南大學歷史學系碩士論文，2014 年 6 月。

19. 葉楊曦：《近代域外人中國行紀裡的晚清鏡像》，南京：南京大學碩士論文，2012 年。

20. 廖宏斌：《嗣德時期越南政治權力的建構與社會整合》，鄭州：鄭州大學碩士論文，2002 年。

21. 賴承俊《繆艮其人及其作品研究》，臺南：國立成功大學中文系碩士論文，2011 年 7 月。

（二）英文及越南文

1. 阮氏玉英（Nguyễn Thị Ngọc Anh）：《越南中代詩人使程詩研究》（Tìm Hiểu Về Thơ Đi Sứ Của Các Nhà Thơ Trung Đại Việt Nam），榮市大學語文學系碩士論文，2009 年。

2. 阮氏銀（Nguyễn Thị Ngân）：《李文馥及其《西行見聞紀略》研究》（Nghiên Cứu Về Lý Văn Phúc Và Tác Phẩm Tây Hành Kiến Văn Kỳ Lược），越南翰林院下屬漢喃研究院博士論文，2009 年。

3. 黎明開（Liam C Kelley）："Whither the Bronze Pillars? Envoy Poetry and the Sino-Vietnamese Relationship in 16th to 19th Centuries（銅柱何在？越南使程詩和 16 至 19 世紀的越中關係），" University Of Hawaii，2001 年。

五、網路資料庫

1. 《中國方志庫》，北京：愛如生數據庫。

2. 《中國古籍資料庫》，北京：愛如生數據庫。

3. 中央研究院暨國立故宮博物院：明清與民國檔案跨資料庫檢索平臺：http://archive.ihp.sinica.edu.tw/mctkm2c/archive/archivekm。

4. 東亞文化意象之形塑（二）之「圖象資料庫」、「書目資料庫」、「論文選粹」：http://eastasia.litphil.sinica.edu.tw/。

5. 美國坦普爾大學越南哲學、文化、社會中心：http://www.cla.temple.edu/vietnamese_center/welcome.html。

6. 美國耶魯大學線上資料庫：http://findit.library.yale.edu/。

7. 越南國家圖書館：http://nlv.gov.vn/。

8. 越南漢喃文獻目錄資料庫系統：http://www.litphil.sinica.edu.tw/hannan/。

9. 《明實錄》、《朝鮮王朝實錄》、《清實錄》資料庫，中央研究院歷史語言所、韓國國史編纂委員會：http://hanchi.ihp.sinica.edu.tw/mql/login.html。

附　錄

附錄一：越南遣使經往廣東一覽表

時　　間	使　節	任　　務	相關著作
西山光中二年（乾隆 54年，1789）	陳瑞觀、朱文燕	命內院陳瑞觀、朱文燕等如廣東採買貨項。〔註1〕	
西山光中三年（乾隆 55年，1790）	潘輝益、武輝瑨、段浚	乾隆 55年秋七月己丑，安南國王阮光平入覲。〔註2〕 西賊阮文會使人朝于清，初惠既敗，清兵又稱為阮光平，求封於清，清帝許之，復要以入覲，惠以其甥范公治貌類己使之代，令與吳文楚、潘輝益等俱。清帝醜其敗，陽納之，賜賚甚厚，惠自以為得志，驕肆益甚。〔註3〕	潘輝益《星槎紀行》、《柴山進士潘公詩集》（A.2822） 武輝瑨《華程後集》 段浚《海煙詩集》、《段先生詩集》（A.2822）、《海派詩集》（A.310） 武輝瑨、吳時任、潘輝益《燕臺秋詠》
西山景盛三年（乾隆 60年，1795）	阮偍	歲貢 《華城消遣集·聞命喜賦》：舟次長灘，接到廣西巡撫城札，示奉庭寄上諭，此次安南貢使，當由廣東江西進程，由此抵西江舟程又添效十日，路經韶南等府，名勝甚多。	阮偍《華程消遣集》

〔註1〕大南實錄正編第一紀卷四，十年五月。
〔註2〕清史稿／本紀 卷十五／高宗／乾隆五十五年，P548。
〔註3〕《大南實錄正編第一紀》卷四，十一年三月。

		清高宗實錄：是年九月貴州、湖南一帶爆發苗民起義，歷數月而未平，乾隆以湖南軍務繁忙，恐無法兼顧貢使，故遣六百里加集諭令，命繞道而行。	
景盛四年（嘉慶元年，1796）	朱文燕	遣內院朱文燕等如清採買書籍貨項。〔註4〕	
景盛六年（嘉慶三年，1798）	吳仁靜、陳俊、何平	探訪黎主消息 奉國書從清船如廣東探訪黎主消息，聞黎主已殂，遂還。〔註5〕	吳仁靜《拾英堂詩集》（B9）前半
景盛九年（嘉慶6年，1801）	趙大仕（清人）	遣趙大仕如廣東，大仕清人來商為齊桅海匪所掠，我兵攻破海匪因獲之。帝以舊京既復，議以國情移於兩廣總督，大仕請行，乃遣之。〔註6〕 嘉隆元年五月，清人趙大仕自廣東還，帝問以清國事體，命兵部厚廩給之。〔註7〕	
阮嘉隆元年（嘉慶7年，1802）	鄭懷德、吳仁靜、黃玉蘊	械送廣東盜匪回粵，後與黎光定、黎正路、阮嘉吉等請封使團於廣西會合，前往北京請封。 帝與群臣議通使于清。諭曰：我邦雖舊其命維新復讎大義，清人尚未曉得，曩者水兵風難，清人厚賜遣還，我未有答復，今所獲偽西冊印乃清錫封；所俘海匪乃清逋寇，可先遣人送還，而以北伐之事告之，俟北河事定，然後復尋邦交故事則善矣。卿等其擇可使者。群臣以鄭懷德、吳仁靜、黃玉蘊等應之。帝可其奏，以鄭懷德維戶部尚書（六部正卿為有尚書之名，因使命故特加焉）充	吳仁靜《拾英堂詩集》後半 鄭懷德《艮齋觀光集》（B8）

〔註4〕《大南實錄正編第一紀》卷八，十七年五月。
〔註5〕《大南實錄》正編，第一紀，卷10，頁10。
〔註6〕《大南實錄正編第一紀》卷十四，二十二年七月，第四冊總頁538。
〔註7〕《大南實錄正編第一紀》卷十七，第四冊總頁569。

		如清正使，吳仁靜為兵部右參知，黃玉蘊為刑部右參知，充副使。齎國書品物並將所獲清人錫封偽西冊印及齊桅海匪莫觀扶、梁文庚、樊文才等乘白燕、玄鶴兩船駕海，由廣東虎門關投遞總督覺羅吉慶以事轉達，清帝素惡西賊無道，又招納莫觀扶等抄掠洋人，久為海梗，至是得報大悅，命廣東收觀扶、文庚、文才誅之，而留懷德等于省城供給甚厚。〔註8〕	
		十一月，以兵部參知黎光定為兵部尚書，充如清正使；吏部僉事黎正路、東閣學士阮嘉吉充甲乙副使。先是帝既克北城，移書兩廣總督督臣以事轉達，清帝令復書言我國既撫有安南全境，自應修表遣使請封，其前使部鄭懷德等令轉往廣西，俟請封使至，齊進燕京候命。正路等以聞帝命光定等齎國書品物（琦琳二斤象牙二對犀角四座沉香一百斤速香二百斤紬紈絹布各二百疋）往請封請改國號為南越，命北城修造行宮使館。〔註9〕	
嘉隆十七年五月	陳震、阮祐仁等	命陳震、阮祐仁等送廣東難船礮械于清（初廣東師船李昭示等遭風泊於富安洋分，輯錄遺留其礮械于鎮至是送還之）〔註10〕	《大南實錄》
明命三年（道光二年，1822）6月	胡文奎、黎元亶	赴廣東採買 命該隊胡文奎、典簿黎元亶、副飛騎尉黃亞黑等乘大中寶船如廣東採買貨項。〔註11〕	《大南實錄》2.v.16 p.1
明命八年（道光七年，1827）閏五月	黎元亶等	閏五月，遣文書房黎元亶等乘清波號船如廣東公務	《大南實錄》2.v.46 p.17

〔註8〕《大南實錄正編第一紀》卷十七，第四冊，總頁571。
〔註9〕《大南實錄正編第一紀》卷十九，第四冊，總頁601-602。
〔註10〕大南實錄正編第一紀卷57，嘉隆十七年五月。
〔註11〕大南實錄正編第二紀卷16，明命三年六月。

明命九年（道光八年，1828）五月	阮知方、黎元寘	遣侍衛尊室議、修撰阮知方、司務黎元寘等分乘瑞龍清波諸號船往呂宋廣東諸地方公務	《大南實錄》2.v.52 p.1
明命十年（道光九年，1829）二月	阮得帥、阮知方	賜清難生符傅岱等白金百四十兩，命前鋒前衛副衛尉阮得帥、承旨阮知方乘平洋大船送于廣東，得帥道卒，追贈衛尉，賜白金一百兩給諸其家。	《大南實錄》2.v.57 p.35
明命十四年（道光十三年，1833）夏～冬	李文馥、阮文章、黎文謙、黃炯、汝伯仕	分乘平字一、平字七兩大船，護送廣東水師梁國棟、樊耀陞失風戰船回廣東。清廣東巡師船一艘因風泊於廣南茶山澳，省臣以聞帝曰：此乃公差，非難商比，令給之錢三百緡、白米三百方，復派戶部郎中黎長名前往慰問，間以牛酒厚款之。船艘有損壞者為之修理，又聞所帶兵仗多不堪用，令撥出北機鳥鎗長槍各四十，並隨槍藥彈齎往宣給。〔註12〕	李文馥《粵行吟草》（B13）、《澳門誌行詩抄》（已佚）、黃炯《粵行吟草》（已佚）繆艮《中外群英會錄》（A.138、A.3039）、汝伯仕《粵行雜草》（B13）、（VHv.1797/1-2
明命十五年（道光十四年，1834）夏～冬	李文馥、黎伯秀	管駕平字五號船，護送風飄廣東水師外委陳子龍歸國。清廣東捕弁陳子龍師船遭風投泊清葩漪碧汛，命省臣給以錢米，尋遣兵部員外郎李文馥、翰林承旨黎伯秀等乘平字號船護送之還。〔註13〕	《粵行續吟》（A2685/2）、（A.300）
明命十六年（道光十五年，1835）夏～冬	李文馥、陳秀穎、杜俊大	捕獲解送搶掠於廣南洋分的三名水匪回廣東。	《三之粵集草》（B13）、《仙城旅話集》（B13）、《二十四孝演歌》（VHv.1259）《道光實錄》V.272，p5～6
明命十七年（道光十六年，1836）秋～冬	李文馥	奉駕平洋號船到澳門，察訪師船音訊。	《鏡海續吟》（B14）

〔註12〕大南實錄正編第二紀卷88，明命十四年正月。
〔註13〕大南實錄正編第二紀，卷124，明命十五年四月。

明命二十年（道光十九年，1839）五月	張好合	如廣東公務 四月，南興船派員自廣東還，言向來此省城許紅毛國人列肆十三行貯賣鴉片，清人多吃之，新督林則徐以其犯禁，嚴收其贓物至千餘桶，猶派查檢未已。〔註14〕 五月，遣正四品散員張好合、阮文功、潘顯達等帶同隨辦人員分乘南興號船及清船各艘如東公務。〔註15〕 十二月，如東南興船派員公回，言清總督林則徐與紅毛拒戰，各有死傷，未知孰勝。帝謂侍臣曰：紅毛兵船不過數艘，林則徐以全省之兵何乃攻之不克，況紅毛涉海遠來，何所資糧而能久與清人相拒？起有內為之應，有所恃而敢然之乎？是不過為此頑黠之態，以示其慢耳。大清當初以一旅取天下，兵力何其雄也，此又何其委靡也，朕心實為之不平。且紅毛前者為商賣而來，所以構起兵端，蓋以林則徐檢出鴉片抄沒船貨故耳。朕聞北朝皇子、藩王、文武大臣俱吃鴉片，城門市肆亦有，公然排列，其國如此，何以律外國乎！況聞林則徐吃筒純用金飾，則亦自蹈其呃，身之不正，如正人何金乃藉此罪人弄出許多是來，微之不謹，其流將至於不可遏，此後又未知其何如也。〔註16〕	《道光實錄》v320，1019；V328，P1151
紹治三年（道光廿三年，1843）9月	張好合、王有光、阮居仕、黎止信。	解犯至廣東 六月，命大理少卿張好合、太僕少卿阮居仕乘青鸞大船解洋匪清人金二紀等人犯如東，紀等久為清人患，去年為我官兵弋獲拘留之，至是始命好合等送交廣督處	《道光實錄》v395，p.32

〔註14〕大南實錄正編第二紀卷 201，明命二十年四月。
〔註15〕大南實錄正編第二紀卷 202，明命二十年五月。
〔註16〕大南實錄正編第二紀卷 208，明命二十年十二月。

		治，復派羽林營左二衛署副衛協領侍衛黎止信偕行，照內務府清單商同妥辦，革員王有光等皆屬焉。〔註17〕 九月，青鸞大號船毀於廣東獵德江，清人德之以事奏聞，清帝賞賜優厚，館於省城外，好合與阮居仕、黎止信、黃濟美、阮伯儀、阮久長、王有光及兵丁五十餘人留館採辦，委水師衛尉陳文樟等管守官船泊津次一日樟移火藥函置船尾，忽轟發一聲，火焰衝天，俄瞬間船貨皆燼。樟與率隊武曰撿潘文純、主事阮公繼即兵四十人皆死焉。（是月初八日）事聞，帝愁然曰：不意好合等此行疏誤至此，還日另有旨。〔註18〕 四年正月，以翰林院侍講阮伯儀陞授侍讀學士充辦閣務，王有光啟復禮部主事，充機密院行走。去年儀等派從青鸞船如東公務，船毀由陸先回，又未清匪抄掠，帝深軫之，故有是命。〔註19〕 三月，派員張好合等如東公回，初青鸞船毀破，兩廣總督祁鎮以事奏，清帝給銀二千三百兩復給船送之回。帝以合等一辰疏誤，事出無心，而是行應對酬酢皆能得體，不忍深責，但降四級薄懲，尋調合鴻臚寺卿辦理戶部事務。〔註20〕	
紹治四年（道光廿四年，1844）	阮若山	清國瓊州鎮巡洋兵船一艘遭風泊於清化汴山汛，船多折壞，船標李茂階乞雇匠修理，總督尊室俍以聞，命擇地安頓，支出官項為修之，再給白米一百方，錢二百緡，加給茂階銀二十兩。尋派戶	

〔註17〕大南實錄正編第三紀卷31，紹治三年六月。
〔註18〕大南實錄正編第三紀卷33，紹治三年九月。
〔註19〕大南實錄正編第三紀卷36，紹治四年正月。
〔註20〕大南實錄正編第三紀卷37，紹治四年三月。

		部侍郎阮澤馳驛慰問，曉以姑留俟順候官護送回國之意，茂階感謝，復發內帑、綢緞、洋布頒給，茂階辭不受，固請回瓊，尊室俍以風水未便不許，茂階日久等待，心常怏怏，至次年六月始命侍讀阮若山等送回廣東。〔註21〕	
紹治五年		五月，解送清俘于廣東，先是清化弋獲清匪二犯，生至闕下，遂命官兵乘靈鳳船解交廣東，以吏部郎中杜俊大補授鴻臚寺卿，署吏科掌印枚德常補授翰林院侍讀學士，充正副行价衛尉充協領侍衛黎止信、管奇胡登詢充正副辦。〔註22〕	
紹治五年		閏五月，遣謹信司員外郎吳金聲等六人照領官項搭從清商船駛往廣東採買清貨。〔註23〕	
紹治七年		五月，遣員外郎杜文海、二等侍衛胡得宣等照領官帑，搭載清商船如東採買清貨。〔註24〕	
嗣德四年（咸豐元年，1851）	范富庶（1820～1881）、黎直軒、阮玉汝、阮有光、武黃中、黎伯挺	奉駕瑞鷥號護送清國飄風把總吳會麟回廣東。 三年十二月，賜清風難船派（協把總）吳會麟居於四驛館（月前泊順安汛賜食月給糧錢冬衣，將屆員但賜牲粢酒）另俟給遣回國。〔註25〕 四年二月，辰清風難船派吳會麟現留四驛館俟遣。帝欲敦鄰誼，命禮部辦理黎伯挺協領侍衛武智等十八人以瑞鴻銅船送回，又夾帶帑項銀米因便兌換。閣臣枚英俊上疏切諫略曰：如東一款經奉停止，中外有聞方喜，其為天下臣民之福。金乃以恤難睦鄰之舉而為	《蔗園全集・東行詩錄》（A.2692） 《咸豐實錄》V40，p10～11

〔註21〕大南實錄正編第三紀卷34，紹治三年十月。
〔註22〕大南實錄正編第三紀卷48，紹治五年五月。
〔註23〕大南實錄正編第三紀卷58，紹治五年閏五月。
〔註24〕大南實錄正編第三紀卷68，紹治七年五月。
〔註25〕大南實錄正編第四紀卷六，嗣德三年十二月。

| | | 營商採買之行，則是以義而往，以利而歸，一船之內，同派同行；而所差之間，有儒有賈，臣不知鄰國之人其稱斯船也謂何？又諒山一道清地股匪繞來，旬日之間，邊書再至，數州之民或被毀燒，或被擄掠，其為苦難亦已甚矣。乃守土之臣袖手旁觀，半籌莫展，朝廷何不一慮及此，而汲汲於清國難弁之吳會麟等數輩，臣竊謂事之倒行逆施，未有當于義者也。請如禮部臣所議許該難弁搭從商船回東，仍炤在行人數厚與給賞亦足以示朝廷恤難睦鄰至意。

帝謂英俊慢弄不敬，交議。繼而督察院臣亦上諫章，帝譴之，院臣又為枚英俊奏請寬釋。帝以院臣朋黨徇私，敕催管院黃收並科道等員于大宮門，令閣臣傳旨申飭，張登桂、林維浹諫曰：臣等伏見前者范富庶以言獲罪，茲枚英俊復以言獲罪，雖該等狂妄自取罪戾，竊恐此後人皆以言為諱，則在尚無由，聞其過尤恐諂諛趨媚，正事日非，求其立致太平難矣。帝曰：枚英俊舞文傲世，甚於不敬，清等聞之，於心安乎？昨交部擬，俾肅朝綱，且俟議上另審。〔註26〕 | |
| 嗣德六年至八年（咸豐三年至五年，1853～1855） | 潘輝泳（1801～1871）、武文俊、劉亮 | 歲貢，但遇清太平天國之亂，滯留中國三年之久，後經海陸自廣東返回越南。
嗣德五年九月，命二部使如清，吏部左侍郎潘輝泳充答謝（二年邦交禮成）正使，鴻臚寺卿劉亮、翰林院侍讀武文俊充甲乙使，禮部左侍郎范芝香充歲貢（開年癸丑貢例）正使，侍讀學士阮有絢、侍講學士阮惟充甲乙使（答謝使部二年正派嗣停滯是使行併遣）〔註27〕 | 潘輝泳《駰程隨筆》（B17） |

〔註26〕大南實錄正編第四紀卷六，嗣德四年二月。
〔註27〕大南實錄正編第四紀卷八，嗣德五年九月。

		八年八月，前如清二使部潘輝泳、范芝香等以道梗（清國有兵），日久（三年）未回。帝每念之，乃賜使臣及隨行人父母錢米個有差，令在貫親人紀自出關日至是各追領該等俸例十之八，俾滋養贍。〔註28〕	
		十一月，潘輝泳、范芝香等奉使至自清帝以該二使部萬里跋涉三載艱危，特厚加賞賜，（正使潘輝泳、范芝香各賞勤勞可錄大金磬，副使劉亮、阮惟、武文俊各賞是磬中項，再次各人御製詩各一道，又與行隨人等賞賜衣服銀兩各有差）並宴勞之，既乃賞授輝泳刑部右參知，芝香工部右參知兼充史館纂修；劉亮戶部左侍郎、阮惟鴻臚寺卿辦理吏部、武文俊翰林院侍講學士，行隨以下亦各量與陞補（貢使部甲副使阮有絢途間卒于梧州，歸櫬亦準加厚卹）。再召內閣臣謂曰：該二使部為國忘家，久勞於外，上有倚閭之親，下有候門之子，心之憂矣。于今三年豈不懷歸王事靡鹽？室家之情人誰無之？他人有心予忖度之，其自正副使至隨行通驛（應為譯）人等俟恭候正旦令節事清，準各假限回貫省探以慰其情，限銷即就供職。（貫屬承天四直者假十五日限，家貫懸遠者一月限，正副使去回各給驛）〔註29〕	
嗣德八年（咸豐五年，1855）	范芝香（？～1871）、阮有絢、阮惟	歲貢 原如清使部范芝香等採買物項間有勝支銀兩，帝軫期此行阻滯，特免其責賠。〔註30〕	范芝香《第二次使程詩集》（B17）

〔註28〕大南實錄正編第四紀卷十三，嗣德八年八月。
〔註29〕大南實錄正編第四紀卷十三，嗣德八年十一月。
〔註30〕大南實錄正編第四紀卷十四，嗣德九年六月。

嗣德十六年	陳如山	十月，工部郎中陳如山如廣東公幹，帝令閣臣傳旨謂曰：此行非專採買，宜加心細訪清國事體，即浪沙赤毛等國設鋪在廣東省情形，與昨者洋人投來我國惹事，豬別國曾有聞知指議如何，務得精確，再有何機會可以裨益於事者，各宜熟思詳記回覆。〔註31〕 如東派員陳如山搭清船回施耐汛，貨項由平定省運貯遞納，船主全德春乞停領搭雇錢（三千七百餘緡），帝嘉之，免港稅（二千餘緡）又賜羊酒示勸。〔註32〕	
嗣德十八年至十九年（同治四年至五年，1865～1866）	鄧輝㷆	欽派如東公幹、鴻臚寺卿、辦理戶部事務。	鄧輝㷆《東南盡美錄》（B18）、《鄧黃中詩抄》（VHv.249、VHv.833）
嗣德二十年至廿一年（六年至七年，1867～1868）	鄧輝㷆	欽派如東公幹	《柏悅集》（A.2459、VHv.2395） 《鄧黃中詩抄》（VHv.249、VHv.833）、《辭受要規》（A.491、VHv.252）、《鄧惕齋言行錄》、《鄧黃中文抄》（VHv.834）
嗣德三十三年	阮述、陳慶涑、阮懽	遣使如清（歲貢）吏部右侍郎充辦閣務阮述改授禮部銜，充正使；侍讀學識充史館纂修陳慶涑改授鴻臚寺卿，兵部郎中阮懽改授侍讀學士充甲乙副使。述臨行，帝製詩並遠行歌，御書以賜之，辰又以清匪未靜，乃具邊情疏文，命述遞到廣西其為題請派出營弁防剿。〔註33〕 三十五年四月，如清使部阮述等回，先是使部回抵諒山，帝以河城未靜，命且住歇諒省，察報無	

〔註31〕大南實錄正編第四紀卷二十八，嗣德十六年十月。
〔註32〕大南實錄正編第四紀卷三十，嗣德十七年七月。
〔註33〕大南實錄正編第四紀卷六十三，嗣德三十三年六月。

		礙方可起行。嗣述回至北寧乃請改道往山，由美德寧平上路回清化省，至是抵京。〔註34〕	
嗣德卅六年至建福元年（光緒九年至十年，1883～1884）	范慎遹（1825～1885）、阮述（1842～？）	告哀，阮述先行前往廣東公幹，再與使節團會合 三十五年 12 月，命刑部尚書范慎遹充欽差大臣，侍郎加參知銜阮述副之，往清國天津公幹，辦理戶部阮顒充欽派往廣東以遞信報。自河城有事，我經遣書東督裕（名寬）、曾（名國荃）祈為妥料，至是曾都委招商局唐廷庚、省屬馬復賁、周炳麟等同燕派唐景崧（主事進士出身，奉密旨來我國探察）來問現情並商應辦事（有云力征未見有餘理論或可排解）經派述充欽差偕清官往呈東督，祈為轉達，尋接李伯相電音，邀我國大臣二三人往天津詢問，並商議法國之事，乃命慎遹等奉國書以行（清國得河城失守之信，即令李相與法公使寶海商講，寶使亦欲順從，書回該國審定，李相故有此電音。嗣後年二月慎遹等至天津，則法已有來書，不肯調停，且執以甲戌約有大南，係操自主之權，非有遵服何國之語，不允清認我為屬國，復撤寶使回而以得理固代之，尋又以該掌水李葩利紙橋之死為深仇理論，愈不入李相，又書報清國住英欽使曾紀澤令聯約英俄普諸使講解其事，而亦未有回信。至八月適得朗國公新和約，有清國亦不得預我事之款，遂執此為辭，因以卸責。阮顒住東，則東督亦恐為法人所憾，節次求見均以病卻，各於是冬陸續返回）〔註35〕	《建福元年如清日程》（B23）、阮述《往津日記》（陳荊和校註本）

〔註34〕大南實錄正編第四紀卷六十七，嗣德三十五年四月。
〔註35〕大南實錄正編第四紀卷六十八，嗣德三十五年十二月。

		三十六年正月，北圻沿邊自有匪擾後，人民多為姦人誘賣、邊匪擄掠及清勇帶回清國（憑祥、寧明、太平、南寧、梧州、桂林）使臣阮述使回具將情形入奏。帝憫之，乃嚴飭沿邊諸轄撿拏重治及移書西撫嚴飭轄下屯鎮官察禁，並嚴飭諸營官盤查散勇從前有被掠人口炤理發回。〔註36〕
		二月，清國署理通商大臣李鴻章來文問法國事。（前經電催至是續書貴國與法國交涉之事，本署回津視事後迭有風聞，經準兩廣部堂抄示貴國先後來文備悉，適法國駐莅寶公使過津面與詢問，擬將妥議善法，有裨兩國。為北南相距道遠，未審現情，何似貴國為天朝藩屏二百餘年，最為恭順，總理各國事務王大臣暨本署遇事關垂，深願妥為區處，尚其依前電音，速派大臣來津密詢底細，便相機與法國公使設法調停）命為書復之（略敘經遣使具書各款，又將法派增來兵船，言力辦劉團以通雲南，使南國壽他保護，及住河內、海陽倉屯各處等情，祈為轉達總理各國衙門為之，相機善處使他退聽。〔註37〕
		三月，統督黃佐炎奏言燕派唐景崧抵次（景崧於前臘自京回海防，復陸往北圻諸省查探邊情，至是辭回）與之議論多見義憤，籌商軍情甚為有理，兼之劉永福係與該員同鄉，最為敬重，儻得該員在此，自能事事敏做，請咨東督保留該員留辦軍務，想亦可資一助從之（嗣清朝準依）〔註38〕

〔註36〕大南實錄正編第四紀卷六十九，嗣德三十六年正月。
〔註37〕大南實錄正編第四紀卷六十九，嗣德三十六年二月。
〔註38〕大南實錄正編第四紀卷六十九，嗣德三十六年三月。

		八月，清國東督曾國荃復書（內敘經將我國來文事理轉達）帝覽之，曰：熟察該督似恐為法所仇，與恭親王、李相意合，故向來不肯明助，今雖有好意晚矣，況現方辯論亦無了期，徒虛飾信義而無益也。〔註 39〕	
		建福元年正月，欽差往天津（屬清國直隸省）正副使之刑部尚書范慎遹、侍郎加參知阮述回抵京，準慎遹仍舊供職，述陞署兵部右參知，隨派人等各量陞有差。〔註 40〕	
		三月，準鑴史鑑叢書（清岣嶁曠敏本原編一部四卷又論略一卷共五卷）是書原往津使臣阮述買回恭進，以其撮載歷代興亡政治得失，簡而不漏，讀者易於記憶，惟原編字行細密，展閱欠便，故命史館檢辦（分為八卷又目錄一卷）付梓公傳。〔註 41〕	

〔註 39〕大南實錄正編第四紀卷七十，嗣德三十六年八月。
〔註 40〕大南實錄正編第五紀卷三，建福元年正月。
〔註 41〕大南實錄正編第五紀卷三，建福元年三月。

附錄二：《往津日記》與《建福元年如清日程》廣東段紀錄比較

　　嗣德三十五年臘月八日，欽奉上諭，述以本銜充欽派，帶同機密院員外黎登貞（碧峯）、內閣侍講阮藉（夢仙）、筆帖式杜富蕭，偕清官唐景崧、（薇卿，廣西人。翰林散館，分派雲南。年前述奉使至燕，曾與相識。〔註1〕）馬復賁（鐵崖，安徽人。即用大使銜充辦廣東機器局。唐、馬二人均係至我國探訪現情者。）往香港、廣東公幹，先期至廣南沱汛，俟有輪船搭往。（頁19）

　　　　臣阮述已於是月初十日奉準齎遞國書前往廣東呈候（《越南漢文燕
　　　　行文獻集成（越南所藏編）·建福元年如清日程》，第23冊，頁178）

　　十一日，晚抵承流驛。清官唐、馬二位並周炳麟（竹卿，廣東舉人，原至我國辦招商分局務。）已至此相待。（亦於初八日在京由舟行）因往旅舍慰問，該名員亦來答謝。（頁19）

　　　　《越南漢文燕行文獻集成（越南所藏編）·建福元年如清日程》無
　　　　記載

　　十四日，偕清官唐薇卿、馬鐵崖遊五行山寺，洞天福地，歷覽殆盡。二

〔註1〕　見阮述：《每懷吟草》，〈席次和選部主事唐景崧口占見贈元韻二首〉：「（景崧
　　　　字維卿，桂林灌陽縣人，乙丑科進士，弟景崇、景對均進士入翰林。）黃支
　　　　烏弋儻王人，況是同文古九真。捧節關前歌雨雪，貼天規外識星辰。珠泉久
　　　　毓江山秀，玉署新徙翰墨觀。餘論重期忠益廣，諏詢無仗愧庸臣。聯壁臺前
　　　　朗炤人，笑談深處性情真。模山範水曾何日，沉李浮瓜及此辰。暫借清涼尋
　　　　佛國，恰同兄弟得天親。不妨文酒流連久，自昔曾觀主遠臣。」《越南漢文燕
　　　　行文獻集成（越南所藏編）》，第23冊，頁108。

人各具懷中小冊及洋鐵筆，凡亭臺之位置，洞谷之向背，皆描誌之；且嘖嘖嘖稱其名勝，謂桂林棲霞洞不能過也。遊畢，僧人款茶，余與唐、馬各以銀錢給之，日暮回舟。（頁20）

> 《越南漢文燕行文獻集成（越南所藏編）·建福元年如清日程》無
> 記載

十六日，本省藩臺阮勉之來探，惠余茶酒，又邀回省。余謝辭之。是晚，有海南輪船入汛。清官接東督來函，報以接李中堂電音，使唐應星邀我國大臣前往天津備問之款密以相告。（中堂諱鴻章，號少荃。現文華殿大學士、欽差北洋通商大臣，一等肅毅伯；應星諱廷庚，補用道銜，管辦招商分局，現住我國。）（頁20）

> 十二月十六日廣東招商局遞到致應星信函，鐵崖折閱乃沅帥致應星
> 函一件、札一角，內稱法使已到天津，經總署奏請，敕北洋大臣會
> 商越南通商分界事宜。天津電音諭，越南派一二明幹大員於正杪來
> 津備問等因，隨邀阮述告知余，見中外有此舉，保勝似可緩行，擬
> 即先回廣東見沅帥再議進止。且計此時芷蓀等尚無信至，宵海汛適
> 有海南輪船逕旋香港，即附以行廣南藩司阮勤來見，餽生豚一米二、
> 盒酒二瓶，阮述餽炙豚全具、餅餌三色，此地極盛禮儀也（請纓日
> 記）

十七日，薄暮接馬鐵崖報以海南船改訂以今夜十點鐘出洋，宜同搭往勿遲。⋯⋯

九點鐘，同唐、馬諸員就船；十點鐘動輪。是夜，月明波靜，離了茶山數十里，即望東北大洋直駛矣。（此船長約十五丈，廣約三丈餘。船面上諸房惟船主與看標機諸洋人居之。中一層搭客，下一層載貨。船主名昆拿，係美國人。）（頁20〜21）

> 《越南漢文燕行文獻集成（越南所藏編）·建福元年如清日程》無
> 記載

> 十二月十七日晚，七鐘下撥船行十三四里，到輪船泊所；八鐘動輪，
> 月明如晝，廣南港口浪極險惡，此時獨平，誠冬令之不易得也。船
> 向東行，夜半經順化口。（請纓日記）

十八日，船行稍穩。鐵崖、竹卿以余未嘗渡海，恐其暈浪，頻頻慰問。因言平日往來廣南、順化洋分，罕得波濤順帖如今日者，實由使君福力致之。

余答以此行各有公事，下价則憑國王福庇、列佇位則藉聖天子威靈，故能致此。小臣何福之有？二員均稱其言有體。（頁21）

> 《越南漢文燕行文獻集成（越南所藏編）·建福元年如清日程》無記載

十二月十八日早微雨，船向北行捷，遜昨夜每一點鐘猶行十咪，交午風大船行較遲，每一點鐘行八咪。一鐘船西對河靜省之汎，港口東北遙見海南山，此離宵海汎一百五十五咪，而距瓊州海口尚有二百咪之遙。四鐘風稍減距海南山約二十餘咪，船甚穩，至夜，月明星朗，八鐘轉鍼向東北行，每一點鐘行九咪，捷於午間已出越南界。十鐘船旁微浪，遙見海南山，波平如鏡，洵海上良夜也。

十二月十九日，早晴有霧，每一點鐘行八咪半，船向東北行，偏東七十度，船極穩，與阮述等筆談，阮述云三國吳之士燮在北宵有墓有祠，以文學開風氣，土人謂為士王；海陽安子山有唐石刻。八鐘漁船漸多，南對平沙，即瓊州黃沙港北，則往廉州之北海道，十鐘霧稍大，十二鐘船正東行，二鐘過澄邁縣，四鐘三刻至瓊州海口泊船。沱灢至此共一千二百五十里，合洋里三百七十一咪。（請纓日記）

二十日，在船無事，與薇卿、鐵崖諸人啜茗筆談；夢仙、碧峯上岸遊覽。還言此地舖舍稠密，貨物亦多；汎口現有洋人居住，蓋中朝僱他助辦關稅也。（頁21）

> 《越南漢文燕行文獻集成（越南所藏編）·建福元年如清日程》無記載

十二月二十日停船竟日。

二十一日船未開，與阮述筆談云：其國葦野公欲一見，恨無公事不敢來。其子名洪蔘，聞亦風雅，曾請余書一扇一名章。阮述至沱接其詩函，道及之惜亦未見，並詢阮述其國現在賢才。（請纓日記）

廿二日，五點鐘開船。過七洲洋，風逆浪大，船甚簸揚，人多嘔吐。余亦頭暈，不能起，臥以就食，然亦難下咽矣。夜過澳門，昏黑不能望見。（頁21）

二十二日，派隨屬就內務府檢認貨項，歸束箱擡停當，俟船搭往。

（《越南漢文燕行文獻集成（越南所藏編）·建福元年如清日程》，第23冊，頁178）

十二月二十二日船未開，夜三鐘始行。（請纓日記）

廿三日，早過萬山，午抵香港。暫于上環信和源棧與欽派謝述甫（即惠繼）同住。薇卿諸人先搭渡船回省稟知。（香港至廣東省城，每日夜渡客各一次、船行八點鐘即到）訂以二、三日後鐵崖再來相接。（頁22）

《越南漢文燕行文獻集成（越南所藏編）·建福元年如清日程》無記載

二十三日午十一鐘至香港，五鐘附夜船至省。（請纓日記）

廿四日，與碧峯、夢仙步至山側，略覽香港形勝。香港原廣東一海島耳。東亘一仙，西達虎門，南通澳門，北接九龍；一港居中，群山環抱。從前為盜賊淵藪，道光廿二年（1842），中朝割以與英人開設埠頭。於是山麓則剗平之，海岸則砌（石砌）而築之，區畫街衢，建造樓棧，其高皆皆四五疊，窗牖間嵌以五色玻璃，華麗奪目。中國開與諸國人來商者，皆賃居焉。港內輪船日常至四五十艘，懋遷有無，百貨湊集，奇詭畢至。雖僻海隅，而東鶼西鰈，無物不備，中土亦罕及也。英人治事，各設衙門，（有總督、按察、輔政、庫務、工務、司理政務諸衙門甚多）諸國來商各置領事，（西洋之美、法、德、俄、日耳曼、意大里、荷蘭諸國，東洋之日本，南之暹邏，並我國均有來商）設機器局以制器，保險局以保船，講練則有試馬之場，防火則有水龍之法，以至日報、電報、字學、醫學接置館設場；蓋凡所以助商興利者，無不規畫舉行，難以悉數。他如遊覽之處，則有花園；樹以嘉木名花，畜以珍禽奇鳥，景物幽雅。又有博物堂，凡諸諸國禽鳥鱗介，以及毒蟲、惡獸諸異物，皆剝取皮毛晒乾，裝之玻璃之櫃中，宛然如生，遊觀者繹絡不絕。且又街路光潔，巡察嚴密；日則往來車轎喧闐，夜則萬點氣燈燦熳，殆同白晝，真繁華境界也。溯自經始至今，總四十餘年，英人之用力亦勤矣！但征稅頗重，（雇棧居商者，每月價銀至五六十元；小船、漁船，以及工作諸雜技賤役，亦皆有稅。）物價甚昂，（食物及茶藥太貴，白米百斤，值洋銀二元）居人多以奢靡相尚，鮮風雅之流；多狹斜之輩，酒樓妓館，夜費百金，近聞富商已多傾產。奸盜屢發，狡獪多歧，不知將來習尚更何如也，有心世局者，能不為長太息耶？（頁22～23）

《越南漢文燕行文獻集成（越南所藏編）·建福元年如清日程》無記載

二十四日六鐘上岸至竹卿家，回大石街寓中，往謁沅帥及裕中丞，

知天津會議尚無成說，沅帥屬仍往越南。（請纓日記）

廿五日，是晚管辦香港招商分局張祿如（名蔭孫）與吳香圃（名俊熊，係管辦廣東招商分局）來訪。廿六日，祿如、香圃招飲。（頁23）

《越南漢文燕行文獻集成（越南所藏編）‧建福元年如清日程》無記載

十二月二十五日以越南情形稟呈沅帥（請纓日記）

廿九日，至文裕堂買書。（頁23）

二十九日辰牌，就招商局與唐道員（名廷耕，廣東人，管辦我國招商分局）筆話少頃，回船（案：二十八日已抵順安汛招商局），另委將水腳銀（自順安至海陽、海防數千，奉詳銷冊下同）交普濟船認清。午牌下船，未牌放津。（經奉咨呈院舶審覆）是日並三十兩日夜船行皆遇逆風，波濤甚巨。（《越南漢文燕行文獻集成（越南所藏編）‧建福元年如清日程》，第23冊，頁179～180）

三十日，（阮述）偕謝欽派、阮夢仙往訪王紫詮（諱韜）。紫詮江蘇長洲人，博學能文。年前粵匪之亂，上書當事，陳破賊計；又團鄉勇以應官軍。適為讒人誣以通匪，紫詮乃避之外洋，遍遊歐洲各國。其於言語文字、人情風物，多習而知之，又能揣摩中外大局，發為議論，以寄懷抱。今在香港主循環日報館。聞余至，喜甚。邀坐筆談，歷敘我國派員陳梅宕（希曾）、黎和軒（調）、潘九霞（炳）諸公曩時往來交遊之雅，及竹堂范協揆學識詩文，素所嚮慕，恨不得見。間又訊及我國與法人交涉現情，纔片刻間，彼此談紙已盈寸矣。席間贈余以所著詩集，余回寓，亦以葦野、妙蓮詩集贈之。是夕歲除，諸商肆入夜不撤，街上燈光如同白晝；遊人填塞。余與謝欽派亦至門前買梅花一枝、水仙數本，歸供案頭，使旅居之中少知春色耳。（頁23～24）

嗣德三十六年癸未元旦，王紫詮、石清泉（名應麒，廣東人。寓香港管我國學童學習英字事）與招商局張祿如皆來賀節。余亦往答謝，又以銀錢賜隨人，並寓舍之廚茶房人等。（頁24）

嗣德三十六年正月小，初一日酉牌，抵海陽海防招商局津次停泊。（《越南漢文燕行文獻集成（越南所藏編）‧建福元年如清日程》，第23冊，頁180）

初二日委將土物（清乂廣桂各一片，象牙箸二對）贈唐道員，又委將銀元（六十元）交該道員轉通識瑞邸（嗣而瑞邸不見抵派，這雇

銀另商祥唐道員飭追還）（《越南漢文燕行文獻集成（越南所藏編）‧
建福元年如清日程》，第 23 冊，頁 180）

初三日，馬鐵崖自省至港，俟唐應星回另辦。余謂下价奉命齎書呈上東
督。

事屬關緊，久留在港，恐至遲誤。因訂以初五日（初四為洋人禮拜日，
渡船不行）

前赴穗城，隨機呈辦。鐵崖亦不能阻。（頁 24）

> 初三日午牌，委將水腳銀（自海陽海防至香港）交普濟船認清，申
> 牌開駛，經奉咨呈院舶審覆。（《越南漢文燕行文獻集成（越南所藏
> 編）‧建福元年如清日程》，第 23 冊，頁 180）

初五日，坐河南輪船赴省。船是英人、華人合股製造以渡客者。自港至
省城四艘，每日夜各一艘，自港至澳門二艘，又自澳門至省城二艘。長約二
十三丈，廣約五丈；上下二層，每層分前後艙，中置機器，製極工巧。自臥房
几案以至廚側，無不淨潔。坐客可容千人（是日坐客七百人），銀價亦有差焉
（上層，房中者，銀二員，在前艙者一員；下層者，四角）。早辰八點鐘自港
動輪，九點至汲水關（有關稅司）；十二點至門，此為粵東大汛口。左右群山
對峙，中間二山浮出水面，周圍各建礮臺，與左右交攻射，勢極險峻。然兵火
之後，坍圯亦多焉。晚分二點鐘至黃埔，自此而上，兩岸烟樹鮮妍，舖舍聯
絡，帆檣翕集，往來不絕。三點至省城太平門外，寓于揚仁街何昭記店（是店
我國派員所常寓者）。（頁 24～25）

> 初五日，申牌開駛，酉牌行經七洲，風水皆逆，波濤洶湧，人多嘔
> 吐，竟夕不能寐。（《越南漢文燕行文獻集成（越南所藏編）‧建福元
> 年如清日程》，第 23 冊，頁 181）

初六日，石清泉之子和鈞與其弟慶鈞來見。和鈞現為礮船管帶之職，學
放魚雷礮法，居在省城。其父回書使之來見（問其礮，云：「鑄銅為魚，裝以
火藥，量其尺度，放之水中，以轟擊敵船。」蓋製自德國而清人購回者）。（頁
25）

> 初六日，天色陰晴，逆風稍退，東南望見遙山一條，隱在雲霧中，
> 午牌至澳門洋分，西望馬羔山，東望萬山，舟行當中，頗覺平穩。
> （《越南漢文燕行文獻集成（越南所藏編）‧建福元年如清日程》，第
> 23 冊，頁 181）

初七日，是晚至五雲樓買書，樓已失火，移居他店，書籍亦多殘缺。（頁25）

> 初七日丑牌，抵香港（自海口至此七百八十里）是處重巒疊嶂，亦海中一島耳。自英人管轄四十餘年，撮擇其中最高山者，設庸開商，分為上中下三環，樓臺參差，道路平潔，真一都會也。頃間據唐道商敘。該員因有緊事，請先往澳門，約至十一二等日來港，再同搭往東省，辰牌雇小船裝起箱櫝，就本國順穩火船權置，臣范慎遹訪聞臣阮述已於初五日遊港搭船往東省，乃暫於順穩船安歇。（《越南漢文燕行文獻集成（越南所藏編）‧建福元年如清日程》，第23冊，頁182）

初八日，接在港招商局信報，唐應星自我國回，偕我國刑部尚書范望山（即慎遹）、戶部辦理阮珥南（即額）到港。又接二公來書，敘范公奉充欽差正使，而述副之；同往天津，候李伯相備問，並商議決國事。珥南則充為欽派留粵遞信云。是晚，唐應星自港回省。（頁25）

> 初八日，經將抵港現情，咨呈機密院審辦。（《越南漢文燕行文獻集成（越南所藏編）‧建福元年如清日程》，第23冊，頁182）

初九日，以督臺未接，再繕稟文上撫、臬二臺，求為轉稟。日晚至招商局訪唐應星。（頁25）

> 初九日奉摘　頃交欽派阮額留東備支。（《越南漢文燕行文獻集成（越南所藏編）‧建福元年如清日程》，第23冊，頁182）

初十日，應星至寓相訪。又接善後局（是辦全省軍餉事）員人與石和鈞來言：「省憲聞我國使臣至粵，即命該局整飭逢源書院以為使館，請即日移住。」余以范、阮二公未來，因辭不往。（頁25）

> 初十日。（《越南漢文燕行文獻集成（越南所藏編）‧建福元年如清日程》，第23冊，頁183）

十一日，馬鐵崖來，言撫、臬接到稟文，商呈督憲。督憲因病未能接見，特委撫臺認書代辦。宜檢國書交該道遞呈，述乃恭齎書函至機器局（是鐵崖辦公所）大廳上。鐵崖陳設香案整肅，述望拜捧交；該員亦下拜認領，即行遞呈。（頁26）

> 十一日，接唐道書敘，該員已先往東省，稟知督府列憲，俟整辦使館，另報便往。（《越南漢文燕行文獻集成（越南所藏編）‧建福元年

如清日程》，第 23 冊，頁 183）

十二日，至鐵崖處不遇。（頁 26）

> 十二日，接招商局張蔭孫書敘，唐道已有書來，由該轉詳，臣等明
> 日前往東省，該道員仍留東省埠頭等候。（《越南漢文燕行文獻集成
> （越南所藏編）‧建福元年如清日程》，第 23 冊，頁 183）

十三日，移住使館。晚分，望山、珥南二公與隨派人等亦到。（除原派侍
講阮籍、員外黎登貞、筆帖式杜富肅先至外，又增侍衛阮文有、司務潘瑜並
八九行人。三人隨往天津，侍衛黎得詠、編修張仲發，並通事一名，隨欽派留
粵遞信。）范公捧交欽差副使勅書一道，述即望闕拜領。（頁 26）

> 十三日卯牌，臣范慎遹、臣阮顜並隨員等，搭隨火渡船（號漢口船，
> 長約二百三十五尺，橫約六十尺），午牌至虎門，申牌抵廣東渡船津
> 次，隨接唐道至埠頭香接，飭人附起箱櫃，並雇轎夫護引到館停住
> （在省城內仙湖街，原陳氏逢源書屋，省官飭善後局，借為臣等住
> 所，凡一切飲食器用，由該局自辦）臣阮述與隨派人等，（員外郎黎
> 槙、侍講阮籍、九品杜富足、家丁三名）亦於是日自何昭記寓移住
> 于此（由十二日接省派石和鈞抵何昭記寓筆敘，茲省堂既飭辦公館，
> 明日請延就住）臣范慎遹奉將勅書一道，交臣阮述尊奉拜領恭閱。
> （《越南漢文燕行文獻集成（越南所藏編）‧建福元年如清日程》，第
> 23 冊，頁 183～184）

十四日，委侍講阮籍同石和鈞（諒亦承省派，就館照辦款項）將手本名
刺就諸省堂稟到。隨接唐應星到館，筆敘督憲病重，不便投謁；其今次齎來
國書，應交該道遞稟，庶免遲延。述即與范、阮二公陳設香案望拜，捧交國書
該道認遞。少頃，該道復來，謂督憲已認書；認訖，又以病情不能見客，令該
道代為致意，且派該道與馬鐵崖護送使臣往津。日下檢整局內輪船，做二十
日內外，可以遄往。（頁 26）

> 十四日卯牌，委遞臣等手版名帖就省憲各衙門，稟到稟見。午牌接
> 唐道就館商敘，茲督憲現病不能接見，不便投謁，其國書二函，應
> 交該員遞呈。臣等乃奉設香案于使館中間，恭置國書，行五拜三叩
> 禮，捧交該道員，該道亦加額接認遞呈。未牌接該員回敘，國書該
> 已呈訖，承督憲傳派該員，與馬復貴、周炳麟護送臣等赴津次，茲
> 該員先往澳門，整檢局內輪船，做三四日，再來東省，即同搭住。

（《越南漢文燕行文獻集成（越南所藏編）·建福元年如清日程》，第
23 冊，頁 185）

十五日，馬鐵崖同撫院巡捕官王為楨、李汝璠、批驗廳博支清雋至館慰
問；請關我國朝服，相與嘖嘖稱羨。臨別，又邀余與珥南至杏花小飲，微醺而
散。

是夕元宵，省城內外諸街，燈燭輝煌，遊者相接，笙歌之聲聒耳，真繁
華勝地也。（頁 26）

十五日，委將臣等手版就唐道與馬復賁慰問，隨接馬復賁偕處撫差
官（王為預、李汝璠）批慰問驗，廳差官（支清）就館探慰，筆談
少頃辭別。（《越南漢文燕行文獻集成（越南所藏編）·建福元年如清
日程》，第 23 冊，頁 185～186）

十六日；偕望山、珥南二公往觀機器局。局於同治十二年，（一八七二）
設總辦一、幫辦十，皆用華人。惟機器則購自外洋，亦似火船機，凡鑄鍊、磨
刮、鑽切各有其具，以機氣轉之，自能造作，甚為輕便。局人引看所製礮彈
（十心火砲，並水雷砲），新巧亞於洋人，馬鐵崖云：「中朝諸省設局（福建、
江蘇、直隸），均請洋人為之先導，惟該局無之，皆總辦溫公精心獨運也。溫
公名子紹（號弧園），現二品頂戴，即補道銜；為人溫文，喜交接外國人。聞
其平日亦未嘗遊學外洋，獨留心觀書，臻此絕技，亦奇士也。（頁 26～27）

十六日，督臺飭南海縣機兵就館，使外更防。（《越南漢文燕行文獻
集成（越南所藏編）·建福元年如清日程》，第 23 冊，頁 186）

十七日，偕阮珥南、張琅珊（仲發）、阮夢仙遊粵秀山。山在城內稍北，
東西延袤三里，翠峰聳拔，山頂有觀音閣，香火頗盛。閣之東北，越王臺故址
存焉。左為鎮海樓，凡五層，高八丈（明洪武初，朱亮祖建。康熙二十五年
（1686）巡撫王為楨重修），攀梯而上，天風颯然。坐層霄，瞰滄海珠江一帶，
環抱重城，煙樹參差，樓閣隱見，帆檣往來於欄檻外，真粵東一大觀也。道士
款茶訖，出筆墨請留姓名，乃作小記許之，日暮回館。（頁 27）

十八日，馬鐵崖遞交督臺覆文（敘接到二次國書事）。即恭繕奏摺（述另
摺，又會同范、阮二公摺），發交在港謝欽派記遞回國。（頁 27）

十八日，馬復賁遞交東督覆文一角，遵即檢認併繕奏摺二，派屬遞
回香港，交欽派臣謝惠繼誠約認寄回國。（《越南漢文燕行文獻集成
（越南所藏編）·建福元年如清日程》，第 23 冊，頁 186）

十九日，往招商局訪唐應星。應星謂現已有船，訂以廿二日回港，廿四日往津，應整行裝俟搭。（頁27）

> 十九日，臣阮述往招商總局，探訪行期，唐道訂以二十日晚回港，二真夏商十四（日）駛往天津。（《越南漢文燕行文獻集成（越南所藏編）‧建福元年如清日程》，第23冊，頁186）

二十日，使隨員遞書籍（倉山、葦野、妙蓮、張廣溪詩文諸集），並土物送好唐應星、馬鐵崖，並石和鈞父子。是晚，鐵崖承省堂列憲命，將賻儀（白銀二百兩，致詞少供船費），就館致贈，經請轉為善辭，不得，乃拜登俟辦。（頁27）

> 二十日，委將土物（桂沈琦象尾著紈紗）款贈唐道與吳俊熊，馬復貴、石和鈞各有差，均行受領，另有回帖答謝。是晚，接馬復貴遞將紋銀二包（每包標題一百兩，共二百兩）筆敘此銀係督撫委遞賻儀，以充往津船費，臣等再三固辭不獲，乃認領俟辦。（《越南漢文燕行文獻集成（越南所藏編）‧建福元年如清日程》，第23冊，頁187）

廿二日早，藩臺龔大人（印易圖，原臬使署理藩務）委員蔡長福就館送行，回帖致謝。十二點鐘，偕望山公到招商局與應星、鐵崖諸公一齊下船（珌南仍留在粵，移寓何昭記處）。船名富有（招商局輪船三十四艘，此其一也）寬廣如海南船，而長過之。帆船面而下，分為三層（船面上房子，惟看機標諸洋人居之）。下二層裝貨，上一層分房搭客。是日，搭客一百九十餘人，太半為兩粵舉人赴京會試者，周竹卿亦在行焉。晚分三點鐘，動輪回港。（頁28）

> 二十二日巳牌，接署布政龔差官蔡長福就館送行，是牌支水腳銀（自廣東搭至天津）交招商局認清。午牌臣阮顥並隨派（黎得、張仲友、並隨兵隨人等）移往何昭記庸。臣范慎遹、臣阮述並隨派（阮文有、黎貞、潘足、鄧德輝、阮進瑾並隨兵二名、家人四名、由阮藉並隨丁一名已先遞公文回港，停留俟搭）整起箱擡就船（招商局火輪船，船名富有，長約二百尺，橫約二十四尺）申牌開駛。（《越南漢文燕行文獻集成（越南所藏編）‧建福元年如清日程》，第23冊，頁187～188）

廿三日，太早抵港，至謝欽派住處話別。又聞王紫銓病，往探之。（頁28）

> 二十三日，辰牌抵香港津次，委屬就順德火船認原寄官項箱擡，移

就富有船穩置。(《越南漢文燕行文獻集成（越南所藏編）‧建福元年如清日程》，第 23 冊，頁 188)

三月小，初一日，商委阮夢仙等七人（夢仙、阮有仙、潘瑜並隨人四）先回香港，便訪南定消息，仍發疏文回國。並覆咨留東欽派阮珥南公文。(頁 33)

三月初一日，委屬就招商局，探問輪船行期，備發公文。(《越南漢文燕行文獻集成（越南所藏編）‧建福元年如清日程》，第 23 冊，頁 204)

初三日，往見周觀察，以許隨員回港告知。周留坐筆談，問以南定並北圻諸省情形及調兵籌餉請款，甚悉。(頁 33)

初三日，臣等與馬大使同就周道員筆話公事，日暮回館。(《越南漢文燕行文獻集成（越南所藏編）‧建福元年如清日程》，第 23 冊，頁 204)

（八月）十四日，竹卿周舉人自燕京回（竹卿會試下第，需次都下，至此方回），就館相訪。言中朝實欲力護我邦，無奈當局者主持和議，趑趄不進。朝中言官上章指斥，甚至以秦檜為喻，可見人心之同憤也。又言薇卿近日猶在關外（薇卿去臘回粵東，開春又搭船至我國海防，尋往諒山諸省探察。）幫辦軍務，想於北圻之事，不無少助云。(頁 51)

十四日，接舉人周炳麟，自燕京會試回，就館探慰，並辭以是晚搭回廣東，又因中秋節，海關道周道員委送品儀各項（茶、中秋餅、平菓、石榴菓、臘內（應為肉）），均行領受。(《越南漢文燕行文獻集成（越南所藏編）‧建福元年如清日程》，第 23 冊，頁 238)

十七日，馬鐵崖筆敘，承中堂示以使部請由海程之款，昨已緘商總理衙門據情具奏。本月十二日奉大皇帝恩准（我國陪臣至廣東搭招商輪船、至天津進京，中朝冊封使臣，亦由海程往我國。）中堂另已備文覆咨我國。其覆文或賷回，或寄回，由我等商定。余等以現奉國命仍留，未便遽回。乃具稟中堂，乞領這覆文寄回香港，由在港派員親遞回國。(頁 51~52)

十七日，接馬大使筆敘，承李中堂傳示各節，即繕稟文，由馬大使遞呈，隨接該大使回館，捧交中堂露封覆文一角（敘使程改由海道事）臣等親即粘誌謹密，另飭繕咨遞這覆文回國。(《越南漢文燕行文獻集成（越南所藏編）‧建福元年如清日程》，第 23 冊，頁 239)

十八日接認中堂覆文一角（因露封由我等閱知，另粘封寄遞），即咨呈機

密院，並咨廣東、香港二欽派，委阮夢仙親遞回國。(頁52)

> 十八日，委鄧德輝遞將公文，由招商局寄遞。(《越南漢文燕行文獻
> 集成（越南所藏編）·建福元年如清日程》，第23冊，頁239)

廿六日，接廣東欽派阮珥南公文（敘訪聞順安、北圻消息，並請余等或
專回廣東，相商回國事）。(頁53)

> 二十六日，接廣東欽派阮顗公文一封。(《越南漢文燕行文獻集成（越
> 南所藏編）·建福元年如清日程》，第23冊，頁240)

（九月）初八日，發咨文回國（敘中堂密示各款），並覆咨廣東、香港欽
派各一。(余有寄家書一，由謝欽派附寄回陀灢海防，轉交舍下。未知達否？)
(頁54)

> 初八日，具將馬大使筆敘與臣等答話各節繕咨回國，委鄧德輝遞文
> 招商局轉寄。(《越南漢文燕行文獻集成（越南所藏編）·建福元年如
> 清日程》，第23冊，頁241)

十七日，接廣東欽派阮珥南電報。云該員蒙準撤回，仍未見公文抵津，
即回電問之。(來電云：「院錄準丕回國，現俟貴列回港，即便順駛珥南」等
字。回電云：「香港商局問越官。珥南回信，有公文寄津否？即覆。范、阮」
等字)(頁54)

> 十七日，接廣東欽派阮顗電報院錄奉準該員回國，即委鄧德輝、杜
> 富足就招商局回電（問明）(《越南漢文燕行文獻集成（越南所藏編）·
> 建福元年如清日程》，第23冊，頁243)

三十日，委行人鄧德輝就伍秩庸處探問密事。(頁56)

> 三十日，具繕稟咨文回港，探問公文已未接遞回國。並我國事情各
> 款，委鄧德輝遞來交招商局寄遞。(《越南漢文燕行文獻集成（越南
> 所藏編）·建福元年如清日程》，第23冊，頁246)

十月大，初一日，咨問香港謝欽派，近日公文已未接遞？並使訪我國近
日情狀。(頁56)

> 十月初一日(《越南漢文燕行文獻集成（越南所藏編）·建福元年如
> 清日程》，第23冊，頁246)

初八日，往訪伍秩庸（即廷芳）不遇。(頁56)

> 初八日(《越南漢文燕行文獻集成（越南所藏編）·建福元年如清日
> 程》，第23冊，頁247)

（十月）廿九日，委屬將土儀送贈上海招商總局管辦唐茂枝，並訊唐景星、應星近狀。（景星往英、美諸國未回，應星現住廣東，進來亦不往我國。）（頁 58）

> 二十九日，委　貞鄧德輝就上海商總局，探問唐道員消息，並遞土物（琦璃、沉水香、象尾毛）送贈其兄唐廷桂，該員領謝。（《越南漢文燕行文獻集成（越南所藏編）‧建福元年如清日程》，第 23 冊，頁 253）

（十一月）初三日，王紫詮就寓相訪。言今春在港病甚、四月回滬就醫，纔得痊愈。昨聞使節榮旋，不勝喜慰，特來候教。並訊都中消息，余略以告。紫銓亦以近日所聞我國東京事狀告余。良久告別。又言有日本人曾根俊虎（號嘯雲，現授海軍大尉）有學能詩。今現駐此。欲來一拜，特託某先容也。余乃訂日邀之。（頁 58～59）

> 初三日，接王韜（字紫銓，江蘇省人，原住香港，主循環日報館，因病回上海調治）就寓筆談澳用引文樣式？，少頃辭別。（《越南漢文燕行文獻集成（越南所藏編）‧建福元年如清日程》，第 23 冊，頁 254）

初四日，委屬將土儀（琦璃香、象尾毛）送贈王紫詮。紫詮即寄贈余與望山詩集各一部，《火器略說》各一本。（頁 59）

> 初四日，委鄧德輝將土物（象尾毛、琦璃）贈王韜，該員領謝。（《越南漢文燕行文獻集成（越南所藏編）‧建福元年如清日程》，第 23 冊，頁 254）

初五日，唐茂枝就寓相探，並告以現未有船，請再候數日。（頁 59）

> 初五日，接唐廷桂就寓探訪，並言該局輪船日下多因載兵，不便搭往，請且留俟數日。（《越南漢文燕行文獻集成（越南所藏編）‧建福元年如清日程》，第 23 冊，頁 254）

初六日，曾根嘯雲來見。余與望山延坐，筆談甚久。嘯雲乃出書二本相示。其一為《南漂記事》，內敘寬政六年（清乾隆五十六年，我國黎景興五十六年）該國舟師清藏、源三郎被風漂至我國，蒙我國王恩恤，命船送回，該等甚為銜感等情。文甚簡實有體。遡其時屬我國世祖中興之初，惟當日西山未平，未建國號，仍襲用景興年號耳（黎景興只四十七年而止）。其一為《法越交兵紀略》，所記多採諸日報傳聞之詞，訛謬太半。該員固請潤正，余摘其甚

者數十條，略為刪改，餘不勝也。（頁 59）

> 初六日，接日本國人曾根俊虎（號嘯雲，海軍太尉，以公事至上海，
> 抵寓筆談，因將該國人年前漂至我國紀事一本，該所編法越交兵紀
> 一本，交看其風難紀事一本，另有飭抄備閱。（《越南漢文燕行文獻
> 集成（越南所藏編）‧建福元年如清日程》，第 23 冊，頁 254～255）

初七日，嘯雲復來，言承斧正其書，不勝喜慰。又言平日憤亞洲諸國委
靡不振，乃倡立興亞會，諸國官紳入會者有數百人。藉此情意，聯屬於國家
交涉之事，亦有裨也。乃將興亞會公報章程諸本相示，又贈余與望山公煙藥
漆器（長方盤二，盾樣碟二）數事。又乞本國錢數文，銀壹兩寄回該國，以觀
式樣。（頁 59）

> 初七日，又接曾根俊虎抵寓筆談，並贈東洋漆器木盤二件，盾樣碟
> 四件，興亞公報一卷，興亞會章程一卷，送別古詩一首，臣等公受
> 領，另和其詩答贈。（《越南漢文燕行文獻集成（越南所藏編）‧建福
> 元年如清日程》，第 23 冊，頁 255）

初八日，棧內寓客蔡簡梁（號雲栽）就訪。簡梁（現廣東候補知縣，解銀
上京，由海程回）與其兄簡宸年前曾從馮提出關助勦，久在我國，多識我國
官員，故來問訊。是晚，嘯雲復來，贈詩一首（七言古）並其友岸田吟香託贈
善書、眼藥（三盒），余等領謝，並和其詩以答。（頁 59～60）

> 初八日，接蔡簡梁就寓筆談（該員候補廣東知縣，承省派解餉銀上
> 京事清，海程回同長發棧，原年前提督馮子材出關，該員隨辦文案，
> 該原兄蔡簡宸充建字營管帶，臣范慎適前經護接慣識）是晚又接曾
> 根俊虎抵寓筆談，并贈光明眼藥三盒，善書（數本）。（《越南漢文燕
> 行文獻集成（越南所藏編）‧建福元年如清日程》，第 23 冊，頁 255）

十五日，未牌抵香港，於泰來棧暫住，即委杜富肅往欽派謝述甫寓所探
問。隨接述甫與欽派船務何文忠、阮文本抵棧探問。（頁 60）

> 十五日，船到香港津次，隨接泰來棧人，就船邀接。即委該棧代雇
> 船夫，裝起箱抬，就棧暫住，頃監委杜富足往欽派謝惠繼寓所探問，
> 酉牌接欽派謝惠繼、阮文本抵棧探慰。（《越南漢文燕行文獻集成（越
> 南所藏編）‧建福元年如清日程》，第 23 冊，頁 258）

十八日，仕清副將麥士尼為能就訪。麥原英國人，來居中國三十四年，
前在貴州投効，屢立戰功，中朝擢授副將銜，衣服、頂戴均從清制。現承雲貴

總督岑飭往福建船政衙門聽候差遣，經過香港，同寓泰來棧，故來相見。談間言中朝籌辦我國之事，遲迴不決，其力不足以制法人，我國當自為謀，不可過於觀望以誤大事。（頁61）

　　十八日，接清副將麥士尼為能到寓所筆談（據敘該係英國人，來居中國，三十三年前在貴州省投效，屢立戰功，中朝擢授副將銜，茲程雲貴總督岑，禮飭往福建船改衙門，咱候差遣，途過香港，同寓泰來棧，故來探訪，該員頂戴衣服均與清官一樣）。（《越南漢文燕行文獻集成（越南所藏編）·建福元年如清日程》，第23冊，頁255～259）

二十日，將回國事情具稟廣東督憲，另具書慰問唐應星。仍委行人鄧德輝齎往粵垣，恃應星為之代稟。（頁61）

　　十九日，將回國事情具繕稟文，呈上廣東總督張樹聲，另具書函探慰唐道員廷庚，仍委通事輝到東省，交唐道員並煩代稟。（《越南漢文燕行文獻集成（越南所藏編）·建福元年如清日程》，第23冊，頁259）

二十日，過麥士尼為能寓房慰謝。（頁61）

　　二十日，臣阮述帶杜富足到副將麥士尼為能寓房筆談，少頃辭別。（《越南漢文燕行文獻集成（越南所藏編）·建福元年如清日程》，第23冊，頁259）

廿二日，新安知縣沈春暉就訪。（新安廣東省九龍山地頭，橫對香港。沈浙江人）

　　二十二日，接新安縣（屬廣東省九龍山地頭，橫對香港）知縣沈春暉就寓筆談，少頃辭別（該江人蒙補知縣上省稟見赴蒞，途到香港，同寓泰來棧）是晚，臣范慎遹帶杜富足到欽派何文忠寓探慰，少頃回棧。（《越南漢文燕行文獻集成（越南所藏編）·建福元年如清日程》，第23冊，頁259～260）

廿三日，鄧德輝回自廣東，遞回張都憲文一角（內有敘及我等有聞我國復有內變事否？余等愕然，乃委就諸報館詢問，均無確耗。）（頁61）

　　二十三日，通事輝自廣東回，呈敘該名上省不遇唐道員，其稟文經由招商局代稟，張總督有覆文一角（由敘批開我國現事這覆文臣等經抄呈機密院）交臣等（開折）（《越南漢文燕行文獻集成（越南所

藏編）‧建福元年如清日程》，第 23 冊，頁 260）

廿四日。

二十四日，請醫生曾景雲抵寓診視（臣范慎遹病）。（《越南漢文燕行
文獻集成（越南所藏編）‧建福元年如清日程》，第 23 冊，頁 260）

廿五日，再繕稟文，委鄧德輝遞呈東督。（頁 61）

二十五日，再稟文委通事輝到東省，由招商局代稟張總督收閱。（《越
南漢文燕行文獻集成（越南所藏編）‧建福元年如清日程》，第 23 冊，
頁 260）

廿七日。

二十七日，通事輝自廣東回呈敘，稟文經由招商局代稟，東督業承
收認。（《越南漢文燕行文獻集成（越南所藏編）‧建福元年如清日
程》，第 23 冊，頁 261）

廿八日，往循環報館訪王紫詮。詮自上海初回，見余喜甚。即欲投席招
請文士歡飲，余以現有國喪，不敢宴樂，辭之。（頁 61～62）

二十八日，臣阮述帶通事輝到循環報館訪王韜（上海返回香港）少
頃回棧。（《越南漢文燕行文獻集成（越南所藏編）‧建福元年如清日
程》，第 23 冊，頁 261）

（十二月）初三日，麥士尼為能就寓筆談。（麥知清話，因請清人為書記
者，代為筆談）（頁 62）

初三日。

初四日，麥士尼為能以普洱茶（出雲南洱縣，我國名為飯後茶）並洋酒
送贈，余亦以琦瑯、沈木諸香遺之。（頁 62）

初四日，接麥士尼為能到寓筆談，少頃辭別。（《越南漢文燕行文獻
集成（越南所藏編）‧建福元年如清日程》，第 23 冊，頁 261）

初五日委將土物贈醫生曾景雲（回港後，望山公與黎碧峰復病，延曾診
治）。（頁 62）

初五日。

初六日，聞地利金火船裝載貨項往伴陡省，即委隨屬就該船主鑑芝雇搭。
（鑑芝住港，清商常雇西火船載貨往我國商賈。）（頁 62）

初六日，委杜富足、通事輝遞將土物（琦瑯、沈香）贈醫生曾景雲
與麥士尼為能，均行謝領。是日聞有地利金火船，裝載客貨往平定

省商買，即通事輝就該船鑑芝（該船主係港清商，看機係雇英國人，旗號普國旗）雇搭，並請定腳價。（《越南漢文燕行文獻集成（越南所藏編）‧建福元年如清日程》，第 23 冊，頁 262）

初七日，委隨屬將腳銀交鑑芝，並取船票。未牌，余與望山公並屬等裝運箱檯就船。欽派謝惠繼、何文忠、阮文本並利用火船正副管督、標屬、弁兵亦同搭是船回國（利用船損弊，奉准發賣）。（頁 62）

初七日，委杜富足、通事輝將船腳銀（九十三元）交鑑芝，並票未牌雇借車船，裝載箱檯，就船穩置。申牌臣等與隨屬隨人等，一併就船，往港欽派何文忠、謝惠繼、阮文本與利用火船正副管督即標屬負弁等，亦由是船同搭回國。（《越南漢文燕行文獻集成（越南所藏編）‧建福元年如清日程》，第 23 冊，頁 262～263）

初八日，午牌開駛。酉牌，過澳門。船向西南行，北風徐來，船行稍穩。（頁 62）

初八日午牌，駛，酉牌過澳門，船向西南行，北風徐來，船行稍穩。（《越南漢文燕行文獻集成（越南所藏編）‧建福元年如清日程》，第 23 冊，頁 263）

初九日，辰牌，過七洲洋外，風濤甚盛，船甚搖蕩。（頁 62）

初九日辰牌，過七洲洋外，午牌見海南漁船數十艘，四望無涯，風濤甚盛，船身搖蕩。（《越南漢文燕行文獻集成（越南所藏編）‧建福元年如清日程》，第 23 冊，頁 263）

十一日，寅牌，望見遙山一帶，船亦望山而行。辰牌，到施耐汛，于虎磯外停碇，午牌入汛。刊起箱檯于商政衙。管理員備述京中近事，始知我國於十月三十日朗國公被廢，宗人廷臣迎立今上（紀元建福）國人舉同欣戴等情。始知東督覆文，所謂我國覆有內變，蓋指此事也。（頁 62～63）

十一日寅牌，望見連山一帶，船再望山而行，辰牌到施耐汛，于虎磯外停碇。午牌入汛，即委杜富足雇漁船上岸，就商政衙報信，並雇船伕就火船裝起箱抬，未牌，臣等並欽派諸員及利用船官兵陸續上岸，就商政衙停住。（《越南漢文燕行文獻集成（越南所藏編）‧建福元年如清日程》，第 23 冊，頁 263～264）